ジバク

山田宗樹
Muneki Yamada

幻冬舎

ジバク

目次

装幀　米谷テツヤ
カバー写真　遠藤貴也

馬場《ばば》先濠《さきぼり》の黒い水面に、光の紋様が乱れ舞う。車の甲高いエンジン音が、日比谷通りを駆け抜けていく。クラクションが鳴り響く。

男は立ち止まって、丸の内のオフィスビル群を見上げた。

多くのフロアには、まだ照明が灯《とも》っている。ガラス一枚を隔てた向こうは、輝くばかりの別世界。ワイシャツの袖を捲《まく》り上げた男性や、紺色のスーツ姿の女性が、談笑したり、顰《しか》め面《つら》でデスクに向かったり、大きく伸びをしたりしている。

男は、ダウンジャケットのポケットに手を突っ込み、抉《えぐ》るように中身をかき集めて握り、目の前で開いた。ビル灯《あか》りに照らされた掌《てのひら》には、くしゃくしゃの千円札が一枚、百円玉が四枚、十円玉が七枚、一円玉が一枚。掌を閉じてポケットにもどし、舌打ちをする。

男の名前はもちろんあるのだが、いまでは自分でそれを口にすることも、胸に呟《つぶや》くことも、他人から呼びかけられることも、ない。三年前までは、『村山さん』とか、『ヒロさん』とか、『次長』とか、『あなた』とか、呼ばれていたのだが。

また風が吹く。すぐ横のクロマツの枝が、音をたててしなる。頬《ほお》や鼻の先が、冷たくなってきた。男は、左手に提げていたラジカセを芝生に置き、ダウンジャケットの前ファスナーを閉める。

「なんだ、そりゃ?」

声がした。

目を凝らすと、クロマツの根元に老人が一人、座っている。両膝《ひざ》を抱えたまま、木に同化したように動かない。両目は窪《くぼ》み、鼻から顎《あご》にかけては白い髭《ひげ》に覆われている。

「あんたか……」

皇居外苑《がいえん》や日比谷公園で、ときどき見かける顔だった。名前は知らない。言葉を交わした記憶もない。

「なんだ、そりゃ?」

老人が、ヒステリックに同じ言葉を繰り返した。

「これか?」

男は、ラジカセの取っ手を握り、持ち上げる。

「見たことないのか? ラジカセっていうんだ」

「どっから盗んできた?」

男は、アルミ缶を拾い集め、それを業者に売って、わずかな収入を得ていた。買い取り価格は一キロ八十円から。スチール缶は金にならないので、確実に区別するため磁石を持ち歩いている。漁《あさ》るのは主に、自動販売機や駅のゴミ箱だが、住宅街のゴミ集積場に資源ゴミとして出される空き缶も、格好の獲物だった。住人と鉢合わせすると騒ぎになりかねないが、夜中の人気《ひとけ》のない時間帯を狙《ねら》えば、効率のいい収入源になる。しかもこういった場所には、まだ使える家電品やCD、ゲームソフトなどが捨ててあることもあって、それらによる稼ぎも馬鹿にならない。十日ほど前にも、アダルトもののDVDが十枚まとめて廃棄されているのを見つけ、古書店に持ち込んで二千円で買い取ってもらった。

このラジカセも盗んだものではなく、昨夜、あるマンションのゴミ置き場で拾ったものだが、説明するのも面倒なので、無視することにした。男が黙って去ろうとすると、老人がいきなり立ち上がった。

「待て！」

「なんだよ」

「……おまえ、とんでもないものを拾ってきたな」

老人が、震える指をラジカセに向ける。

「それはラジカセじゃねえぞ」

「？」

「そりゃあ……爆弾だ」

「はあ？」

「爆弾だあっ！」

男は、ラジカセをためつすがめつする。どう見ても、古くて汚い、ただのラジカセだった。AM・FMラジオの受信、カセットテープの録音・再生機能は付いているが、CDプレーヤーはない。しかもステレオではなくモノラル。リサイクルショップに持ち込んでも、せいぜい百円。一つでも故障箇所があれば、買い取り拒否になるような代物だ。

「おい、これのどこが——」

「気をつけろっ！　その赤いボタンを押したら、どかーんといくぞ！」

老人の眼光が、魔物のように揺れている。

「しかも、ただの爆弾じゃねえ。……おまえ、聞いてんのか！」

男は、ため息をつく。

「ただの爆弾じゃないのなら、なんなんだ？」

「驚くなよ、そりゃな……核爆弾だ。テロリストが落としていった核爆弾だ！……なにがおかしい？それが爆発したら、東京が、日本が、この世界ぜんぶが吹っ飛んじまうんだぞっ！」

「そりゃ大変だ」

「嘘じゃねえぞ、ほんとうに、ほんとうの、核爆弾だぞ。俺は見たことあるんだ。見たことあるんだあっ！」

「わかった、わかった」

男は、追い払うように右手を振り、歩きだした。

老人は、まだ後ろで喚《わめ》いている。世界が吹っ飛ぶぞ。みんな死んじまうぞ。爆弾なんだぞ。死んじまえ。みんな、みんな——。

「死んじまええええーっ！」

男は、足を止めた。

老人を振り返り、睨《にら》みつけた。

老人が、ぎょっとして口を噤《つぐ》む。

男は、ゆっくりと、老人に近づいた。

老人が、後じさろうとして、クロマツに背をぶつける。

男は、ラジカセを老人に突き出し、

「これ、あんたにやるよ」

静かにいった。

「遠慮いらねえから、吹っ飛ばせよ。この胸くそ悪い世界をよ。あんた、いま、できるっていったろ？　え？」

ラジカセを押しつけた。

老人が、無言でラジカセを抱える。

「赤いボタンを押せよ。どうせ俺たちは終わりだよ。いずれ凍死か野垂れ死にだ。どうせ惨めに死ぬなら、ぬくぬくと生きてる奴らも道連れにしてやれやあっ！」

老人は呆然《ぼうぜん》としている。口から吐き出された白い呼気が、風に流されていく。

男は、大きく息を吸った。両手をダウンジャケットに突っ込み、背中を丸めて歩きだした。

背後の老人は、なにもいわない。

爆発も起こらない。

男は、ひたすら歩いた。叩《たた》きつけるように歩いた。腹の奥から、声にならない唸《うな》りが込み上げてくる。口から漏れる。唸りは徐々に、オクターブを上げていく。

「があああああああーっ！」

男は、むちゃくちゃに叫びながら両拳《こぶし》を振り回し、暴れた。

また風が吹く。

びゅうと吹く。

日比谷通りでクラクションが鳴る。

男はとつぜん、すべての動きを止めた。両手を膝についてうなだれ、荒い呼吸を繰り返す。口が渇いている。振り返る。そこには、ただ茫漠《ぼうばく》とした闇が、澱《よど》んでいる。

「ほんとうに、あれが爆弾ならよ……」

男は、小さく呟いて、巨大な光の壁となって立ちはだかるビル群を、忌々しげに見上げた。

第一章　成功者

1

麻生貴志《あそうたかし》は、窓辺に立ってコーヒーを啜《すす》り、雲一つない五月晴れの空に目を細めた。

眼下の日比谷通りの並木にも、新しい緑が繁《しげ》っている。早朝にもかかわらず、通りは車で埋め尽くされ、歩道にも人間の群れが蠢《うごめ》いていた。

（あの中に年収が二千万円を超える者が何人いるのか……）

ふっと鼻を鳴らす。

ガラスに映った顔がにやけている。

「おはようございます」

真山純一が、リフレッシュルームに入ってきた。

「おはよっ」

プラスチック製のインサートカップをホルダーに差し込み、コーヒーマシンにセットする。マシン横のディスプレイには、各種レギュラーコーヒーのほか、紅茶、緑茶、ココアのフィルターパックが並んでおり、好きなものを選ぶことができる。真山純一は、トアルコ・トラジャのパックを取り、マシンのポケットを開けて差し入れる。ポケットの蓋《ふた》を閉めると自動的にドリップがはじまった。

「きのうのニューヨーク、思ったより下げましたね」

「そうか？　俺は予想どおりだったぞ」

「ほんとですか？」

真山純一が屈託なく笑う。二十九歳。『チーム麻生』ではいちばんの若手だ。この会社に移ってきてまだ二年。年収も八百万円そこそこしかない。コーヒーは三十秒ほどで出来上がった。深みのある香りを漂わせながら、貴志の隣に立つ。

「新しい銘柄、そろそろ見つかったか？　最近、ぜんぜん売買が入ってないじゃないか」

「それなんですけど、きょうのミーティングで提案したい銘柄があります。自信あります」

そういって胸を張る。

「楽しみだな」

貴志はコーヒーを飲み干し、インサートカップをゴミ箱に、ホルダーを専用ケースにもどす。衝立《ついたて》を回ってリフレッシュルームを出ると、眼前に広大なワークスペースが現れた。

総面積二百六十坪に、くの字形の大きな個人用デスクが、戦闘機の編隊のごとく展開している。各機の装備は、パソコンと情報端末のモニターが一台ずつに、デスクスタンドと電話。そしてどのデスクにも例外なく、資料やファイルが山のように積まれていて、じつは戦闘機というより輸送機といったほうがしっくりくる。それぞれのデスクトップには、高さ二十八センチのカバーパネルが設置されていて、搭乗員の集中力を維持するため最低限のプライバシーは保たれていた。

朝の七時を過ぎたばかりなのに、すでに十数名が出社して、愛機に乗り込んでいる。モニターで海外市場の動向を確認したり、最新のニュースをチェックしたり、経済新聞を読んだり。電話の受話器を握っている者は、右手を振り回しながら英語で捲し立てていた。さっそく交戦状態に入っているらしい。

編隊から少し離れたところに、高さ百二十センチほどのパーティションに囲まれたブースが四つ、並んでいる。ブース内には個人用のデスクが一つずつ。ほかのデスクと違うのは、面積が一回り広いことと、デスクチェアの背もたれが高く、ヘッドレストまで設《しつら》えてあること。

貴志は、そのブースの一つに入り、チェアに腰を下ろした。背もたれに体重をあずけると、貴志の気持ちを先取りするかのように、スムーズにリクライニングする。

最新ニュースやメールのチェックは済ませてある。NYダウが百ドル近く下げていたが、そのほかに取り立てて相場にインパクトを与えそうな情報はない。

貴志は、情報端末のキーボードを叩いて、担当しているファンドの一つを選び、そのポートフォリオを呼び出す。一秒もしないうちに、ファンドに組み入れてある六十の銘柄が、ずらりとモニターに並ぶ。いちばん下にある『サイトウ工業』をクリックして、個別情報を開く。

サイトウ工業は、貴志が新たに目を付けた銘柄だった。本社が三重県にあって名証二部にしか上場しておらず、また比較的配当性向が低いこともあって注目されてはいないが、指標を見るかぎり財務体質は健全そのもので、実質上無借金経営の優良企業である。主力製品である電設資材は、かつては大手メーカーが独占的に製造販売していた分野だったが、そこにこの企業が独創的なアイデアを武器に楔《くさび》を打ち込みつつあり、将来の飛躍的な成長も見込める。

もちろん、データだけで企業の良し悪《あ》しを判断することはできないので、実際にサイトウ工業を訪問して、最新鋭の設備を誇る工場を見学し、経営者からは経営方針や経営哲学、業界の現状や今後の予測などを聞いた。その結果、この企業が一人一人の社員の能力を最大限に引き出し、効率的に利益を上げるためあらゆる努力を惜しんでいないことを確認できたので、ポートフォリオに加える決断を下したのだ。

ただ、当時一株千百円で時価総額が三百億円足らず、しかも、売買単位百株で一日の出来高が一万株を超えることが滅多にない小型株なので、一度に買い付けると株価が跳ね上がってしまう。だから貴志は、株価が上がらないように少しずつ、時間をかけて買い増してきた。

それでも、投資家のあいだで名前が知られはじめているのか、ここ一カ月間で株価が十パーセント近く上昇し、出来高も膨らみつつある。もしこれで増配の発表でもあれば、一気に注目を集めて暴騰しかねない。

最終的には、複数のファンドのポートフォリオに合計百万株を組み入れる予定だが、これまでに買い付けたのはわずか三十八万株。買い終える前に暴騰しては、それだけ買い付けコストが増えてしまう。

「さて、どうしたものか」

株価が上昇するリスクを覚悟で買い増す速度を上げるか、それとも……。

貴志が頭を悩ましているあいだにも、『チーム麻生』のメンバーが出社してきて、パーティション越しに、

「おはようございます」

と声をかけてくる。そのたびに貴志は右手を挙げて、

「おはよっ」

と応《こた》えた。

八時十分になったので、貴志は資料を手にブースを出た。チームのメンバー三名も、貴志に続いて席を立つ。ほかのチームの連中と短く言葉を交わしながら、ワークスペースから廊下へ出る。

「アクティブ運用のチーム、最近調子よくないみたいですね」

隣に並んだ野口達彦が、小さくいった。彼は三十五歳になるはずだが、髪を肩まで伸ばしているせいか、かなり若く見える。目元涼しく、鼻筋も通っていて、あと十歳若くて体重を十キロ減らせば、

売れっ子ホストにでもなれそうだ。

「相当思い切ったポジションを取っていたようだが、それが裏目に出たらしいな」

「大垣さん、解雇されるみたいですよ」

貴志は思わず野口達彦の顔を見た。

「ほんとか？」

大垣一成《いっせい》。貴志より二つ年下だが、ファンドマネージャーとしてのキャリアははるかに長い。昨年までは飛ぶ鳥を落とす勢いで、自信と傲慢《ごうまん》の塊のような男だった。貴志も少なからず苦々しい思いで、彼の活躍ぶりを見ていたのだが……。

「聞きました？　麻生さんは、きのうのニューヨークの下げ、予想していたんだって」

真山純一の元気のいい声が、後ろから聞こえた。

「あら、わたしもしてたわよ」

「え、藤島さんも？」

「当然でしょ」

しばらく廊下を進み、ドアに〈3〉と刻印された部屋に入る。真ん中には円形のテーブルが置いてあり、その周囲にチェアが八脚。壁際にはキャスター付きのホワイトボード。

「おはようございます」

『チーム麻生』の担当トレーダー、牧原修がすでに来ていた。貴志らを待っているあいだも、ノートパソコンで作業をしていたらしい。彼は今年から配属された二十八歳。若いながらトレーダーとしての実力は確かなのだが、ヤギのような顎鬚《あごひげ》だけはどうにかしてほしい。

「おはよっ」

いつもどおり貴志が窓を背にして座り、三人のメンバーが適当に間をあけて腰を下ろす。

「では、ミーティングをはじめます」

メンバーが表情を引き締め、ノートやメモ帳を広げた。

「ダウの下げは、だいたい予想の範囲内で、国内市場への影響は限定的だと思うけど、ほかに気になる情報があれば」

「きのうの東証では、欧州系から仕掛けが入ったようですけど」

口をひらいたのは、貴志の右隣に座った藤島桂《かつら》。四つ年上だが、チームでは貴志の部下になる。シックなスーツを着こなす細身の女性で、本人から聞いたわけではないが、離婚歴があって現在独身とのこと。

「きのうは不発に終わったけど、これからも何度か仕掛けてくるかもしれんな。地合《じあい》がいいから相場が崩れることはないと思うが、注意はしておいたほうがいいだろう」

「為替はどうでしょうね」

こんどは野口達彦。

「最近、円高に振れているようですが、このトレンドが定着するようだと、輸出関連株や、海外比重の大きい株に影響してきます。ポジションを減らすことも考えておこうかと思うのですが」

「たしかに一理あるが、いまの円高は一時的なものだと思うな。ドルはまだ利上げがある。一方的に売られ続けることはない。もう少し見極めてからのほうがいいだろう」

野口達彦は少し不満げな顔をしたが、

「わかりました」

正面に座っている真山純一が、落ち着かない様子で手元のノートを見ている。リフレッシュルームでいっていた新しい銘柄のことで頭がいっぱいなのだろう。貴志には、その気持ちがよくわかる。自分の力で発掘した銘柄を披露するときの高揚感は、なにものにも替えがたい。貴志にとっては、サイトウ工業がそうだった。

「ほかになければ、きょうの売買だ」

牧原修を見やると、準備ＯＫのサインを目で返してくる。

「まず私から。サイトウ工業、コード×××、一万株、ウリ。以上」

「ウリ？　カイじゃなくて？」

牧原修が、念を押すようにいった。

無理もない。きのうまで毎日、判で押したように千株単位のカイを続けてきたのだ。

「ちょっと上がってきてるんで、この辺で抑えておきたいんだ」

「ああ、そういうことですか」

牧原修は、すぐに意図を呑《の》み込んだようだ。

「サイトウ工業、コード×××、一万株、ウリ」

貴志の発注を復唱して、パソコンに打ち込む。

「どういうことなんです？　せっかく買い増してきた銘柄を売るなんて」

真山純一が目を白黒させていたが、

「つまりね――」

と藤島桂が簡単に説明すると、腑《ふ》に落ちたのか、ゆっくりとうなずいた。

「まあ、そういうことだ。タイミングは牧原君に任せるが、買い上がりそうな気配があったら、すぐにまとまったウリを出して、上値《うわね》を抑え込んでもらう。しばらく売り浴びせれば、個人投資家は嫌になって逃げ出すさ。こっちは、それからゆっくりと下値《したね》で拾わせてもらうってわけだ。では、次」

野口達彦、藤島桂、真山純一の三人は、売買がないとのこと。

「僕はこれで」

牧原修がノートパソコンを閉じて、部屋を出ていった。これから下のトレーディングルームに移り、貴志から受けたウリの指示を証券会社に発注するのだ。

「さてと」

貴志は両手を擦《こす》り合わせながら、

「なにかネタのある人は？」

真山純一が、待ってましたといわんばかりに、

「はい」

と手を挙げた。

「真山君、どうぞ」

「ええと……新しくファンドに組み入れたい銘柄があります」

真山純一が担当しているファンドは四本。いずれも純資産総額が数億から二十億円程度の小さなものだ。組み入れ銘柄の選択は、基本的に担当マネージャーの判断に委《ゆだ》ねられているが、あくまでチーム運用が建前なので、事前にその銘柄をメンバーに通知し、チームヘッドである貴志の了承を得なければならない。

「ジャスダック上場の『ネットアンドワークス』です」

真山純一がいいながら、用意しておいた資料を配布する。

資料には、『会社四季報』の拡大コピーのほか、この会社が採用しているビジネスモデルを表した模式図や、企業訪問の簡単なレポート、最新の決算書、現状分析と評価などが綴《つづ》られていた。

「この企業は、営業支援に特化した人材派遣会社です。たとえば、携帯電話やデジタル家電の販売員とか、スーパーに来店した客に声をかけるクレジットカードの勧誘員とか、大売り出しのイベント要員だとか、そういった営業・販売関連の人材を派遣するサービスを行っています。人材派遣会社は数

多くありますが、この会社は営業支援に特化している点に特徴があります。営業力というものは――」

「ちょっと待て」

貴志は、真山純一の言葉を遮《さえぎ》った。資料を見ながら、

「この企業、時価総額が八十三億円しかないじゃないか」

「いや……昨年には、現在の二倍の株価水準にありましたから――」

貴志は、資料の株価チャートを目で追う。

「たしかに上がっているが、一時的だろう。ここ半年の株価は、ほとんど動いていない。いや、むしろ下がっている」

「しかし、売上、営業利益とも、二十パーセント以上の伸びを示しています。これから全国に拠点を増やす予定とのことですし、受注額は順調に拡大すると期待できます。むしろ、株価が下がっているいまこそ、絶好の買い場《ば》なんです」

貴志は、資料から目を上げ、真山純一の顔を見据えた。

「俺がいいたいのは、そういうことじゃない。たしかに、この企業は魅力的かもしれない。しかし、俺たちのチームが投資対象にできるのは、時価総額が百億から二千億円の企業だけだ。それ未満でも、それを超えても、運用指針に反する。そんなことは、君だって百も承知のはずだろう」

「でも、いずれ百億を超えることは確実な銘柄なんです。いま買っておいたほうが――」

「上がればいいってもんじゃない。ファンドマネージャーにとって重要なのは、決められたガイドラインに沿った運用をすることだ。それが顧客との約束だからな」

「いま買ったほうが、それだけ大きな利益が得られます。それは、顧客の利益にも繋《つな》がるじゃないですか」

「指針に反した運用で利益を上げても、評価はされないぞ」

「それに」

野口達彦が口を挟む。

「どんなにいい企業でも、株価が上がるとはかぎらない。現にこの会社だって、下がり続けてる。もし指針に反した運用をして、そのために大きな損失が出たら、問答無用で解雇だよ」

「か……解雇……」

真山純一が、ことの重大さを悟ったのか、うつむいて肩を落とした。

「でも、目の付け所は悪くないと思うわ」

藤島桂が、真山純一の肩をぽんと叩く。

「この会社をマークしておいて、百億を超えた時点ですぐ買えばいい。それからでも遅くはないわよ。ねえ、ヘッド?」

貴志は、うなずく。

「藤島君のいうとおりだ。ナイス・トライだった、真山君」

真山純一が、頼りなげな笑みを見せた。

最後に、メンバーのきょう一日の予定を確認して、朝のミーティングは終了。

会議室からの帰り、アクティブ運用チームのブースをちらと見やると、大垣一成が私物を段ボール箱に詰めていた。解雇されるという噂は本当だったようだ。日本株のアクティブ運用チームといえばフロント部門の花形。運用額も貴志のチームとは桁《けた》違いで、リーダーである大垣一成の年収は多いときには一億円を超えていたはず。肩で風切ってフロアを闊歩《かっぽ》していたその男が、いまは背中に徒労感を滲《にじ》ませてデスクの整理をしている。

（調子にのり過ぎたのさ）

内心ほくそ笑みながら自分のブースにもどった貴志は、モニターに株価情報を呼び出した。まもなく日本中の証券取引所がオープンする。

名証二部でサイトウ工業の板《いた》をチェックすると、ウリ気配に四千株も入っていた。貴志の指示を受けた牧原修が、さっそく発注したものだろう。一日の出来高がせいぜい一万株の銘柄に、いきなり四千株のウリはインパクトがある。この板を見た個人投資家は、不測の事態が起こってインサイダーが動いたのではないかと疑心暗鬼になり、株を投げ出すかもしれない。そこに追い打ちをかけるように残りの六千株を放出して、さらに売り煽《あお》るという作戦か。思惑どおりにいくかどうかはともかく、断続的にまとまったウリ注文が出れば、株価の上昇期待がいくらかでも殺《そ》がれるのは間違いない。

貴志は、牧原修の手法に満足して、ポートフォリオの一覧表にもどった。この表には、各銘柄の買い付け単価、株数のほか、現在の株価、きのうの終値《おわりね》、前日比騰落、騰落率、含み損益が示されている。まだマーケットが開いていないので、現在の株価は空欄のまま。

午前九時になった。

マーケット、オープン。

貴志は、モニターを見守る。

リアルストリーミングによってもたらされる情報が、刻々と画面に反映されていく。少しずつ寄りついて、株価が決定されていく。TOPIXは、NYダウの影響で小安《こやす》くはじまったが、それほど大きな下げにはなっていない。東証二部も、それなりだ。とりあえず、予想の範囲内。

サイトウ工業。まだウリ気配のままで、寄りついていない。いきなりストップ安ということもあり得る。こちらは牧原修に任せておけばいいだろう。

きょうは、企業訪問の予定が四社入っている。株価の動きに一喜一憂している暇はない。貴志は、企業の資料をゼロハリバートンのアタッシェケースに収め、ブースを出た。

「じゃ、行ってくる」

メンバーたちに声をかけると、受話器を握っている野口達彦が手を挙げて応え、キーボードを叩いていた藤島桂が微笑《ほほえ》んで、

「行ってらっしゃい」

と見送ってくれた。真山純一の姿が見えないが、まさか落ち込んでトイレで泣いているわけではあるまい。

2

株式投資信託のファンドマネージャーというと、目を血走らせて株価を睨み、一瞬のタイミングを逃さず売り買いをしているというイメージを持たれやすいが、売買の執行はトレーダーに一任することが多い。

ファンドマネージャーの第一の仕事は、どの銘柄を買い、どの銘柄を売るかという投資の意思決定をすること。正しい判断を下すためには、銘柄を正しく評価・分析する必要があるのだが、一般的にはアナリストと呼ばれる専門家がこの役割を担い、その結果をレポートとしてファンドマネージャーに提供している。

この会社にも調査部があり、多数の株式アナリストが在籍している。しかし、ほとんどは大型株をカバーしているだけで、貴志らが扱う中・小型株までは手が回らない。だから『チーム麻生』のファンドマネージャーたちは、自らアナリストを兼務して、企業の情報収集と分析に奔走しなければならない。

この日の貴志は、午前中にセキュリティ関連会社の広報担当者と会い、十二時半から空気清浄装置

メーカーの社長と会食し、午後からは不動産管理会社の専務を訪問してマンション業界の動向を聞いたあと、システム開発を手がける三十代の社長と面談して新しいビジネスモデルについて熱く語ってもらった。

午後六時。

帰社した貴志は、サンドイッチをつまみながら、この日のマーケットを確認する。

予想どおり、東証一部、二部とも下げ渋っていた。ニューヨークの動向次第では、明日は大幅反発になる可能性もある。サイトウ工業はかなり下げていたが、それでもストップ安には届いていない。下値では押し目買いが入るようだ。思ったより抵抗が強い。

「明日も一万株ほど売り浴びせてやるか……」

貴志は、企業訪問の成果を簡単なレポートにまとめ、午後八時には退社した。

ビルを出る貴志の手に、荷物はない。投資に関《かか》わる資料はすべて会社に残し、仕事を家に持ち帰ることもない。万が一途中で置き忘れたりして、貴重な情報が外部に漏れたら一大事だからだ。

通りでタクシーを拾い、

「恵比寿駅まで」

と運転手に告げる。

「ＪＲのほうですか？」

「そう」

貴志は、ふだん通勤する際には電車を利用しているが、ごくたまに、わざわざタクシーを使って帰ることもあった。渋谷区東三丁目の自宅マンションまでは、恵比寿駅から歩いても十分足らず。もちろん、混雑する都心をタクシーで移動するより、ＪＲ山手線や、東京メトロの日比谷線を使ったほうがはるかに早い。しかし貴志は、一日の仕事を終え、だれにも邪魔されずに東京の夜景を眺めることが、なによりも好きだったのだ。

貴志はシートに背中をあずけ、ふうっと息を吐いた。全身から力が抜け、一日中フル回転していた思考が鈍くなり、ぼんやりとしてくる。

夜の都会が車窓を流れていく。広い道路には車が溢《あふ》れ、路面はヘッドライトで昼間のように明るい。赤信号で停まるたびに、居並ぶブレーキランプが激しく光る。高層ビルの影には、灯りの点《つ》いた窓が星座のように浮かんでいる。その最上端では、航空障害灯がゆっくりと点滅している。隣の車線を疾走するポルシェは、無数の光の粒を浴びて輝いている。そのステアリングを握っているのは、夜だというのにサングラスをかけた若い男。

貴志が学生のころ、世はバブル景気に狂っていた。いまでも貴志は、ほろ苦く思い出す。

金箔《きんぱく》をまぶした百万円の握り飯が売り出されたというニュースを観ながら、六畳一間の古いアパートで三百五十円のコンビニ弁当を食べていたこと。

ヤング・エグゼクティブという冗談のような言葉が真面目《まじめ》に語られ、彼らのために何百万もする高級車が続々と発売されるのを尻目に、月数万円の生活費を稼ぐため、ビル清掃や新聞配達、ビリヤード店などでアルバイトをしていたこと。

そして、ビリヤード店のレジで精算をもたついたとき、ワンレン・ボディコンの女を連れ、アルマーニを着た同世代の若い男から投げつけられた言葉。

『どこにでも馬鹿はいるもんだな』

コンパで知り合った女子学生に交際を申し込んだとき、素っ気なく返ってきた答え。

『だって、あなた、お金持ってないじゃない』

当時の貴志にとって、東京の圧倒的な夜景は、自分を拒絶し、嘲笑《ちょうしょう》し、押し潰《つぶ》そうとする迫害者の顔をしていた。

しかし、いまの俺は、あのころとは違う。大学を出て大手都銀に就職し、そこに安住せず外に飛び出し、実力を磨いてデフレ不況を生き延び、年収二千万円を稼ぐ男になったのだ。

俺は勝った。

俺は……。

「……やったんだ」

「なにか、おっしゃいました？」

貴志は冷や汗をかいて、

「いや……東京の夜景も、こうして観ると綺麗《きれい》なもんだなと思ってね」

運転席の背もたれ。

運転手の顔写真が掲げてある。

何気なく名前を見ると、

〈井上陽水〉

まさかと思って顔写真を確認したが、あの井上陽水とは似ても似つかない。生年月日によれば、今年五十九歳。年齢的には同世代らしいが。

「これ、本名なの？」

「え？」

「ここに書いてある井上陽水って」

運転手が笑った。

「偽名を書いてどうするんですか。本名ですよ」

「へえ……すごい名前だね」

「よくいわれます。でも、『ようすい』って読むんじゃないんですよ。わかります？」

バックミラーに映った運転手の目が、愉快そうに貴志を見る。

「そうだな……ひみず、ひすい、ようみ……違うな。なんだろう、わからない」

「『ひろみ』って読むんです。歌手の陽水さんは、同じ字で『あきみ』って読むらしいですけど」

「どっちにしろ、ちょっと読めないな」

「いままで当てた人はいません。まったく、親もややこしい名前を付けたもんですよ。いや、うちの親ですけど。でも、役に立つこともあるんですよ。こうやって、お客さんとおしゃべりするきっかけになってくれることです。そういえば、きょうのラジオで聞いたんですけどね——」

貴志は頬をゆるめ、ふたたび窓の外に目をやる。

タクシーは、ライトアップされた東京タワーを左手に見上げながら、桜田通りを南下していく。首都高速都心環状線の高架をくぐり、三田二丁目の信号を右折する。その間も運転手は、ラジオで仕込んだネタを次々と披露してくる。東京のタクシーは無口な運転手が多いのだが、この井上陽水氏はおしゃべり好きのようだ。名前のせいで客から話しかけられることが多く、自然とそうなったのかもしれない。

貴志は、適当に相づちを打ちながら聞き流していたが、

「あ、そうそう。ファンドマネージャーって儲《もう》かるんですってね」

「え？」

思いがけない言葉に、腰を浮かせそうになった。

「今年の高額納税者の一位が、どっかの投資会社のファンドマネージャーだそうですよ。去年の推定年収が百億円くらいだって。すごいですよねえ」

「ああ……そうだね」

「あたしもファンドマネージャーになればよかったですよ。そうすれば、百億とはいかないでしょう

けど、一億円くらいは稼げたかもしれませんからね」

　冗談めかして笑う。

「そんなのは例外的な存在だよ。ファンドマネージャーがみんな何億も稼いでるわけじゃない」

「まあ、それはそうですよねえ。プロ野球選手だって、年俸何億って人がいるかと思えば、一千万や二千万って人もいますからね。どの世界にも、ピンからキリまであるってことですよね。ピンになればいいですけど、キリになっちゃうと——」

　バックミラーに映る二つの目が、ちらちらと貴志を見る。まだ、しゃべっている。しゃべり続けている。貴志の中で苛立《いらだ》ちが膨らんでくる。大きく息を吸った。

「ちなみに、君の年収はいくらなの？」

　車内が静まりかえる。

　運転手が、戸惑った笑いを漏らし、

「あたしの年収なんか聞いたって……」

　それきり、話しかけてこなくなった。

　気詰まりな空気のまま、恵比寿駅に到着する。

「私もファンドマネージャーだよ。年収はたった二千万円だけどね」

　吐き捨てて、タクシーを降りた。

　ＪＲ恵比寿駅前の歩道を、そのまま北へ向かう。歩きながら、車内での自分の言動を思い返し、嫌な気持ちになった。

　駒沢通りに出て東に進み、渋谷橋を渡って明治通りをまたぎ、さらに二百メートルほど歩くと、左手に八階建ての賃貸マンションが見えてくる。五階にある我が家には、明かりが灯っていた。九十平米の２ＬＤＫで、管理費・共益費を含めた家賃が三十五万円。

貴志はタクシーで帰宅するときも、マンションの前に乗り付けたりはしない。必ず駅から歩くことにしている。だから志緒理《しおり》は、夫がときどきタクシーを使っていることを、まだ知らない。

「お帰りなさい」

ドアを開けて貴志を出迎えるときの妻の顔は、いつもメイクされている。きょうの志緒理も、最近の流行なのだろう、透明感のあるナチュラルな顔をつくっていた。装いは、七分袖のカラフルなボーダーニットに、裾《すそ》絞りのカーゴパンツ。足元は素足にトングサンダル。二日続けて同じ服で現れたことはない。

背は貴志よりやや低い程度。どちらかといえばスリムだが、痩《や》せているという印象は強くない。わずかに茶色の入った髪は胸元まで伸びて、内側に緩いカールがかかっている。肌も、エステに通っているだけあって、三十四歳にしては白くて瑞々《みずみず》しい。貴志は志緒理のことを、結婚三年目のいまでも美しいと思っている。

貴志が上着を脱いで食卓につくと、志緒理が赤ワインとグラスを二つ、それに軽食を用意して持ってきた。きょうのメニューは、小さな黒パンにフォアグラのパテを塗ったもの。スライスしたトマトが添えてある。

正面に座った志緒理が、ワインを注《そそ》ぐ。

「きょうもお疲れさま」

「君も」

グラスを合わせ、一口飲んだ。フォアグラ付きの黒パンをつまみ、口に放り込む。

「どう、このフォアグラ?」

「うん、おいしいよ」

「ルージェっていうフランスのブランドなの。臭みがぜんぜんないでしょ」

「また雑誌で紹介されてたのか？」

たしかにうまいのだが、嚙《か》むたびにコレステロールが血中にぶち込まれていくようで、次の健康診断が心配になってくる。貴志は、こういう気取った酒よりも、ビールと枝豆のほうがいいと思っているのだが、口には出さない。そこは志緒理の好みに合わせている。

食事にかぎらない。

この十七帖のリビングダイニングのインテリアも、志緒理の趣味で統一されていた。食卓の天板はガラス製で、四脚ある椅子はオフホワイトのローバックタイプ。ソファセットはモノトーン。窓際には鉢植えのユッカ。まるでインテリア雑誌の写真そのもの。ファッションもそう。厚さが二センチくらいある女性誌を熱心に購読しては、そこに登場するモデルが身に着けているものをそっくりそのまま買い揃《そろ》えたりしている。リビングダイニングのほかに十二帖と九帖の洋室があるのだが、九帖の部屋はほとんど志緒理のワードローブと化していた。

「わたしね、きょうも行ってきたのよ」

志緒理が、グラスに口をつけながら、いたずらっぽく微笑む。

「またか。よく飽きないな」

「飽きないわよ。ねえ、そろそろ決めましょうよ」

志緒理が目尻を下げ、ねだるような表情を見せた。

「……そうだなあ」

「ちょっと待ってて」

志緒理が席を外し、ソファセットのテーブルまで行って、すぐにもどってくる。手には厚いパンフレット。中に挟んであった二つ折りの紙を開き、貴志に見せる。

「きょうはね、ローンのシミュレーションをしてもらったの」

紙には、さまざまな金利や返済年数、毎月の返済額を仮定した計算結果が印字されていた。

「あなたの年収なら、三十年ローンで一億円は借りられるみたい。だったらほら、一億四千万円って部屋があるから、頭金を四千万円用意すれば済むでしょ。そのくらいなら、いまある預金でじゅうぶん払えるわ」

いま購入を検討している新築分譲マンションは、百十五平米の2LDK。広さだけでいえば、この賃貸マンションより一回り広い程度だ。むしろ、リビングダイニングが二十一帖になるぶん、ほかの二部屋は狭くなってしまう。

もちろん、メリットもある。建物そのものが豪華で、ちょっとした邸宅気分を味わえることが一つ。東京の中心部にありながら高台に位置するため、周囲に緑が多く、静かで環境抜群であることが一つ。しかし志緒理にとって決定的なのは、そのマンションが白金台《しろかねだい》に建つことだった。

『わたし、絶対に白金台に住む。そうして、かわいい子供を産んで、思う存分おしゃれも楽しんで、女としてのよろこびをぜんぶ手に入れるの』

結婚したてのころ、二人で将来について話り合っているとき、志緒理がいった言葉だ。貴志は、身も蓋もない冗談だと思って笑ったが、やがて、それが冗談でもなんでもなく、志緒理の偽らざる本心であることがわかった。

「三十年か。……払い終えたら、俺は七十二歳だな」

「大丈夫よ。七十九歳までは返済期間に組み込めることになってるんだから」

貴志は思わず唸る。

「このローンなら、ボーナス返済をゼロにしても、一カ月の返済額は五十万ちょっと。ぜんぜん楽勝でしょ」

「それはそうだが……。もう少し安いマンションでもいいんじゃないかな。たとえば――」

「わたし、一億円以下のマンションなんか住まないからねっ！」

志緒理が、きつく睨んでくる。

目を伏せ、しおらしい声で、

「貴志さん、わたしの夢、叶《かな》えてくれないの？」

「………」

「わたしはね、貴志さんなら、わたしの夢を叶えてくれると思ったから、結婚したのよ。いまだって、そう信じてる。わたしも……」

潤んだ目を、まっすぐ向けてくる。

「……わたしも、セレブって呼ばれる女になりたいの」

果たして、白金台の一億四千万円のマンションに住めばセレブなのか、そもそもセレブが住宅ローンに頭を悩ませたりするものなのか、貴志にはわからない。しかし、それが妻の夢ならば、それを叶えられるのは、夫である自分しかいない。これが自分の役目であり、存在理由であれば……。

「黙ってないで、なんとかいってよ」

「……わかった。買おうか。マンション」

志緒理の顔が、ぱっと輝く。

「ほんとに？」

「ああ」

「ありがとう、あなた！　じゃあ、さっそく明日、購入申込書を出してくるわ。やったあ……」

志緒理が、子供のようにはしゃぎながら、パンフレットを開く。ページを捲《めく》り、一つ一つの写真を示しながら、自分ならインテリアをどうするのかを夢中で話しはじめた。貴志のことは、まるで眼中にない様子。きっといまの彼女には、自分が住むことになる部屋しか見えていないのだろう。

「そろそろ、風呂に入るよ」

志緒理の話が一区切りしたところで、貴志は腰を上げる。

志緒理が、鼻歌を歌いながら、ワインやグラスを片づける。心の底からうれしそうな顔をしている。

視線を感じたのか、ふと手を休め、

「どうしたの？」

「うん？　いや、なんでもない」

目を逸《そ》らした拍子に、電話機の脇にある郵便物に気づいた。手に取ると、貴志宛《あて》の往復ハガキ。

「あ、忘れてた。クラス会の案内が来てたわよ」

裏返して、文面を読む。

「高校のクラス会だ。懐かしいな……二十年ぶりだよ」

「せっかくだから、行ってきたら？」

日時を見ると、六月の下旬。土曜日。

行けないこともなさそうだ。

「考えてみるか」

貴志は、ハガキを読み返しながら、リビングを出る。ドアを閉めた背後で、また鼻歌が聞こえてきた。

3

貴志は群馬県の富岡市で生まれ育ち、公立中学から県立高校に進んだ。高校は、地元では一応進学校とされていたが、東大・京大に合格するのは年に一、二名いるかどうか。貴志も一時は東大を目指したこともあったが、結局は私立のW大学に落ち着いている。

二十年ぶりに開催されるクラス会は、高校卒業時のクラスのものではなく、一年生のときのものだ。貴志が所属していた一年A組、通称一Aは、男子二十四名、女子十六名、総勢四十名のクラスだが、異様なほど仲がいいことで有名だった。担任の水島先生は当時まだ二十代の国語の教諭、どこか浮世離れした飄々《ひょうひょう》とした人物で、生徒も秀才から不良っぽいタイプまでバランスよく揃っていたのがよかったのかもしれない。たまにリーダー格の男子同士が喧嘩《けんか》することはあったが、殴り合いに発展することはなく、陰湿なイジメも存在しなかったと断言できる。あまりにクラスの雰囲気がよかったので、女子生徒の何人かが、このクラスのままで高校三年間を過ごしたいと校長に直訴したほどだ。もちろん、二年に進級するとバラバラになってしまったが、その後も日曜日にみんなで遊びに行ったり、高校卒業直後には早くも一回目のクラス会が開かれたりした。

今回のクラス会の会場は、富岡市ではなく、高崎市の中心部にあるホテル。すでに地元を離れた者も多いので、県外からもアクセスしやすい場所が選ばれたようだ。東京からなら上越新幹線で約五十分である。

「タカッ！」

貴志がホテルの中を会場に急いでいると、後ろから声がかかった。振り向くとクラスメートの杉島健吾。髪もうすくなって、すっかり中年オヤジになっているが、眼鏡の奥の人なつっこい目は変わっていない。

「おお、久しぶり。元気か！」

「メタボリック街道爆走中だ」

太鼓腹をぽんと叩いて豪快に笑う。

「話はあとにしよう。もうはじまってるぞ」

この日、和室の宴会場に集ったのは、かつての男子生徒十二名と女子生徒八名。卒業後二十四年でこの出席率なら、まずまず立派なものではないか。水島先生も来ていたが、二十年前とほとんど変わっていないのには驚いた。

貴志たちが席につくと、すぐに幹事が開会の挨拶《あいさつ》に立つ。当時から世話好きで、学級委員に選出されたこともある瀬山幸司。

「一Aのみなさん、お久しぶりです！　きょうは水島先生もいらしてくださってます。飲んで騒いで、二十年の空白を一気に埋めちゃいましょう！　それでは水島先生、乾杯の音頭をお願いします」

指名を受けた水島先生が、グラスを持って立ち上がる。すかさず、

「先生、若い！」

と声が飛ぶ。和やかな笑い声があがる。

「ええ……みんなの立派な姿を見て、ほんとうにうれしく思います。あれから僕も、いろんなクラスの担任になりましたが、こんなに和気あいあいとしたクラスはありませんでした。一Aの担任であったことは、僕にとっていちばんの思い出であり、誇りです。今後のみんなの活躍と健康を祈って、乾杯っ！」

「かんぱいっ！」

貴志も声を張り上げる。拍手していると、胸が熱くなってきた。涙ぐんでいる女子（？）もいる。

「それでは、大いに飲み、食べ、語り合いましょう！」

貴志は刺身や天ぷらを口にしながら、ビールを注《つ》いだり注がれたりして、かつての同級生たちと昔話に花を咲かせた。しかし、ほとんど二十年ぶりの再会である。男子はわりとすぐにだれとわかったが、女子はなかなか判別困難だった。化粧をしている上、加齢による変化も著しいからだ。

それでも一人だけ、見た瞬間にわかった女子もいる。彼女は、水島先生の右隣に座っていた。昭和の香りがする黒髪のショートヘアに、色白の端整な顔立ち。顎のあたりにも余計な脂肪がまったく付いていない。控えめなイヤリングにネックレス、襟元《えりもと》の大きく開《あ》いたジャケット。背筋《せすじ》をぴんと伸ばし、すっと顎を引いて、食い入るような眼差しで水島先生の話を聞いている。

春日井《かすがい》ミチル。

貴志が、高校の三年間憧《あこが》れ続け、卒業するときに告白し、見事に振られた女性。今回のクラス会に参加したのも、もしかしたら春日井ミチルに会えるかもしれないという期待があったからだ。

末席で瀬山幸司が立ち上がった。

「それでは、ここで順番に、近況報告などをしていただきます。それではまず、私から。……ええ、あらためまして、瀬山幸司です。四十二歳です」

「わかってるよっ！」

どっと笑い声。

「農協で、去年から農薬の仕入れ担当をやってます。メーカーの営業の人から、いっぱい賄賂《わいろ》もらってます」

「おまえ、逮捕だ、逮捕！」

この声は佐久間貫太郎。そういえば、こいつは警察官だった。

「あ、いまの嘘！」

また爆笑。

クラスメートが続々と近況を報告する。そのたびに拍手と歓声が湧《わ》く。女性はたいてい結婚して、姓が変わっていた。

貴志の番になり、

「麻生貴志です。外資系の投資会社で、ファンドマネージャーをやってます」

というと、どよめきが起こった。

「すげえな。ダントツの勝ち組じゃん」

と隣の村田清三。

「そんなことないよ」

貴志は、照れ笑いをしてみせ、すぐに座った。

やがて順番が進み、春日井ミチルが立ち上がる。ボトムは膝丈のタイトスカート。腰回りも細くて優雅。両手を前に揃えた立ち姿は、凛《りん》として惚《ほ》れ惚《ぼ》れするほどだ。貴志は、酔いの回りはじめた頭で、高校時代のように見とれていた。

「春日井ミチルです」

姓は昔のままだ。ということは……。

「ええと……ちょっと恥ずかしいんですけど、バツイチになっちゃいました。柳川町《やながわちょう》でスナックをやってます。みなさん、ぜひいらしてください」

「行く、行く、絶対行く！」

これは、お調子者の佐々木信二だ。

最後に水島先生が立ち上がり、

「水島です。五十三歳になりました。先日、初孫が生まれました」

とやると、ひときわ大きな拍手が起こった。女子から奥さんに関する質問がいくつか出ると、水島先生がきわどい答えを返し、また歓声があがる。

近況報告が一巡するころには、場の空気はすっかり柔らかくなっていた。貴志はさっきから、春日井ミチルのほうばかり見ている。春日井ミチルは、水島先生にビールを注ぎながら、歓談している。

あの笑顔。変わっていない。水島先生の左隣にいた渡部優子が、ポーチを持って席を立った。お手洗いにでも行くのだろう。

貴志は、ビールとグラスを手に、畳の上をすばやく移動して渡部優子のいた席を占拠し、

「先生、ご無沙汰《ぶさた》してます」

ビールを水島先生のグラスに注いだ。

「おお、麻生くんか。君も立派になったなあ。一Aの出世頭だって聞いたぞ。ファンドマネージャーになって、一千億円も動かしてるそうじゃないか」

「チーム全体ではそのくらいになりますけど、ぜんぶ僕一人で動かしてるわけじゃありませんよ」

「それにしたって、大したものだ」

貴志は、水島先生を挟んで、この日初めて春日井ミチルと目を合わせた。心臓が高鳴る。

「どうも。久しぶり」

いいながら、春日井ミチルのグラスも満たす。

「こちらこそ。麻生くんも、どうぞ」

春日井ミチルが、注ぎ返してくれる。

「では、あらためて」

三人で乾杯した。

貴志は、一気に半分ほど飲み、グラスを置く。

「先生、じつはですね、僕は、ここにいる春日井さんに、ラブレターを出したことがあるんですよ」

春日井ミチルが、目を丸くして、両手を口に当てる。

「振られちゃいましたけど。ねえ、春日井さん？　僕、振られたんだよね？」

春日井ミチルが、困ったような笑みを浮かべて、

「男性を見る目がなかったのよ」

「聞いたか、麻生くん。いまからでも遅くはないぞ。春日井さんを口説いたらいい。ちょうどバツイチだっていってたじゃないか」

貴志はあわてて、

「先生、それはちょっと……」

「わたしは構わないわよ」

「え？」

「じゃあ、僕は退散しよう。がんばれよ」

「いや、先生、そんな――」

貴志が戸惑っているあいだに、水島先生はそそくさとほかの席に移ってしまった。

貴志は、春日井ミチルと顔を見合わせ、頭を掻《か》く。

「……まいったな」

「まいることないじゃない。麻生くんの話、もっと聞かせて。結婚してるんでしょ？」

「うん、子供はいないんだけど……。春日井さんはバツイチだっていってたけど、子供は？」

「いない。色気もなんにもない、一人暮らしよ」

春日井ミチルが、くすりと笑う。襟元からのぞく白い肩に鎖骨が浮かび、窪みと陰をつくった。

「春日井さんは、あのころと変わらないね。相変わらず素敵だ」

春日井ミチルが、急に表情を硬くし、貴志を見つめる。瞬《まばた》きをしながら笑みをつくり、

「麻生くん、本気で口説こうとしてる？」

貴志は、顔面が熱くなった。

「ち……違うよ。心に思ったことを、ついそのまま口にしちゃったんだ」

「こらあ、タカッ！　飲んでるか？」

杉島健吾が、二人のあいだに割り込んできた。春日井ミチルは、その隙《すき》にさっと席を立ち、ほかのグループのところに行ってしまった。


二次会はカラオケ。水島先生と女子数名が一次会で帰ったが、男子はほとんど参加した。春日井ミチルも来た。みな懐かしのヒット曲を熱唱し、とくに瀬山幸司は、田原俊彦を振り付きで歌って喝采《かっさい》を浴びていた。貴志もクリスタルキングの『大都会』に果敢に挑戦したが、空中分解し、席にもどって杉島健吾に慰められた。ちなみに春日井ミチルが選んだ曲は、山口百恵の『秋桜《コスモス》』だった。

カラオケ店を出たところで一同解散となった。参加者の大半は家路についたが、杉島健吾と瀬山幸司が、

「これからミチルちゃんの店に行きたい」

といいだし、春日井ミチルも快諾したので、貴志を含めた四名でぞろぞろと柳川町まで歩いて移動することになった。『行く、行く、絶対行く！』といっていたお調子者の佐々木信二は、

「遅くなると嫁さんが怖いから」

とあっさり帰っていった。

春日井ミチルの店は、雑居ビルの狭い階段を上った二階にあった。〈スナック　みちる〉と看板が出ている。ドアには〈本日休業〉の札。ハンドバッグから鍵を取り出した春日井ミチルが、札をそのままにしてドアを開け、店内の照明を点ける。

「どうぞ入って」

カウンターとテーブルが二つあるだけの、こぢんまりとした店だった。貴志らは、カウンターに並んで腰かける。ほどなく、天井から吊《つる》されたスピーカーから、静かなジャズ音楽が流れてきた。

「水割りでいいかしら」

カウンターの中に入った春日井ミチルが、慣れた手つきでグラスと氷を用意し、水割りを四杯つくった。みなグラスを取る。春日井ミチルも取る。

「一Aに乾杯だ」

瀬山幸司がいうと、春日井ミチルが両手で支えたグラスを差し出す。そこに男三人のグラスが誘引されるように集まり、それぞれ涼やかな音を響かせた。

貴志は一口飲む。春日井ミチルのつくった水割りかと思うと、いつも以上に喉《のど》が熱い。

春日井ミチルが、チーズとサラミの盛り合わせや、チョコレート、ナッツ類のつまみを手早く用意し、貴志らの前に置く。

「ごめんね。きょう材料を仕入れてないから、こんなものしか出せなくて」

「急に来た俺たちが悪いんだよ。ミチルちゃん、もういいから、こっちに座りなよ」

瀬山幸司が自分の隣を指したが、

「わたしはここで」

春日井ミチルはカウンター内の椅子に腰かけた。

「瀬山、おまえ、さっきからミチルちゃんミチルちゃんって、馴《な》れ馴《な》れしいんじゃないか?」

貴志がいうと、瀬山幸司が、

「いいだろ、同級生なんだから。ねえ、ミチルちゃん?」

春日井ミチルは、笑みを湛《たた》えたまま、

「ぜんぜん構わないわよ」

「ほら」

さらに杉島健吾が、

「タカは気に入らないんだよな。なんたって、ミチルちゃんにラブレター出したことあるくらいだから」

貴志は水割りを吹き出しそうになる。

「おまえ、だれに聞いた？」

「水島先生。もうみんな知ってるぞ」

「マジかよ……」

「いいじゃない。昔のことだもん」

春日井ミチルがいうと、瀬山幸司が、

「それともおまえ、下心あってここに来たか？」

「あ、そういえば、わたし、さっき口説かれそうになった」

「か、春日井さん！　それは――」

貴志のあわてた声に、三人が大笑いする。

しばらくはこんな調子で陽気に騒いだが、三十分もすると場がなじんで、空気が落ち着いた。

「きょうの出席率、けっこうよかったよな。半分は来てたんだから」

「そういえば、亮太郎《りょうたろう》がいなかったけど、いまどうしてるんだ？」

高橋亮太郎は、貴志とは小学校からいっしょだった幼なじみだ。子供のころはよく喧嘩もした。

「連絡が取れなかった」

瀬山幸司がいって、チーズを齧《かじ》る。

「引っ越したのか」

「両親はまだ富岡にいるんだよ。でも、その両親も、あいつの居場所はわからないってさ」

「……どういうこと？」

「行方不明」

瀬山幸司が、ため息をつく。

「高橋だけじゃない。じつは、何人かいるんだよ、親にも連絡がなくて、どこでなにしてるかわからないって奴が。加藤錦一《きんいち》とか、垣添《かきぞえ》和子とか……」

「え、和ちゃんも？」

春日井ミチルが、驚いた声をあげる。

「彼女は結婚してたんだけど、十年前に若い男と逃げて、それっきりらしい」

「……そうだったんだ」

瀬山幸司が、三杯目の水割りを春日井ミチルから受けとりながら、

「それから……」

「なんだ？」

「……うん」

いいにくそうに顔を曇らせる。

「知ってることがあるなら、いっちゃえよ」

水割りを呷《あお》ってから、

「神谷《かみや》のことだ」

神谷大輔も姿を見せなかった。高校時代は、どちらかというとおとなしい秀才タイプで、たしか国立大学の工学部に進んだはずだ。

「あいつも行方不明？」

「いや、あいつは前橋にいる。会ってきた。……入院してる」

「入院って……」

「大腸ガンだそうだ。かなり悪いらしい。神谷から、みんなにはいわないでくれって頼まれたから、いえなかったんだけど……」

「水島先生にも知らせてないの？」

「俺は知らせてない」

「そう……」

「子供がまだ、小さいんだよな」

「お見舞いに行ったほうが――」

「それも来ないでくれって」

スピーカーから、ルイ・アームストロングの『What a Wonderful World』が聞こえてきた。

貴志は、その歌声に、耳を傾ける。

この素晴らしき世界。

ほかの三人も、その歌が終わるまで、口をひらかなかった。

明るいテンポの曲に変わると、瀬山幸司が、

「あいつからは、いわないでくれって頼まれたけど……俺だけで抱え込むには、ちょっとな」

杉島健吾に顔を向けて、

「おまえも気をつけろよ、その腹」

「わかってるよ」

「健康診断、受けてるか？」

「会社のやつだけは。……いや、おれはそれよりも、親だな」

「病気か？」

「親父が脳梗塞《のうこうそく》やって、半年前から寝たきりでさ。介護は女房がやってくれてるんだけど……なんて

いうかさ……たまんないわけよ、いろいろ、家の中がさ」

杉島健吾が、うなだれる。

「わかるよ。うちはまだ寝たきりじゃないけど、しょっちゅう入院してるし、いつどうなるか……タカのところは、どうなんだ？」

「親か？　うちは兄貴がいるから」

「面倒みてるのか？」

「富岡に二世帯住宅を建てて、そこで同居してる。でも、さすがに最近は弱ってきてるみたいで……」

「じゃあ、わたしがいちばん気楽なのかな。親も兄弟もいないから」

「え、ご両親とも？」

「わたしのほうも、いろいろあってね」

春日井ミチルが、しんみりとした顔で、手元のグラスを見る。

「この歳《とし》になると、みんな、いろいろあるんだ。いろいろな」

瀬山幸司が、水割りを空ける。

氷が、からん、と鳴った。

4

ツキノワグマが両手を振り上げて立ちはだかり、いまにも襲いかからんばかりに牙《きば》を剝《む》いて、貴志を睨みつけている。

（ベアか……縁起でもない）

クマの横に林立しているのは、ゴルフコンペの賞品らしき黄金のトロフィー。磨き上げられたゴルフクラブ一式。天井まで届きそうな観葉植物。そして壁には、有名な映画俳優や、総理大臣も務めたことのある政治家とのスナップ写真が、大きな額に入れて飾ってあった。

「――だから私は、ここだと思って決断したんだよ。この夢は毘沙門天《びしゃもんてん》のお告げだと信じてね。そうしたら、君ぃ、まさに夢で見たとおりになったわけだ」

豪勢なソファにふんぞり返った社長が、高らかに笑う。今年六十歳になるというが、恰幅《かっぷく》も血色もよく、エネルギーを持てあましているという感じだ。

スターライト機工株式会社。

群馬県高崎市に自社ビルを持つ、組み立て機械の受注生産を請け負う企業である。社長が一代で築き上げた会社で、東証二部に上場している。時価総額は三百二十億円。

「だからね、私には、毘沙門天がついているんだよ。上杉謙信が毘沙門天の生まれ変わりだとかいってたらしいから、さしずめ私は上杉謙信の生まれ変わりかな」

といって、また笑う。

貴志がこの会社を訪れたとき、まず驚いたのは、社長秘書が三人もいて、いずれも不釣り合いなほど若くて美しい女性ばかりだったことだ。しかも社長の公用車が、皇族が使うような黒塗りの超高級車で、常に専属の運転手が待機しているとのこと。これだけでも、この社長が公私混同するタイプだとわかる。

社長室に案内されるや、こんどはツキノワグマの剝製《はくせい》のお出ましである。しかも、これ見よがしに著名人との写真まで。これは、来客や部下に対し、自分の力を必要以上に大きく見せようとしているわけで、つまりは社長自身に中身がないと宣言しているに等しい。

そのあげくの毘沙門天。

社長室の豪華さとは対照的に、先に見学した工場はひどかった。設備も古いし、掃除も行き届いていない。従業員のモラールも目を覆わんばかり。

まさに隅から隅までダメ企業の典型である。今後の飛躍など望むべくもない。サイトウ工業の真逆といっていい。

貴志は、よほど席を蹴《け》ろうかと思ったが、こちらからヒヤリングを申し込んだ以上、そういうわけにもいかない。

一時間ほど話を聞き、ようやく自慢話から解放されることになり、

「きょうは貴重なお話をありがとうございました」

と席を立つと、

「待ちなさい。君にプレゼントがある」

そういって秘書に持ってこさせたのは、社長自ら出版した自伝だった。タイトルは『為《な》せば成る』。

「これを読めば、私のことをもっと理解できるよ。まあ、勉強してみたまえ」

貴志は、丁重に礼をいって受けとったが、もちろん、ゴミ箱に直行である。


スターライト機工株式会社の自社ビルからJR高崎駅までは、社長自慢の公用車で送ってもらった。

昼過ぎまで降っていた雨は、すでに上がっている。七月にしては、少し肌寒い。

時間を確認すると、まだ午後六時を回ったばかり。春日井ミチルの店が開くのが午後七時からなので、しばらく喫茶店や駅周辺で暇を潰してから、柳川町に歩いた。

午後七時ちょうどに店に入ると、貴志が最初の客だった。

「あら、麻生くん！　いらっしゃい」

春日井ミチルの装いは、すっきりとした黒のジャケットに白いインナー。耳や胸元を飾るシンプル

なアクセサリーが、端整な顔を引き立てている。メイクを若干変えてあるようで、クラス会のときよりも妖艶《ようえん》な気配が漂っていた。

「たまたま仕事で高崎に来たから、顔を出そうと思って」

貴志は、カウンターのスツールに腰かける。

「うれしいわ。ほんとうに来てくれるなんて」

差し出されたおしぼりで手を拭《ふ》きながら、

「ビールをもらおうかな。それから、なにかつまむものを適当に」

「はい」

春日井ミチルが、流れるような仕種《しぐさ》で用意して、貴志のグラスにビールを注ぐ。

「春日井さんも飲んだら」

「じゃあ、少しだけ」

春日井ミチルが両手で支えるグラスに、貴志が注ぎ返す。黙って二つのグラスを合わせた。

春日井ミチルが、目をとじてグラスを傾ける。喉が小さく動く。

「ねえ、春日井さん――」

「お店ではミチルって呼んで。カウンターに座った人は、たとえ同級生でもお客様です。春日井さんなんて呼ばせたら、罰《ばち》が当たっちゃう」

「そうか……ママって呼ぶのも変だしな。じゃあ、ミチルちゃんって呼ぶよ。それなら、いいだろ?」

「うん」

「あれから、だれか店に来た?」

「一度、瀬山くんが、職場のお友だちを連れて来てくれたわ」

話しながらも、ミチルは手を動かしている。

「麻生くんのお仕事は無事に終わったの？」

「無事というか……ほら、僕の仕事って、これから伸びそうな企業を見つけて、それに投資することだろ。きょうも、ちょっとよさそうな会社だと思ったから、工場を見学したり、社長と面談したりしたんだけど……。結果は最悪。投資する気にはなれなかった」

「残念だったわね。せっかく高崎まで来たのに」

「よくあることだよ」

貴志は、あらためて店内を見まわす。

カウンターは重厚感のある木製。色合いも渋く、貴志好みだ。そこに、光量を抑えた照明が、静かに降り注いでいる。八脚あるスツールも同系色。床や柱、天井の梁《はり》に使われているのは、焦げ茶色のヴィンテージウッド。ボトル棚にも、バーボンからアイリッシュ、モルトから、ラム、ジン、テキーラまであり、スナックにしてはかなり充実していた。

「いい店だね。銀座に行きつけのバーがあるんだけど、そこと比べても負けてないよ」

「ありがとう。でもね、じつは、改装するつもりなの」

「どうして？　こんなに雰囲気がいいのに」

「ここは、もともとバーだったのよ。それも、ごく正統派の」

「それは、なんとなくわかる」

「前の店の内装をそのまま使ってるんだけど、やっぱり、長年染《し》み込んだ匂いっていうのかな、なかなか自分の色を出せないなあって、ずっと悩んでたの。自分が、この店に負けてるっていうか」

「だから思い切って、根底から作り替えてしまおうと？」

「自分色《いろ》にね」

「女性の考えそうなことだ」

「どういう意味？」

貴志は笑ってごまかす。

「改装は、いつから？」

「それが、まだ資金がぜんぜん足りなくて、いつになるかは……。いまは、その夢に向かって、せっせとお金を貯めてるところ」

「夢か……。いいな」

「はい、おまちどおさま」

カウンターに置かれた小鉢には、大豆と刻み昆布の煮物。

「お、和風だね。いただきます」

箸《はし》で口に運ぶ。噛むとふわりと潰れ、大豆の香りが広がった。

「ああ……」

思わず声が漏れる。

「これはいいよ。調味料の味じゃなくて、ほんとうに大豆の味がする。うまい」

「よかった」

貴志は、じっくりと大豆の風味を楽しむ。噛むたびに、滋養が染み込んでいく。

「店は、ずっと一人で？」

「八時からは、バイトの女の子に入ってもらってる。美咲ちゃんっていって、とてもいい子よ」

「休みはあるの？」

「日曜日はお休みさせてもらってる。あとは祝日も」

「あれ、クラス会のときは？　たしか土曜日だったよね」

「あの日は臨時休業したの。久しぶりにみんなに会いたかったし」

「ミチルちゃんに会いに来たお客さんがいたら、店が閉まってて、がっかりしたろうね」

「でも、常連さんには、前もっていってあったから。店内にも告知の貼《は》り紙をしておいたし」

「休みの日は、なにしてるの？」

「家でごろごろ、かな」

「東京に出てくることは？」

「ときどき。たまには都会の空気に触れないと、時代に取り残されちゃうから」

「こんど東京に来るときは連絡してよ。いっしょに食事でも」

「ええ。そのときは、ぜひ」

ミチルが笑顔を見せる。

「あのさ……ほんとは、クラス会のときに聞きたかったんだけど……」

「なにを？」

「いや……馬鹿な質問だとわかってるんだけど……」

「いってみてよ」

「どうして、僕、君に振られたんだろ？」

ミチルが、ぷっと吹き出した。

「笑うなよ。馬鹿を承知で聞いてるんだから」

「ごめんなさい。でも……」

ミチルが呼吸を整えて、

「いったでしょ。わたしに男を見る目がなかったの」

「嘘だ。そんなセリフでは、ごまかされないよ」

「だいたい、どうして、そんなことを知りたがるの？　昔のことなのに」

「どうして……どうしてだろうな？」

　自分でもよくわからない。

「ねえ……」

　ミチルが、上目遣いに貴志を見ている。

「奥さん、どんな人？」

「どんなって……」

「お若いの？」

「八つ下」

「お綺麗なんでしょうね」

「ミチルちゃんのほうが綺麗だよ」

「それこそ嘘」

「嘘じゃないさ。たしかに彼女、若くて、僕がいうのもなんだけど、綺麗だとは思うよ。でもね……なんていうか、セレブになることにしか興味がないみたいでさ」

「セレブ？」

「そう、女性誌を買い込んで、そこに書いてあるとおりにすればセレブになれると思ってる。あげくに、白金台に一億四千万のマンションを買えって」

「買ったの？」

「買ったよ」

「すっごーい。億ションだ。住み心地も最高なんでしょ」

「いや、まだ契約書に判子を押して、手付け金を払っただけ。完成は来年だから」

「いいな。わたしも一度でいいから、そんなところに住んでみたい」

「よくないよ。こっちは七十二歳までローンを背負うんだぜ」

「でも、愛する奥さんのためじゃないの。奥さんもきっと感謝してるわよ」

「冗談じゃない！　あいつは僕のことなんかお金を運んでくる定期便としか思ってないよ！」

ミチルが驚いた顔をする。

「ああ……ごめん。愚痴っちゃった。まいったな、みっともない……」

「気にしないで。ここは、そうやって愚痴をこぼせる場所だから」

貴志は、ゆっくりとうなずく。

「ほんとうはね……仕事のついでに寄ったわけじゃないんだ」

「……？」

「高崎の会社に行ってきたのは事実だけど、その企業に魅力を感じたからじゃない。ただ、本社が高崎市にあるから。それだけの理由なんだよ」

「……高崎が気に入ったの？」

貴志は、ふっと笑って、

「だってさ……高崎の会社を調査することにすれば、君の店に来る口実ができるだろ」

ミチルの目を、正面から捉《とら》える。

「僕は、君に会いたかった」

「また、うまいことといって」

「ほんとだよ。でも、そのためだけに高崎まで来るっていうのも、なんか格好がつかないから、強引に会社訪問の予定を入れたんだ。……あ、ぜんぶしゃべっちゃった」

貴志は、グラスを摑《つか》んで、ビールを飲み干した。

「水割りにする？」

貴志はうなずく。

ミチルが水割りをつくり、マドラーで一掻きする。貴志に差し出しながら、

「わたしと寝たいの？」

ミチルの声から、表面的な陽気さが消えていた。

貴志は、グラスに手を伸ばしたまま、静かに目を上げる。

「ほかのお客さんだったら、適当に調子を合わせて、ちょっと思わせぶりな態度をとったりするところだけど……」

ミチルが、力のこもった眼差しを、貴志に向ける。

「……奥さん、悲しませちゃダメよ」

貴志は、違和感を覚えた。

ミチルの言動に、ではない。

自分の中に、ミチルを抱きたい、という欲望がないことに気づいたのだ。もしかしたら心の奥底では、そういう欲望を持っているのかもしれない。しかし、自分で触知することはできなかった。

十八歳のときには考えられなかったことだ。あのころは、会いたいという気持ちは、セックスしたいという欲望と同意語だった。それ以外の感情は、入り込む隙もなかった。

しかし、いまは違う。

わざわざ高崎に本社のある企業を探し出し、自分に口実を与えてまでこの店に来たのは、ミチルを口説くためではない。

では、俺は、なにを求めて、春日井ミチルのもとへ来たのだ……？

かつて憧れた女性と話し、若き日を懐かしむためか。束の間《つかのま》の安らぎを得るためか。

いや……。

そんな生ぬるいことが目的ではない。

もっと根深く、熱く、そして静かに煮えたぎっているなにか。

「麻生くんは、ちっとも変わってないね」

ミチルの声に我に返る。

「たしかに立派になったけど、根っこのところは変わってないわ。こっちが面食らうくらいストレートで……。でもね、たぶん、わたしは変わった。根っこから。もう、麻生くんから手紙をもらったころのわたしとは違う。幻滅するだけよ」

君はわかっていない。

なにもわかっていない。

そういうことではないのだ。

俺はもう十八歳のガキではない。

俺を……。

「麻生くん、もう帰ったほうがいいわ。それに、ここにも来ないほうがいい。奥さんを大切にしてあげて」

「……見くびるな」

ミチルの顔に、戸惑いが過《よ》ぎる。

「なんていったの?」

君の目の前にいるのは、一千億の資金運用チームのヘッドを任され、二千万の年収を稼ぐ男だ。自分の実力だけで、競争社会の荒波を生き抜いてきた男だ。

貴志はようやく理解した。

俺は、ミチルを愛しているのではない。抱きたいと思っているのでもなければ、ノスタルジーに浸りたいわけでもない。

ただ、過去に自分を拒絶した女を、当時の自分にとって世界そのものであった女を、見返してやりたいのだ。現在の自分の力を見せつけてやりたいのだ。認めさせてやりたいのだ。

徹底的に。

「勘違いしないでくれよ」

貴志は、水割りをごくりと飲み下す。

「僕は、君と寝たくて、ここに来たわけじゃない。そうだな……」

どうすれば、もっとも効果的に、自分の力を誇示できるのか。ミチルをひれ伏させられるのか。

(そうか。さっき彼女は……)

ふと思いつき、顔を上げる。

「ゲームをしないか?」

「なんの話?」

「君はさっき、店の改装資金を貯めているといったよね。いま、いくらあって、いくら足りないの?」

「出してくれるっていうの?　わたし、そういうのは――」

「そうじゃない。教えてほしい。ゲームをはじめるためなんだ」

「だから、なんのゲームなの?」

「それをいまから説明する」

ミチルは、躊躇《ためら》いがちに、

「……いまあるのは五百万ちょっとで、あと七百万くらいは貯めないと。自分のイメージどおりにしようとしたら、ぜんぶで千二百万は要ると思うから」

「あと七百万あれば、思いどおりの店を持つという君の夢が叶うわけだ」

ミチルが、小さくうなずく。

「夢を叶えるまで、何年くらいかかりそう？」

「さあ……このお店も、そんなに儲かってるわけじゃないから、三年や四年では……。五十歳までには、と思ってるんだけど」

「ずいぶん先の話になるね」

「でも……夢だから」

ミチルの顔に、寂しげな笑みが浮かぶ。

「ところで、株をやったことは？」

「……ないけど」

「メモするものを」

ミチルが、メモ用紙とボールペンをカウンターに置く。

貴志は、メモ用紙に〈名証二部　サイトウ工業〉と書き、その下に四桁のコード番号を記した。

「すぐ証券会社に口座を開いて、この銘柄を買うんだ。できるだけ早く、そして、できるだけ多く」

ミチルが、メモ用紙と貴志の顔を、交互に見る。

「どういうこと……？」

「この株は、これから上がる。必ずだ」

「株でお金を増やせって？」

ミチルが、拍子抜けした顔をする。

「信じられない？」

「だって、株って怖いんでしょ？　下がることもあるんでしょ？」

「可能性はある」

「それに、この会社が倒産したら？」

「株はほとんど無価値になるね」

「…………」

「怖ければ、やめてもいい。でも、僕を信じて五百万を投資すれば、二、三カ月で千二百万を手にできるよ」

「まさか……」

「ほんとうだ。僕には、それができる」

「……嘘よ、そんなこと、どうやって……」

「忘れたのかい？　僕はファンドマネージャーだ。株式投資のプロなんだよ。何百億って資金を一人で動かしてる」

ミチルが、頻繁に瞬きをする。呼吸が浅くなっている。眼前にぶら下げられた千二百万円に、心が揺らいでいるのだ。人に欲があるかぎり、大金には目が眩《くら》むもの。春日井ミチルといえども例外ではない。

所詮《しょせん》、彼女も生身の女ということだ。

「この五百万って、ほんとうに苦労して、少しずつ貯めたお金なのよ」

「わかってる」

「それを、あなたに託せっていうの？」

「これがゲームだよ。僕の力を信じれば、君は夢を叶えられる。僕の力を信じなければ、現状維持。今後も、いつ叶うともしれない夢を追うことになる。すべては君次第だ」

「……どうして、こんなことを？　二十四年前に、わたしがあなたを振ったから？　結婚に失敗して、水商売に手を染めた惨めな女を笑いたいから？」

「理由はどうでもいい。君は、この銘柄を知ってしまった。サイトウ工業という名前を憶《おぼ》えてしまった。あとは、買うかどうかだ」

ミチルは、メモ用紙をじっと見ている。

「もしこのゲームに参加する意思があるのなら、遅くとも一カ月以内に株を買ってくれ。それ以後はチャンスはないと思ってほしい。買い終えたら、僕のケータイに連絡すること。番号は教えたよね？」

ミチルがうなずく。

「いいかい？　ここはとても大切なところだ。会社の名刺も渡してあるけど、そちらには絶対に電話しないこと。必ずケータイにかけてくれ」

「わかった。でも、まだ買うと決めたわけじゃ――」

「君は買うさ」

ミチルの瞳に、小さな光が弾《はじ》けた。

貴志は、スツールを降りながら、

「いまの僕が、十八歳のときの僕じゃないってことを、教えてあげるよ」

店のドアが開く。

男性客が二人、入ってくる。

「あら、いらっしゃい」

瞬時にミチルが、貴志を迎えたときと同じ笑顔になっていた。

ミチルから貴志のケータイに連絡があったのは、ちょうど一カ月後だった。

『あなたからいわれたとおりに買いました』

その言葉を聞いた瞬間、ミチルの体内に精液を解き放ったような征服感を味わった。

ミチルが取得したのは七千株。投じた資金は五百二十五万円。これまで貯めた改装資金のほぼ全額だという。

この一カ月間、貴志は毎日のように、サイトウ工業の株を売り浴びせていた。ミチルが買い付けるのを見越して、少しでも株価を下げておこうと思ったのだ。その結果、一時は千二百円を超えた株価が、七百円台まで下落している。

「これから株価がいくら上がっても、証券会社の営業マンから勧められても、僕がいいっていうまでは売っちゃダメだよ。わかったかい?」

『わかりました』

翌日から、貴志は一転して、カイ注文を出した。まずは一万株で、市場の反応を見た。すると株価は、一日で五パーセントほど上昇した。引き続き一万株のカイを連日発注すると、あっという間に千円を突破した。名証の値上がり率ランキングでは、首位を独走した。

このころになると、一般投資家たちの注目を集めるようになり、次第に出来高も膨らんできた。ただ、出来高が膨らむと、利益確定売りに押されて、値がもどされる場面も出てくる。上値が重いと感じると、貴志はさらにカイ注文を一万株単位で増やし、蓋を強引にこじ開けていった。

上昇トレンドの勢いが本物であることがわかると、一般投資家のあいだにも買い安心感が広がったのか、チャートは右肩上がりの急カーブを描きはじめた。デイトレーダーたちも参戦し、出来高は爆発的に増えた。

二カ月も経《た》つと、株価は二千円の大台に乗った。ＰＥＲはすでに30を超え、割高な水準に達してい

た。貴志は、ファンドへの組み入れ予定が残り十万株となったところで、ミチルのケータイに連絡を入れ、

「明日、すべての株を売ってくれ」

と告げた。

翌日、貴志は、最後の十万株のカイを発注した。その日の終値は、二千二百五十円の上場来高値《たかね》をマークした。

相場が引けたあと、ミチルに確認すると、貴志の指示どおり、全株を売り抜けていた。平均売却単価は二千二百円で、売却額は千五百四十万円。ここから投資資金を差し引いた売却益は千十五万円となり、さらに税引き後の手取りは九百十三万五千円とのこと。目標の七百万円を、二百万円余りも上回ったのだ。

『信じられない……ほんとうに、こんな大金が』

電話口の声が震えていた。

「おめでとう。君はゲームに勝ったんだ」

『……わたし、なにもしてないのに』

「君はね、僕の言葉を信じて、なにもかも失うかもしれないというリスクを冒し、その結果として、大きなリターンを得た。当然の報酬を手にしただけだよ」

『わたし、なんてお礼をいったらいいか……ねえ、お礼をさせて。ぜひ、お店に……ううん、わたしが東京に行く。だから――』

「そんなことは気にしなくていい。君がよろこんでくれたら、僕はそれでいいんだ」

『そうはいかない。わたしがどれだけ感謝してるか……とにかく会って、一言でもお礼がいいたいの』

「また店に顔を出すよ。そのときに」

『きっとよ、必ず来て。待ってるから』

貴志はすべてに満足して、ミチルとの会話を終えた。

明くる日から、貴志はふたたびウリに転じた。いくらサイトウ工業でも、現在の株価水準は高すぎる。いずれ大きな調整が入ることは間違いない。高値のうちに少しでも売り抜けて、ある程度の利益を確保しておき、下がったところで安く買いもどそうと思ったのだ。

以前と違い、この銘柄には、無数のデイトレーダーが群がり、目先の利益を求めて血眼《ちまなこ》になっている。いま貴志がウリに転じたとしても、すぐに株価が暴落することはないだろう。そして事実、貴志のウリ注文は難なく吸収された。

ただ、継続的に大量のカイを入れていた貴志が撤退したことで、株価が上値を追うことはなくなり、方向感のない乱高下《らんこうげ》を繰り返すようになった。

その後、株価は急激な下降トレンドに移って瞬く間に二千円を割り込み、さらに大幅に下落して、一応の落ち着きを取りもどしたのは千二百円台になってからだった。

5

夜風が冷たかった。

冬はそこまで来ている。

一日の仕事を終えて会社を出た貴志は、コートの襟を立て、地下鉄の入口に向かった。

「麻生くん？」

立ち止まって振り向くと、女性らしきシルエットが近づいてくる。都会の光に照らされたその姿。

「……君か」

ボルドーカラーのダブルブレストコート。短く立ち上がった襟元が、黒髪のショートヘアと相まって、クラシックな雰囲気を醸し出している。ただ、光の加減のせいなのか、顔が見るからにやつれていて、貴志は一瞬、病気なのかと思った。

「久しぶりだね。元気だった?」

「ええ……」

「どうして、君がここに?」

ミチルの強《こわ》ばった瞳が、夜の都会を映している。

「ここで待っていれば、あなたに会えると思って」

「まさか……ずっと?」

「だって、ぜんぜんお店に来てくれないし、電話にも出てくれないじゃない」

「それにしたって、こんな寒い中を……。店は?」

「臨時休業。お客さんに、なにもいわずに休んじゃった」

ミチルとの一件は、すでに終わったことだ。いまさらミチルと、どうにかなろうという気持ちはない。それに、こんなところで話し込んでいると、だれに見られて、どういう誤解を受けるかわかったものではない。はっきりいって迷惑だった。

そんな貴志の気持ちを察したのか、ミチルが自嘲《じちょう》するような笑いを漏らし、目を伏せる。

「そっか。……そうだったんだ。やだな……わたし、一人で変な勘違いしてたみたい」

「………」

「でも、今回のことは、ほんとうに感謝してるの。それだけは伝えたくて。ありがとう」

ミチルが、口を引き結び、貴志に微笑んでみせる。

深く息を吐き出し、

「これで気が済みました。ストーカーみたいな真似して、ごめんね。じゃ、わたし、帰るから」

「いまから高崎に？」

「ちょっと遅くなったけど、お店を開けるわ。お客さん、来てくれるかもしれないし。……さようなら」

ミチルが、泣きそうな笑みをつくり、背を向ける。一歩一歩、しっかりとした足取りで、離れていく。

貴志は、その華奢《きゃしゃ》な後ろ姿を、じっと見送る。

ミチルは、やがて角を曲がり、貴志の視界から去った。一度も振り返らなかった。

「春日井ミチル……」

貴志は、わけのわからない感情に呑み込まれそうになっていた。心の中で意味不明の化学反応が起き、それが次々と連鎖反応を引き起こしている。風景が変わろうとしている。

通りをタクシーが近づいてきた。空車のサイン。貴志は、ほとんど反射的に手を挙げてタクシーを止め、乗り込んだ。

「恵比寿駅まで」

シートに身体《からだ》を埋《うず》める。目をとじると、ミチルの顔が浮かぶ。泣きながら笑っている。

貴志は目をあけて、車窓を眺める。さまざまな光が後ろに流れていく。しかし、東京の夜景を見ても、自分が勝利者である確信を感じられない。むしろ、敗北者になったような気分だった。

『やだな……わたし、一人で変な勘違いしてたみたい』

そういったときのミチルの表情を思い出すと、胸の奥が熱くなり、涙が滲んでくる。

自分でも理由がわからない。

そして……。

『ほんとうに感謝してるの。それだけは伝えたくて。ありがとう』

ふいに突き上げてきた衝動に、貴志は狼狽《うろた》えた。それは一秒ごとに激しさを増し、自分でも制御できない。


『さようなら』


「運転手さん！」

「なんですか？」

「悪いけど、急用を思い出した。東京駅にもどってくれ。急いで」

「あ……はい」

貴志の乗ったタクシーは、強引に車線変更し、次の交差点を左折した。いつもの帰宅コースから外れるのを身体に感じながら、貴志は自分に問いかける。

いいのか？

いいのか？

「……いいんだ」

ケータイを開いた。

自宅の番号を呼び出し、通話ボタンを押す。

「志緒理か。俺だ。貴志だ。悪いけど、急に出張することになった。これから新幹線に乗らなきゃいけない。きょうは遅くなりそうだから、先に休んでてくれ」

『え……？　どこに行くの？』

「……高崎だ。以前に調査した企業の広報担当者から、どうしても知らせたいことがあるって。電話じゃダメだっていうから、相当重大なことらしいんだ」

『そう……』

「すまない」

貴志は電話を切り、肩で息をつく。

全身から嫌な汗が出てきた。

志緒理は信じただろうか。

出張の理由の不自然さに気づいただろうか。

どちらにせよ、もう引き返せない。

タクシーを降りた貴志は、東京駅の構内を走り、新幹線の切符売り場で高崎までの自由席特急乗車券を買い、上越新幹線のホームに上がり、午後九時四分東京発『あさま五五一号』に駆け込んだ。たぶんミチルは、何本か前の列車に乗ってしまっただろう。ならば店に行くまでだ。それでも貴志は、もしかしたらと思い、動きはじめた新幹線の中を歩き、ミチルを探し求めた。先頭の八号車指定席から回ったが、乗客は疎《まば》らで、ミチルの姿もなかった。七号車のグリーン車も同様。六号車、五号車、そして自由席の四号車、三号車、二号車と探したが、やはりミチルは乗っていなかった。諦《あきら》めかけて、最後部の一号車の自動ドアを入ったとき、思わず息を吸い込んだ。

いた。

前から二つ目、三列シートの窓際に座り、気の抜けた表情を車窓に向けている。

右隣の席に、乗客はいない。

貴志は、ゆっくりと近づく。

ミチルが、気配を感じたのか、顔を上げ、目を見ひらいた。

貴志は、コートを脱いでミチルの隣に座り、軽く息を吹き上げ、ちらとミチルを見やった。

「……どうして?」

「急に出張が入ったんだ、高崎まで」

ミチルが、黙ってうつむく。

貴志は、ネクタイを弛《ゆる》めて、シートにゆったりと背をあずける。

そっと左手を伸ばし、ミチルの右手を握る。

ミチルが、無言のまま、貴志の肩に頭を寄せてきた。

第二章　愛人

1

志緒理は、ふだんと変わらぬ様子で、半割りにした大玉のキウイフルーツをスプーンで掬《すく》っている。二つあるガラス鉢の一つには、一口大にカットされたバナナとリンゴ。もう一つには、ハチミツをかけたヨーグルトにプルーンが添えてある。貴志の器にも同じものが盛られているが、これだけでは昼まで持たないので、トーストとコーヒーも付いていた。

志緒理は、貴志よりも早く起きて、着替えと簡単な化粧をしてから、起こしに来てくれる。それがだいたい六時前。貴志が顔を洗って身支度をし、ネクタイを締め終わるころには、朝食の準備もできている。

貴志は、テレビのニュースを観ながら急いで食べ終え、経済新聞を手に玄関に向かう。いつも朝はばたばたしていて、会話らしい会話もない。靴を履いてから、見送りに来た志緒理と、

「じゃ、行ってくる」

「お仕事、がんばってね」

短く言葉を交わして、自宅を出た。

東京メトロの恵比寿駅までは、ふつうに歩いて十分。急げば七分で行ける。

電車に乗ったあとは、経済新聞を広げ、見出しにざっと目を通す。そうこうしているうちに、日比谷駅に到着する。

会社では、まずパソコンと情報端末を立ち上げ、メールと最新ニュースをチェックする。緊急の対応が必要となる用件がなければ、経済新聞で気になった記事をじっくりと読んだり、リフレッシュルームでコーヒーを飲んだりして、今後の投資戦略について考えを巡らす。

しかし、ここ数日の貴志は、考えを巡らそうとすると、あの夜のことばかり頭に浮かんできてしまうのだった。

あの夜。

高崎のホテルでミチルと初めて肌を合わせたとき、互いの肉体が熔《と》け合うような密着感に我を失い、その恍惚《こうこつ》に酔いしれた。男女の性愛とはこれほど素晴らしいものだったのかと感動さえした。志緒理とのセックスでは、けっして経験できなかったことだった。

たしかに肌や乳房の張りは、若くて手入れにも金をかけている志緒理のほうが上だろう。しかし志緒理とのセックスは、性欲の発散、あるいは、夫としての義務に過ぎない。ミチルを知ったいま、それがはっきりとわかる。

ミチルとは、互いの存在そのものを求め合うセックスだった。体型だとか、年齢だとか、そんなものはどうでもいい。それがミチルであるということが、すべてだったのだ。

あれから一週間が過ぎたが、ミチルからの連絡はない。貴志も電話をかけていない。貴志は、ミチルと、そして、自分自身の気持ちを測りかねている。

ミチルは、あの夜の出来事を、一度きりの情事だと思っているのか。身体を許したことで、千二百万円の借りを返したつもりなのか。終わりなのか。それとも、それ以上のなにかを願っているのか。

そもそも俺は、ミチルとどういう関係になりたいと思っているのか。一度だけなら、浮気で済む。しかし、二度目があれば、恋愛になる。恋愛になれば、関係が続いていく。続けていく覚悟が、俺にあるのか。それがどういうことか、わかっているのか。そして、その先には、なにがあるのか……。

「ヘッド?」

「え……」

ブースの外で、チーム麻生のメンバーが顔を揃えていた。

「ミーティングの時間ですよ」

「ああ……そうか」

貴志は、資料を手にブースを出る。

「なにを考えてたんですか? 最近、よくぼんやりとされてますけど」

藤島桂も女性だけあって、貴志の様子に感じるものがあるのかもしれない。

「……運用報告書の文章をどうしようかと思ってね。いつも頭を悩ますんだよ。だれか代わりにやってくれないかなあ」

貴志の冗談に、メンバーが笑った。

ミーティングでは、いつもどおり、重要な情報や市場の動きについて意見を交わし、売買銘柄をトレーダーに告げた。

「では、新しいネタのある人は?」

「ポートフォリオに加えたい銘柄があります」

きょうは野口達彦が手を挙げた。

資料を配付して、説明をはじめる。

「東証一部上場のオーライ商事です。中堅の機械商社で、これまでは発電設備関係に依存していましたが、航空機関連事業や自動車用塗料に重点をシフトしつつあります。減損処理があったため赤字が続いていましたが、来期はそれもなくなり、最終的には黒字に転換される見通しです。とくに自動車用塗料に関しては、需要が好調な中国での体制を整える方針とのことで、これが奏功すれば、さらに収益基盤が拡大することが——」

時価総額も百十九億円。運用指針上の問題はない。真山純一や藤島桂から、いくつかの疑問点が質《ただ》されたが、野口達彦は淀《よど》みなく答えた。

「会社訪問の印象も悪くなかったんだな?」

「今後の事業展開を語るときの社長の顔が活《い》き活《い》きとしていて、モチベーションは高いと感じました」

「毘沙門天は登場しなかったろうな」

貴志の言葉に、メンバー全員が爆笑した。

「ありません。もちろん、自伝もプレゼントされませんでした」

野口達彦が笑いながら答える。

「それはけっこう。いいんじゃないか」

最後に一日の予定を確認する。

「私は、午前中は報告書を書くので会社にいるけど、午後から企業調査に出かけてくる」

「どちらへ?」

「秘密だ」

藤島桂がにやりとした。

「また、サイトウ工業のような銘柄を見つけたんですか?」

「さあ、それはどうかな」

「サイトウ工業のときは激しかったですよね」

思い出したように真山純一がいう。

「麻生さんにしては、珍しく攻撃的な買い方でしたもんね」

「長くやってると、たまには、ああいうこともしてみたくなるもんだよ」

サイトウ工業の株価を乱高下させたことに関しては、ＣＩＯ（最高運用責任者）とのミーティングでも、

『あまり露骨なことはやるなよ。うちは仕手筋《してすじ》じゃないんだから』

と指摘されたが、それ以上の咎《とが》めはなかった。要するに、最終的に利益を上げさえすれば、それでいいのだ。

朝のミーティングを終えた貴志は、ブースにもどって、運用報告書の作成に取りかかった。ファンドマネージャーの第一の仕事は、投資の意思決定を下すことだが、顧客への説明も、それに劣らず重要な業務である。なぜその銘柄を買ったのか、あるいは売ったのか。その結果、運用成績はどうなったのか。その理由はなにか。そのすべてを顧客に正確に伝え、納得させなければならない。レポート作成のために割く時間は意外に多く、ファンドの決算が集中する時期には、一日中文章を考えていることもある。ファンドマネージャーにもっとも必要な能力が、数学や英語の力ではなく、国語力だといわれる所以《ゆえん》である。

レポート作成を適当に切り上げたところで、ビルの地下にある食堂街で昼食を済ませ、東京駅に向かった。

朝のミーティングでは企業調査といったが、それは嘘だ。貴志は、ミチルに会いに行こうとしている。一度かぎりにしろ、続けるにしろ、とにかく会って互いの気持ちを確認すべきだと思ったのだ。いつまでも、この状態を引きずっているわけにはいかない。

高崎までの特急乗車券を買い、上越新幹線のホームに上がり、十三時四分発『あさま五二五号』に

乗り込む。発車まで数分あったので、貴志はデッキでミチルに電話をかけた。

「僕だ……」

『……はい』

「いまから高崎に行く。会いたい」

もし断られたら店の前で待ち伏せするつもりだったが、ミチルの返答は、

『どこにしますか？』

「メトロポリタンのロビーは？」

『わかりました』

「一時間以内に行く」

『待ってます』

電話を切った瞬間、歓喜に胸が震えた。

ミチルに会える。

また会える。

そう思うだけで、うれしくて、切なくて、苦しくて、肋骨《ろっこつ》が軋《きし》みそうだった。

列車が動きだしてからも、ミチルのことばかり考えていた。あの夜のことを思い出しては、局部が充血してくるのを抑えるのに苦労した。身体はもう、ミチルを求めて雄叫《おたけ》びをあげそうになっている。

これからミチルに会うのは、気持ちを確認するためではない。確認するまでもない。

十三時五十七分。

定刻どおり高崎で新幹線を降りた貴志は、駅構内のコンコースを通り、エレベーターに乗る。ホテルメトロポリタンは、駅のターミナルビルの六階から十階に入っている。六階でエレベーターを出ると、ホテルのフロントが見えた。低い椅子とテーブルが整然と並んだロビーラウンジ。そのいちばん

手前の席に、ミチルが座っていた。貴志を認めると、笑顔で立ち上がり、足早に近づいてくる。黒髪のショートヘア。短いブラックコートにタイトスカート。そしてインナーは深紅のニットベスト。Vネックからのぞく肌が眩《まぶ》しい。貴志は、ほとんどぶつかりそうになりながら、ミチルの耳元に囁《ささや》く。

「いますぐ、したい」

ミチルが、熱く見つめ返してくる。

「……わたしも」

志緒理の満ち足りた顔に、汗が滲んでいる。呼吸に合わせて、裸の胸が上下している。貴志は、さすがに疲労感を覚えて、ぐったりと横になった。

それはそうだろう。

昼間はミチルとの情事で三回も射精し、夜は夜で、志緒理を満足させるのに一時間も奉仕した。

（一日四回とは……）

我ながら呆《あき》れる。十八歳のときでも、こんなにしたことはなかった。それでも、ミチルとならば、いまからでもできそうな気がする。事実、ミチルのことを思うだけで、萎《な》えていたものが蘇《よみがえ》ってくる。

志緒理はまだ目をとじて、余韻に浸っている。傍らの夫が、ほかの女のことを考えて股間を熱くしているとは、想像もしていないだろう。

貴志は、少しだけ負い目を感じた。志緒理はなにも悪くない。家事もしっかりやってくれているし、帰りが遅くても文句をいわずに待っていてくれる。若くて、美しくて、傍《はた》から見れば理想的な妻に見えるだろう。

志緒理と出会ったのは、お見合いパーティーの席だった。すでに貴志は、仕事である程度の実績と自信を得ていたが、未《いま》だ独身であったため、キャリアの仕上げとして、だれに対しても自慢できる妻が欲しいと思ったのだ。このパーティーは、男性の参加資格が、医師、弁護士、あるいは年収一千万円以上に限るというもので、これに参加できるというだけでも自尊心をくすぐられた。

パーティー会場では、派手なブランド物に身を固めた女性や、露出度の高い服を着た半裸同然の女性が目についた。そんな中で、白っぽい清楚《せいそ》なスカートスーツ姿の志緒理は、とても好ましく映った。もっとも、あとから聞いたところでは、あからさまなブランド女や露出女は、一般の女性参加者を慎ましく見せるためのサクラらしいから、貴志はまんまと策略に嵌《はま》ったことになるのだが。

ともあれ、声をかけてみると、志緒理は見かけどおり物腰も柔らかで、どんな話題にも興味を持って耳を傾けてくれた。とくにファンドマネージャーという職業が珍しいのか、仕事についていろいろと質問された。年収が二千万以上あるということも、そのときに話したかもしれない。

パーティーの数日後にはさっそく食事に誘ったが、すぐに関係を持ったわけではない。志緒理は、貴志の目をまっすぐ見て、いった。

『まずはじっくりとお話をして、あなたのことを理解したいんです』

こういう真面目なところも、貴志の気に入った。その後も、メールのやり取りをしたり、食事やお酒をいっしょに楽しんだりして、付き合いを深めていった。

貴志の気持ちを決定的にしたのは、運用成績が伸び悩んで愚痴をこぼしたときだった。そのときも志緒理は、嫌な顔一つせず、温かい言葉で慰めてくれた。

『あなたは、わたしの大切な人だから』

その言葉を聞いた貴志は、こんなに素晴らしい女性には二度と出会えないと思い、結婚を決意した。志緒理は、プロポーズを受けてくれた。その夜、初めて関係を持った。

しかし、結婚したとたん、志緒理は豹変《ひょうへん》した。ほとんど別人といってもいいほどになり、貴志は呆《あっ》気《け》にとられた。

どうやら世間には、金持ちの男と結婚するための指南書のごときものが出回っていて、志緒理はそれを忠実に実行しただけらしい。清楚なファッションも、上品な仕種も、貴志を感動させたセリフも、すべては計算ずくの演出だったのだ。またしても貴志は策略に嵌ったわけだが、そこまでして自分と結婚したかったのかと思うと、妙に感心してしまったのも事実で、とくに騙《だま》されたという気持ちはなかった。結婚とは、多かれ少なかれ、こういうものなのだろうと思った。豹変したとはいえ、それなりにいい妻でいてくれたので、離婚したいと考えたこともない。ただ、なにかにつけて『セレブ、セレブ』と口にするのには辟易《へきえき》するが。

(もし……)

貴志は、志緒理の顔を見ながら考える。

(……好きな女ができたから離婚してくれ、と告げたら)

志緒理は怒り狂うだろうか。それとも、なに食わぬ顔で多額の慰謝料を要求してくるだろうか。

(契約した白金台のマンションは……)

どうなるのだろう。契約を破棄すれば、数百万円の手付け金を溝《どぶ》に捨てることになる。かといって、志緒理がマンションを得て、こちらが一億円のローンだけを背負うというのは、いくら非があるとはいえ不公平ではないか。

(そうだ……)

契約を破棄する必要はない。あのマンションに、ミチルと二人で住めばいいのだ。きっとミチルもよろこぶだろう。

「なに笑ってるの……？」

志緒理が目をあけている。

「もう……いやらしい」

小さく笑いながら、シーツを首まで引き上げ、形の綺麗な胸を隠した。

2

銀座五丁目の裏通りに建つ古いビル。その脇の狭い階段を地下に潜り、厚くて重い扉を開けると、中に洞窟《どうくつ》のような空間が広がっている。うす暗い照明のもと、手前から奥に向かって延びているのはバーカウンター。

貴志が足を踏み入れて扉を閉めると、カウンターの奥に腰かけていた男が手を挙げた。身長百八十センチ、体重八十キロはありそうな堂々たる体軀《たいく》を、上質のダークスーツに包んでいる。大きな目と厚い唇が、相変わらずエネルギッシュな印象を与えていた。

貴志は、軽く右手で応え、男の横にかける。男の前には、カクテルグラス。透明な液体の底に、オリーブが沈んでいた。

「先にやってる」

「ギムレットを」

貴志がいうと、六十歳くらいの痩身《そうしん》のバーテンダーが、かろうじて聞き取れる声で、

「はい」

と答える。

カウンターは欅《けやき》の一枚板。バックバーに並んでいるのは、美しく磨き込まれたボトルの数々。抑えた照明を反射し、色とりどりの胴ラベルが鈍く光っている。ウナギの寝床のように細長い店で、テーブル席はない。まだ時間が早いせいか、ほかに客はいなかった。

バーテンダーがライムを搾り、その果汁とジン、ガムシロップをシェイカーに入れ、手首をしなら

せて振る。丁寧に撫《な》でつけられた白髪に、上品で彫りの深い顔。ベストにボータイが様《さま》になっている。

「お待たせしました」

グラスに注がれ、貴志に差し出された液体は、白濁していた。

貴志は一口飲み、バーテンダーに目をやる。

バーテンダーが、柔和な顔で、微《かす》かにうなずく。

「調子はどう?」

貴志は、男にいった。

「まあまあ」

男の名は、長谷川浩樹《ひろき》。大学時代の友人だった。根っからの映画好きで、小津安二郎や黒澤明の話になると一晩中でもしゃべり続けたものだ。現在は東京に本社を置く大手商社に勤めていて、営業部長に昇進したばかり。最近は忙しくて映画を観る暇もないらしい。

「おまえ、また太ったか?」

長谷川浩樹が、嫌なことをいうな、といいたげな笑みを浮かべる。

「おまえは儲かってそうだな」

「そうでもないよ」

「あの美人の奥さん、元気か?」

「相変わらずだ」

「結婚して……何年だっけ?」

「三年目」

「子供は?」

「まだ」

「つくらないのか」

「つくるつもりだけど」

「奥さんが若いからいいよな」

「こんどマンションを買うんだ」

「おお、やっと買うか」

「七十二歳までローンだ」

「勝った。おれは七十五歳だ」

「マジか……」

「でも、その前に死ぬよ。医者からも、このままだと心筋梗塞で死ぬっていわれてる」

「酒を飲んでる場合じゃないな」

「かたいことというな。生きてるって実感があれば、短くたっていいんだ」

「生きてる実感か……」

「なんだ？　ため息なんかついて」

「じつはな……」

「……うん」

「女ができた」

「わお」

「高校時代の同級生なんだが」

「クラス会で再会したとか」

「ドンぴしゃ」

「ありがちだ」

「これがさ」

「うん」

「すごくいいんだ」

「セックス？」

「身も心も。相性が」

「なるほど……」

「もっと早く再会できてたらな」

「彼女と結婚していた？」

「たぶん」

貴志は温かな息をついて、

「俺の中にこんな感情が残っていたなんて信じられないよ。彼女のことを考えるだけで幸福になれる。会いに行くときは子供みたいにうれしくなる。俺さ、仕事をサボって会いに行ってんだぜ。我ながら呆れるよ」

苦笑した。

数秒の間があいた。

「……おまえの気持ち、よくわかる」

「うん？」

長谷川浩樹が、沈んだ表情をしている。

「どうした？」

「なにが？」

「きょうのおまえ、なんか変だぞ」

長谷川浩樹が、貴志と同じため息をつく。

「あのな……」

「うん」

「おれも、付き合ってる女がいる」

「わお」

長谷川浩樹が、ちらと貴志を見る。

「どこで知り合った?」

「会社の部下だ」

「年下か」

「十二歳下」

「てことは、三十歳。独身?」

「結婚歴もない」

「若さに溺《おぼ》れたか?」

「違う!」

長谷川浩樹の声が、店内に響く。

バーテンダーは、相変わらず柔らかな表情で、グラスを磨いている。

「優秀な子でさ、大きなプロジェクトをいっしょに成功させたんだ。彼女にもすごく助けられたから、ほんの慰労のつもりで、食事に誘ったんだよ」

「ほんとか?」

「ほんとだ。頭の回転の速い子だから、話していて楽しくてさ。職場ではほとんど仕事の話しかしなかったけど、彼女、いろいろな本を読んでるし、古い映画のこともよく知ってるし、話題もぜんぜん尽きなくて、気がついたら何時間も経ってた」

「そのままホテルへ？」

「馬鹿いえ！　おれは、ほんとうに、話しているだけで楽しかったんだ。彼女を口説こうなんて、思ってもなかった」

「葛西《かさい》さん、信じられる？」

貴志が、バーテンダーの葛西に話を振ると、笑みを湛えたまま、

「ご自分でその気はなくとも、心の奥底では、そういう気持ちがあったかもしれませんね」

「葛西さんまで……」

長谷川浩樹が、拗《す》ねた真似をする。

「で、どうなったんだ？」

「いや……あんまり楽しかったから、そのあとも何回か食事に誘ったんだよ」

「ほらみろ」

貴志は、葛西と顔を見合わせる。

「でもなあ、最初は、ほんとうに、そんなつもりはなかったんだよ。そりゃ、いままでだって、浮気をしたことがないわけじゃないけど、あくまで一時的な遊びだった。でも、彼女に対しては、そういう浮ついた気持ちはなかったんだ。それが、いつのまにか……」

「……そういうことって、あるよな」

「なんなんだろうな、あの気持ち……最初は、話しているだけで楽しかったのに、そのうちに……」

長谷川浩樹の表情が、幸せそうに緩む。

「……なんかこう、『彼女、いいな』って気持ちが濃くなって……そう、濃くなるんだ。どんどん、どんどん、濃くなっていって、それが限界を超えた瞬間、心の中にきらきらとした結晶が生まれたん

だよ。……その結晶の名前を、『恋』っていうんじゃないかな」

貴志は、長谷川浩樹の横顔を、まじまじと見た。

「おまえ、いつからそんな詩人になった？」

「ほんと、変だろ、おれ。自分でもわかってるんだよ」

「で、彼女にそのことを？」

「いえんよ、そんなこと。いくら好きになっても、こっちは妻子持ちで、相手は独身だぞ。フェアじゃない。でも、同じ職場だし、毎日顔を合わせるわけだろ。自分の気持ちを偽るのが、つらくってな……」

「でも、結局、寝たわけだろ？」

「その日も、いつものように食事だけして、帰るつもりでいたんだよ。けど、彼女を乗せるためにタクシーを拾おうとしたら……」

「したら？」

「……彼女、おれの腕を引いて、何気ない口調でいったんだよ。もう少し、二人きりでいませんかって」

「その方も、長谷川さんと同じ気持ちだったんですね」

と葛西。

「で……？」

長谷川浩樹が、伏し目がちに、

「わかるだろ？　彼女の精一杯のOKサインなんだよ。このときを逃したら、たぶん、永遠に男女の関係にはなれない。そういう瞬間だった。だから、おれは……」

「そのままホテルへ？」

「……もう自分を偽れなかった」

感極まったように首を振りながら、

「セックスが、あんなにいいものだとは思わなかったよ」

「わかるよ、その気持ち」

「心の通い合ったセックスって、ぜんぜん疲れないいんだよな」

貴志は、実感を込めてうなずく。

「奥さんには気づかれてない？」

「たぶん……。いや、わからん。うすうす気づいてるかもしれん。……気づかれるのは困るんだが、まるっきり気づかれないっていうのも、なんかな……夫として存在を無視されてるみたいで」

「男心も複雑ですね」

葛西の言葉に、笑いが漏れた。

「でも、女独身で三十歳となると、結婚を意識するころじゃないか？」

「彼女、おれの家庭を壊すような真似はしないっていってくれてる。このまま付き合うだけでいいって。きょうは君の部屋に泊まりたいっておれがいっても、絶対許さないんだ。どんなに遅くなっても家には帰らなきゃダメだって」

「しっかりした人なんだな……」

「でもさ、おれ知ってんだよ、おれが帰ったあと、彼女が泣いてること。いい忘れたことがあって部屋にもどったら、涙目でさ、照れくさそうに笑ってたけど……。そんな彼女見たら、たまんなくなってさ。かといって、こっちも子供がまだ五歳と三歳だから、この子たちを捨てて彼女のもとに走ることもできなくて……」

「苦しいな」

「でも、彼女のほうが、もっと苦しんでる」

「彼女と別れるつもりは？」

「ない」

長谷川浩樹が、きっぱりと答えた。

「彼女と別れるくらいなら、どんな条件でも、離婚する」

「……おまえ、本気なんだな」

「本気だ。おまえは、どうだ？　その同級生の彼女と、どこまで本気で付き合うつもりだ？」

「離婚も考えてるよ。でも……妻に落ち度があるわけじゃない」

「そうなんだ。女房が悪いわけじゃない。嫌いになったわけでもない。悪いのは、おれだ。でも、彼女のことは好きなんだよ。別れられない。……なあ、葛西さん、おれたち、どうしたらいいんだ？」

葛西が、しばらく沈黙してから、

「……仕方がないですよ。自分も含めて多くの人を傷つけるとわかっていても、人が人を好きになる気持ちは止められませんから。正論や理屈で抑えられるくらいなら、だれも苦しみません。どんな結末になろうと、自分の恋の行方は、自分で見届けるしかないんじゃないでしょうか」

そういうなり顔を赤くして、

「すみません。余計なことを……」

「葛西さんも、経験ありそうだね」

「六十年も人間やってますから」

葛西が、少し陰のある笑みをつくり、グラス拭きにもどった。

3

　ファンドマネージャーは、ときとして運用と直接関係のないミーティングに呼び出されることもある。その一つが、ＲＦＰ（提案依頼書）の確認作業だ。ＲＦＰとは、機関投資家の資金運用を受託するために準備しなければならない資料のことで、マーケティング部門が作成を担当しているのだが、運用のノウハウを開示した内容となっているため、実際の運用担当者であるファンドマネージャーの協力が必要になってくる。

　週初めのその日、貴志がＲＦＰに関するミーティングを終えたのは、午後六時過ぎのことだった。目頭を指でもみながらブースにもどると、デスクの上に一通の封筒が置かれていた。

　会社に送られてきた個人宛の郵便物は、配達クルーの手によって各デスクまで届けられることになっているのだが、貴志宛の郵便物のほとんどは企業のＩＲ説明会の案内状などで、必ずといっていいほど企業名とロゴが入っている。しかし、デスクで貴志を待っていた封筒は、白い無地の、どこにでも売っているような代物だった。しかも宛名はボールペンによる手書きで、一つ一つの文字が、強風になびく葦《あし》のように傾いている。クセ字というより、わざと悪筆を装っているような感じがした。送り主の名は書かれていない。封筒を軽く折り曲げてみたが、固形物は入ってなさそうだ。ひどく軽い。

　慎重にハサミで口を切り、中をのぞいてみる。

　なにか入っている。

　厚めの紙のようなもの。

　つまみ出して見る。

　一枚の写真。

見覚えのある光景。

ホテルメトロポリタンのロビー。

その中央に写っている。

貴志とミチル。

キスせんばかりに顔を寄せ合っている。

あわてて写真を封筒にもどした。

周囲に目を配ってから、もう一度写真を見る。

(……なんだ、これは?)

貴志は、ここ三カ月のあいだに八回ほど、企業調査にかこつけて高崎に行き、ミチルと会っている。いつもミチルが先にホテルにチェックインして、貴志のケータイに部屋番号を知らせてくる。貴志はその部屋に直行し、限られた時間の中で溜《た》まった想いをぶつけ合う。ロビーで待ち合わせをしたのは、二度目の関係を持った日だけ。この写真は、そのときに撮られたものらしい。

あらためて封筒の中を見たが、写真のほかに同封されているものはない。写真の裏にもなにも書かれていない。消印は東京中央郵便局。

貴志は、ミチルに電話しようと席を立ちかけたが、思いとどまった。

(余計な心配をかけるだけだ。次に会うときに……いや)

写真の送り主と、その目的がわからない以上、ミチルとの接触は避けたほうがいい。

(まさか……)

志緒理。

あり得ないことではない。

あの夜。ミチルのあとを追って新幹線に飛び乗ったあの夜、急に出張に行くことになったと志緒理に告げた。結局、その日は自宅に帰らなかった。そのような出張はそれまでになかったし、理由も不自然なものだった。疑われても仕方がない。探偵社に調査を依頼すれば、密会現場の写真を入手することなど造作《ぞうさ》もないだろう。

しかし、その後の志緒理の様子には、おかしなところはなかった。今朝も、いつもどおりに送り出してくれた。そもそも、なぜ匿名を装って会社に送りつける必要があるのか。証拠を握ったのなら、直接、突きつければいい。それとも、帰宅したときの反応を見るつもりなのか……。

（……どうする）

卓上時計。

午後六時二十分。

マンション入口脇のインターフォンに、自宅の部屋番号を入力し、呼び出しボタンを押した。いまごろ部屋のチャイムが鳴り、モニターに貴志の姿が映し出されているはず。小さなカメラレンズの向こうには、志緒理の目がある。貴志は、努めて平静を装い、反応を待つ。

長い数秒が過ぎた。

ガラスドアが自動で開く。

貴志は、操作盤に備え付けられているカメラにちらと目をやって、まっすぐ進む。カメラの視野から外れて、大きく息を吐き出す。エレベーターに乗り込む。ドアが閉まり、動きだす。階を示す数字。五階が近づいてくる。箱が停まり、ドアが開く。北に向いた通路を歩き、自宅前で足を止める。ドアスコープから志緒理が見ているかもしれない。貴志は、インターフォンに指を置き、押す。

ドアが開いた。

志緒理の顔。

「お帰りなさい。ずいぶん早いのね」

やや戸惑っている。怒りの表情は読みとれない。

「身体の具合でも悪いの？」

「いや……」

貴志は、目を逸らして、部屋に上がる。

「ひょっとして、夕食もまだ？」

「いいよ。あまり食欲がないから」

「ほんとに大丈夫？」

「先に着替える」

貴志は、背中を意識してぎごちなく廊下を歩き、一人寝室に入って、また大きく息をついた。

とりあえず、志緒理に変わった様子はない。だが確信は持てない。いざとなったら女は、どんな演技でもやってのけるものだ。現に結婚前の志緒理は、慈愛に満ちた完璧《かんぺき》な淑女を演じきった。

貴志は、背広の内ポケットに手を当てる。ここに、あの封筒が収めてある。写真が入っている。会社に残しておく気になれなかったので持ってきてしまった。いっそ、この写真を志緒理に突きつけてやろうか。そうすれば、志緒理が関与しているかどうかに関係なく、一気に離婚という事態に発展するかもしれない。離婚すれば、堂々とミチルに会える。ミチルといっしょに暮らせるではないか。

「ねえ、パスタするんだけど、食べる？」

志緒理が、寝室のドアを開けた。

貴志は、ぎょっとして手を離す。

「どうしたの？　着替えもしないで。……ほんとうに顔色悪いわよ」

「うん……ちょっと疲れてね」

「……仕事、うまくいってないの？」

「いや、そんなことはないんだけど……」

「パスタは？」

「食べるよ」

「そう」

志緒理が、横目でうなずいて、ドアを閉めた。

(ダメだ……)

いまの自分は冷静さを失っている。こういう状態では、なにをしても裏目に出るだけだ。動かないことだ。とにかく、動かないことだ。相手の出方を見極めるまでは。貴志は、懸命に自分に言い聞かせた。

夕食は、バジルとベーコンのスパゲティに、ルッコラとトマトのサラダ。飲み物は白ワイン。きょうの志緒理は、エステに行った帰りに、白金通りを歩いてきたという。

「そうしたらね、とっても素敵なネイルサロンを見つけて、つい入っちゃったの。やっぱり、エクステンションでごまかすよりも、地爪《じづめ》そのものを美しくしたいじゃない。ほら、高級ジュエリーショップなんかでは、お客さんの爪を見て、ほんとうに裕福な人かどうかを判断するっていうし。それに、半年後にはわたしもあそこに住むんだから、いまから常連さんになっておくのも悪くないでしょ」

志緒理が、ぴかぴかになった爪を誇らしげに見せながら、機嫌よさそうに一日の出来事を話して聞かせる。しかし次の瞬間、その笑顔が夜叉《やしゃ》に一変し、貴志の不実を詰《なじ》らないともかぎらない。

「おいしかった？」

「え」

「わたしの料理」

「ああ、おいしかったよ」

「もう……」

志緒理が口を尖《とが》らせて、皿の片づけをはじめた。

その夜は何事もなく過ぎた。

寝室の灯りを落としても、貴志は目が冴えて眠れなかった。たしかに、志緒理の態度に異変は見られない。しかし、じっと貴志の反応を見ている段階なのかもしれない。こちらから切り出すのを待ち構えているのかもしれない。

それとも、ほんとうに志緒理は、あの写真とは関係ないのか。なにも知らないのか。

志緒理の横顔。

目をとじている。その穏やかな表情には、怒りが内包されているようには見えない。しかし……。

(……確かめるか)

貴志は、寝返りを打って、身体を志緒理に向けた。布団の下から、志緒理に手を伸ばす。そっと胸に触れてみる。志緒理が目をあけて、貴志を見る。貴志は、胸の柔らかな部分を、優しく撫でる。志緒理は拒まない。貴志に顔を向けたまま、ゆっくりと瞬きを一つ。貴志は起きあがり、布団を剝《は》いで、のしかかった。

貴志を見上げる志緒理。

淫靡《いんび》な笑みを浮かべ、貴志の首に腕を回してきた。


「麻生さん」

運用報告書の文章を熟考していたとき、ふいに名を呼ばれた。

振り向くと、青いシャツにキャップを被《かぶ》った若い男。カートを押している。

「郵便物です」

「ああ、ありがと……」

手渡されたのは、またしても白い無地の封筒だった。ボールペンで書かれた、見覚えのあるクセ文字。

きのう届けられた写真は、細かく千切《ちぎ》り、出勤する途中、駅のゴミ箱などに分けて捨ててきた。多少ほっとしていたところだったのだが……。

配達クルーが離れていくのを見ながら、スラックスのポケットにねじ込み、すぐに席を立った。足早にワークスペースを出て、廊下を進む。

(……志緒理ではない)

いくら演技をしても、生理的な嫌悪感までは隠しきれない。もし夫の不実を知っていれば、触れられた瞬間に拒絶するような仕種を見せるはず。しかし昨夜《ゆうべ》の志緒理には、そんな素振りさえなかった。

トイレのボックスに駆け込む。

ポケットから封筒を出し、上端を破って開封する。

中身。

写真が一枚。

取り出して見る。

きのうのものとは違う。

写真の背景は、ホテルの部屋の内部。窓に近い位置から、少し見下ろすような角度で、入口のドア方向にレンズを向けている。右端にベッド、左端にライティングデスクの一部を捉えている。

その部屋のほぼ中央。

貴志とミチルが、服を着たまま抱擁し、キスを交わしていた。

（どういうことだ？　部屋の中にまでカメラが……）

探偵社の手口ではない。ここまでやれば犯罪になる。明らかに悪意を持った者の仕業だった。

貴志は目をとじる。

（考えろ、考えろ）

差出人は、俺の名前と、勤務先を知っている。しかし、ミチルとホテルで会うときは、必ずミチルの名前でチェックインしてきた。俺の名前や、ましてや勤務先など、第三者に知られるはずがない。

知っているとすれば……。

（クラス会で、何人かに名刺を渡したが……彼らの中に……いや）

部屋の中にカメラを仕掛けるためには、貴志がミチルとの逢瀬《おうせ》に使う部屋の番号を、あらかじめ知っておかなくてはならない。ホテルはいつもメトロポリタンだが、部屋はその都度違う。前もって知ることはできないはず。

では、見ず知らずの何者かがカメラを仕掛け、カップルのセックスを盗み撮りしようとしていたところに、たまたま貴志たちが居合わせたのか。

（しかし、それでは、俺の名前と勤務先を知っていることを説明できない。強《し》いて考えられるとすれば、盗撮をした人間がたまたま俺の顔を知っていたという場合だが、そんな偶然があるものだろうか……）

貴志は、写真を念入りに破り、封筒に流し込んだ。

写真は、これだけでは、ない。

この先の場面を写したものが存在するはず。

犯人は、いずれ、その写真も送ってくる。

翌日の貴志は、午後から企業調査に出かけた。各企業の広報担当者や経営陣と面談し、帰社したのは午後七時過ぎ。緊張を感じながらブースにもどったが、白い封筒は届いていなかった。

(なるほどな……)

貴志には、犯人の意図が読めてきた。

なぜ、なんの要求もせず、ただ写真を送りつけるだけなのか。

目的をはっきりさせないことで不安を煽り、心理的に消耗させるためだ。抵抗する気力が失《う》せるまで追いつめ、その上で思いどおりに操るつもりなのだろう。きょう送られてこなかったのも、心理的な効果を計算した結果に違いない。もう送られてこないのではないか、という期待を抱かせ、その期待を打ち砕くように送りつけたほうが、精神的により大きなダメージを与えられる。犯人は、人間の心の痛めつけ方を熟知している。

この日は、地下鉄で家路についた。新しい写真が送られてこなかったせいか、多少は気分が上向いている。

自宅に帰ると、いつものように、軽い食事をとりながらワインを楽しんだ。きょうの志緒理は、会員制のジムで汗を流してきたとのこと。その帰りに、ジムで知り合った女友だち数人とランチを食べてきたという。

「あのね、ちょっと聞いてほしいんだけど」

話が一段落したころ、志緒理が控えめにいう。

要注意だ。

白金台のマンションのモデルルームに行こうといいだしたときも、こんな感じだった。

「わたしね、お店を持ちたいの」

貴志は、のけぞりそうになるのを堪《こら》えて、

「店って……どういう?」

「プラチナ通りに、おしゃれなブティック兼カフェみたいなお店を持てたら、最高なんだけど」

プラチナ通りというのは白金通りの俗称らしいが、ひねりがなくてセンスがないと貴志は思っている。口にはしないが。

「いくらぐらいかかるの?」

「ううん、ちょっとわからないけど……」

「……マンションを買うのにローンを組むから、あんまり大きなお金は――」

とたんに志緒理が機嫌を損ねた。

「すぐ現実的に考えるのね」

「でも、現実的に考えないと、実現に向けて進まないだろ」

「いいのよ、そこまで考えなくて。いまはまだ夢を見る段階なんだから」

「実現させなくていいのか……?」

「まず夢を見させてよ。そういう夢を持つことが女性を輝かせるんじゃない」

「そういうもんか……」

「あぁあ、なんか、せっかくの夢に水を差された気分」

「それは悪かった」

仏頂面《ぶっちょうづら》だった志緒理が、ふっと笑みを漏らす。

「わたしたち、けっこういい夫婦かもね」

「え?」

「そう思わない?」

その夜は、喧嘩もセックスもすることなく、静かに過ぎていった。

照明を落とした寝室。

ベッドに横になった志緒理は、穏やかな寝息をたてている。自分の夫が不倫の恋に身をやつし、なおかつ、それが原因でただならぬ状況に置かれているとは、夢にも思っていないだろう。

（すまない……）

貴志は、妻の寝顔を見ながら、心の中で手を合わせた。

（……しかし）

ミチルを求める気持ちだけは、自分でも止めようがないのだ。

けっして志緒理に知られないこと。それが、せめてもの誠意ではないか。

強引に自分を納得させ、布団を被った。


その翌日。

ふたたび白い無地の封筒が、配達クルーの手によって、貴志のもとに届けられた。

予想していたことなので、驚きはしない。

ただ、受けとったときの重さが、それまでの二通とは微妙に違った。おそらく、中に入っている写真は、一枚だけではない。そしてその写真には、貴志とミチルのあられもない姿が写っているのだろう。いわば犯人にとっての切り札なのだ。

貴志は、封筒をポケットに押し込んで立ち上がり、トイレに向かった。

ボックスに入り、呼吸を整える。

開封。

写真は四枚。

一枚目。

目を背けたくなった。

上半身裸のミチルが、うっとりと目をとじて立っていた。ワイシャツ姿の男が、ミチルの首筋にキスをしながら、ミチルのショーツに手をかけていた。男の顔はほとんど見えないが、間違いなく貴志だった。こんな写真が撮られていることをミチルが知ったら、どれほど悲しむだろう。だれの仕業にしろ、絶対に許せない。

二枚目。

ミチルも貴志も全裸になっていた。脱ぎ散らされた衣服の真ん中で、貴志が膝をつき、ミチルの胸を吸っていた。ミチルが微笑みながら、貴志を見下ろしていた。尻を露《あら》わにして乳房にむしゃぶりつく自分の姿は、あまりに無防備で、醜悪で、愚かしいものだった。

三枚目。

これまでの写真とは別の日に写されたものらしい。部屋のインテリアも、カメラのアングルも異なる。この写真では、ベッドの頭側から足側を見下ろすように撮影されている。貴志はミチルの上に乗って、両腕を突っ張らせている。好色な表情が、はっきりと写っていた。ミチルは目を瞑《つむ》り、口をしどけなくあけている。下半身の密着具合から、性器が結合されていることも明白。二人の神聖な営みを、このような形で汚すとは……。

そして四枚目。

最後の一枚。

アングルは三枚目と同じ。

貴志の頭頂部が大きく写っている。ミチルの胸に顔を埋めるようにして、覆い被さっている。背中の皮膚には、汗が光っている。全身が弛緩《しかん》しているところを見ると、射精した直後らしい。

ミチルは、そんな貴志を胸に抱きながら、頭上のカメラに向かい、舌を出して、笑っていた。

4

日比谷通りには、今夜も車がひしめいている。ヘッドライトやブレーキランプの隊列が目に痛い。風はなく、排気ガスに汚染された生温かな空気が、一帯に澱《よど》んでいた。

ケータイが鳴った。

開いて見る。発信者の名前。

〈高崎充〉

ミチル。志緒理にケータイを見られたときを考えて、この名前で登録している。

通話ボタンを押して耳に当て、ミチルの言葉を待った。

『……見たんだね』

男の声。

聞き覚えはない。

「だれだ？」

『見当くらいつかない？』

「ミチルの……男か」

息が震えた。

『そんな引きつった顔して、エリートも形無《かたな》しだよ』

貴志は、周囲を見まわした。

聳《そび》え立つビル。車の行き交う道路。その向こうは皇居外苑。所々に光る街灯のほかは、闇に埋もれている。

『そうだよ。こっちからは、あんたがよく見える。いま、おれを探そうとしたろ？　無駄だよ。そっちからは絶対に見えない場所にいるから』

貴志は、皇居外苑の闇を凝視しながら、

「目的はなんだ？」

数秒の間があった。

『また、サイトウ工業のような銘柄の情報が欲しい』

「………」

『サイトウ工業じゃ、ずいぶん儲けさせてもらったよ。あんた、マジすげえよ。だからさ、また儲かるヤツを教えてほしいってわけ』

「それでミチルを……」

『そう。あんたの弱みを握るために、ミチルをあんたに近づかせた。あんたは、まんまと食いついてきた』

「ロビーの写真を撮ったのは？」

『おれ。でも、部屋に仕掛けたのはミチルだよ』

「ミチルもそこにいるのか？」

『いない。店だよ』

「店を改装するって話は――」

『あんた、まだそんなこといってんの？　ああいえば、応援してやろうってスケベが店に通いつめてくれるでしょ』

貴志は電話を切った。

ケータイを手にしたまま、腕をだらりと下げる。立ちすくむような無力感に襲われ、足が前に出なかった。

　着信音が鳴った。

　表示画面。

〈高崎充〉

　自動機械のように通話ボタンを押して、耳に当てる。

『切るなよ。あの写真……もともとはビデオ映像なんだけど、ＤＶＤに焼き付けて、自宅に送ってもいいんだよ。奥さん、あれ見たらどうなるかな』

「好きにしろ」

　貴志は、抑揚のない声でいった。

『なに……？』

「好きにしろ」

『おいおい……完全に戦意喪失って？　まいったな、ちょっと痛めつけすぎちゃったかな。……まさかあんたが、そんなに脆《もろ》いとは――』

　ケータイの電源を切った。

　身体が動かない。

　どうしても動かない。

　このまま石になってしまいたい。

「麻生さん？」

　目を上げると、向こうから野口達彦が歩いてくる。アタッシェケースを提げている。

「どうしたんですか？　そんなところに突っ立って」

「うん？……いや、なんでもないよ」

野口達彦が、貴志の前で立ち止まり、探るような視線を放ってくる。

「大丈夫ですか?」

「なにが?」

「麻生さんの様子がいつもと違うって、藤島さんが心配してましたけど」

「藤島君が……。余計な心配をかけて悪かったな」

「いえ……僕は別に」

「企業調査の帰りか?」

朝のミーティングで確認した予定によれば、野口達彦はきょう一日中、企業調査に走り回ってきたはずだ。

「有望なところはあったか?」

野口達彦の目が、ぎらりと光る。

「ええ、近々、提案できると思います」

「楽しみにしてる」

「じゃ、僕はこれからレポートを書くので」

「ああ」

野口達彦が、会社に向かって颯爽《さっそう》と歩いていく。貴志は、その背中が見えなくなってから、夜空を仰いだ。

(どうでもいい……)

仕事も。

志緒理も。

ミチルも。

あの写真も。

通りでタクシーを拾った。

乗り込んで、運転手に告げる。

「恵比寿駅」

「え？　どこですか？」

「恵比寿だ。恵比寿駅。ＪＲ」

「ああ、恵比寿ですか」

タクシーが動きだす。

都会の夜。流れていく。眩《まばゆ》い光。渦巻いている。夜空に浮かぶ高層ビル。その先端の赤い目。ゆっくりと瞬《またた》いている。一定のリズムを頑《かたく》なに守りつつ。

嘘の香りがする。


「元気ないんじゃない？」

自宅のドアを開けるなり、志緒理がいった。

「うん……」

貴志は、あからさまに志緒理から目を逸らし、その存在を無視した。いまさら取り繕《つくろ》う気にもならない。だれとも話したくない。だれの声も聞きたくない。

靴を脱ぎ、スリッパに履き替えたとき、額に柔らかなものが触れた。

志緒理が、心配そうな顔で、掌を当てていた。

「熱はないみたいだけど」

とつぜん貴志は、内ポケットにある四枚の写真をこの場にぶちまけ、なにもかも告白したい衝動に駆られた。自分がいかにミチルを愛していたか。残酷な真実を知ったいま、どれほど傷ついているか。慟哭《どうこく》とともに吐き出してしまいたかった。志緒理ならきっと慰めてくれるのではないか。癒《いや》してくれるのではないか。そんな愚かな望みにすべてを委ねてしまいたい。

「志緒理……」

「……はい」

「あのな……」

志緒理。美しい女。俺の妻。いつも身綺麗にして、家を心地よく保ち、手料理を用意してくれる。俺の帰りを、待ってくれている。

「どうしたの？」

「……いつも、ありがとうな」

「なによ、急に」

志緒理が、極《き》まり悪そうに笑う。

真面目な顔にもどって、

「仕事で、つらいことがあったの？」

「いや……大丈夫だよ。着替える」

涙が込み上げてきそうになったので、あわてて寝室に向かった。

結婚して初めて、志緒理を心から愛《いと》しく思った。しかし、それが一時的な幻想であることも、貴志は知っている。自分と志緒理は、けっして愛情で結ばれているのではない。志緒理は俺の収入を当てにしているだけだろうし、俺も志緒理を裏切り、離婚まで考えていた。どう考えても、理想的な夫婦ではない。

しかし、そんなに悪くもないのではないか。

真実の愛なんてなくてもいい。ささやかな幻想を持てる日常があれば、上出来だ。どうせ人間は、自分に都合のいい幻想の中で生きている。幻想の中でこそ、幸福を味わえる。幻想から醒《さ》めたときに待っているのは、『現実』という名のおぞましい怪物だけなのだ。

真実なんて糞食らえ。

儚《はかな》い幻想を、そして、その幻想を持つことを許してくれる日常を、俺はもっと大切にすべきだった。

(もう遅い……)

貴志は、寝室に入り、背広をクロゼットのハンガーにかける。

『わたしたち、けっこういい夫婦かもね』

『そう思わない？』

『仕事で、つらいことがあったの？』

(……志緒理)

ネクタイを外し、スラックスを脱ぐ。

ふと、股間に血の集まる気配を感じた。ブリーフを下ろすと、見る見る勃《た》ち上がってくる。刺激を与えていないのに、信じられないほど硬く怒張し、ほとんど垂直にまで屹立《きつりつ》した。

貴志は、不思議に静かな気持ちで、そそり立った己を見下ろす。

(……いや、遅くはない)

俺には、まだ、志緒理がいる。

(そうだ……)

守るべきものが、ある。

闘う理由が、ある。

翌日。

仕事を終えて会社を出ると、きのうと同じ場所まで歩いたところでケータイが鳴った。

〈高崎充〉

貴志は、周囲を見まわしてから、耳に当てる。

『少しは立ち直ったって顔してるね』

「きょうも来てるのか」

『あんたを待ってた。仕事中に電話するのもまずいだろ。けっこう気を遣ってんだよ』

「姿を見せたらどうだ」

『やめとくよ。殴られそうだからな』

おもしろがるような笑い声。

「なんの用だ?」

『なんの用? 忘れたの? きのうの話』

「サイトウ工業のような銘柄は、もう、ない」

『そんな嘘が通用すると思う?』

貴志は、わざと黙り込んだ。

『おい……なんとかいえよ』

「竹島フード」

『なに……?』

「竹島フード。東証二部に上場している」

『それが?』

「こんど、うちのファンドに組み入れることが決まった」

この銘柄を提案したのは真山純一だった。東海地区を中心に居酒屋『たKしま屋』をチェーン展開している会社で、時価総額は二百五十四億円。食堂業態『竹島亭』を新たにラインアップに加え、今後は関東地区でも出店攻勢をかけるという。

『騰《あ》がる？』

声に、真剣味が加わっている。

「サイトウ工業のような暴騰はない。ただ、これは、プロのファンドマネージャーが選び抜いた銘柄だ。その貴重な情報を、おまえに伝えている」

『そんなことはどうでもいいっての。儲かるかどうか。それだけだっつーのっ！』

貴志は、電話を切った。

そのまま待っていると、着信音が鳴った。

貴志は、少し焦《じ》らしてから、通話ボタンを押す。

『ふざけるな！　ほんとうに自宅に送るぞ』

「いったはずだ。好きにしろ」

舌打ちが漏れ聞こえた。

「もう一度いうが、サイトウ工業のような銘柄はない。あったとしても、あんな仕手まがいの売買は、二度はできない。一応、まっとうな投資会社なんでね。俺ができるのは、本来なら極秘の投資情報をおまえに漏らすことぐらいだ。それで満足できないなら、写真でもＤＶＤでも、ばらまけばいい」

ブラフだった。こちらが穏便に済ませたいと思えば思うほど、相手の持ち札の効力が増す。だから逆に、どうにでもなれという自暴自棄な態度で臨む。

賭《か》けだ。

『へっ……そう、わかったよ。望みどおりにしてやる』

「じゃあ俺は、きょう家に帰ったら白状するよ。もうすぐすごい写真が届くぞってな」

切れた。

貴志は、平静を装って、ケータイを閉じる。そのまま歩きだす。

男が、こちらの反応を注視しているはず。

ケータイは鳴らない。

貴志は歩き続ける。

この男は、感情にまかせて短絡的に行動するタイプではない。写真を三回に分けて送りつけるなど、知能犯的な面を持ち合わせている。損得を天秤《てんびん》にかけ、必ず得を選んでくる。もしこの時点で写真を志緒理に見せてしまえば、自分の女を抱かせてまで握った貴志の弱みを、無益に失ってしまう。それよりは、継続的に投資会社の極秘情報を得られることのほうが、はるかにうまみのある選択肢のはず。

もちろん極秘情報を漏らすのだから、会社に知られれば解雇は間違いない。貴志にとっても、きわめて危ない橋を渡ることになる。しかし……。

（……ここまで来たら、やるしかない）

貴志は、日比谷駅の入口に向かう。階段を下りようとしたところで、着信音が鳴った。

立ち止まって、ケータイを開く。

〈高崎充〉

わざとらしくため息をつき、耳に当てる。

『……あんた、意外に始末が悪いね』

「おまえが失敗したんだ」

『なに？』

「最後の写真。あの、ミチルが笑っている写真は、俺に見せるべきじゃなかった。あれを見なければ、俺はミチルを守るために必死になったはずだ。仕手でも詐欺でも、どんなことでもしただろう。だが……ミチルの正体がわかったいま、なにもかもが虚《むな》しくなった。もう俺にとっちゃ、会社も家庭も、どうでもいいんだよ」

『奥さんに見せても？』

貴志は、鼻で笑ってみせる。

「俺は、ミチルといっしょになるために離婚を考えていたんだぞ。その程度の結婚生活なんだよ。それを、そこまでして守ろうって気になると思うか？　むしろ、一思いに壊してくれたほうが清々《せいせい》する」

男が沈黙している。

どう出てくるか。

『……竹島フードだな』

「そうだ」

『また連絡する』

切れた。

貴志は、不敵な表情をつくり、周囲を見まわす。

竹島フードの株価は、きょうの終値で十五万二千円。売買単位一株。朝のミーティングでは、真山純一がさっそくカイを発注していた。組み入れるファンドの規模自体が小さいので、発注額もそれほど大きくはない。一時的に株価を上昇させることはあっても、サイトウ工業のときのように暴騰させるのは無理だろう。ただ、中長期的に見れば、かなり期待できる銘柄なのは確かだ。

貴志は、無造作にケータイを閉じて、日比谷駅の階段を駆け下りた。小さな勝利の快感に酔いながら。

5

午後四時。

竹島フードのホームページに、三月期決算が発表された。決算見通しに修正はなく、売上、経常利益とも前年比アップ。ここのところ株価も、騰落を繰り返しながら上昇トレンドを描いている。

あれから二カ月。男から連絡はないが、あのあとすぐに株を買っていれば、含み益が十パーセント近くになっているはず。そろそろ次の情報を欲しがるころかもしれない。どれを教えてやるか。

貴志は、いくつかの銘柄を思い浮かべながら、ぼんやりとモニター画面を見ていた。

貸借対照表、いわゆるバランスシートにずらりと並んだ数字。これが、会社の現状を雄弁に物語っている。以前は、官報か新聞に貸借対照表を掲載することを以《もっ》て決算公告としていたが、その後の法律の改正により、インターネット上に損益計算書と併せて公開することで、公告に代えられるようになっている。

「ん？」

竹島フード株式会社。たしかに業績は順調だ。

だが、この貸借対照表は、どこか変な感じがする。しっくりこないのだ。見ていると、不気味な違和感がまとわりついてくる。

ホームページには、過去五年分の数値も掲載されている。貴志は、表の科目一つ一つを、過去のデータと比べながら見ていく。

まず資産の部から。

流動資産の合計は六七五〇。単位は百万円。

そのうち、現金及び預金、二八七九。

売掛金、二四八。

たな卸資産、四七。

短期貸付金、八二〇。

その他、二七五六。

「……まさか」

負債の部に目を移す。

流動負債の合計、三七二〇。

（これは……）

さらに画面をスクロールして、損益計算書、続いてキャッシュフロー計算書を精査する。数字を追うにつれて、違和感は確信に変わった。

貴志は、首を伸ばしてワークスペースを見まわす。真山純一の姿はない。まだ企業調査から帰ってきていないのだ。デスクの受話器を取り、真山純一のケータイを呼び出そうとして、手を止めた。

（その前に……）

受話器をもどし、ブースを出てエレベーターに駆け込み、ビルの屋上に出る。ケータイを開け、登録データから〈高崎充〉を選択し、通話ボタンを押す。

呼び出し音が鳴っている。

出た。

『……はい』

悪寒が走った。喉に詰まった空気の塊を吐き出し、かろうじて声にする。

「君か……」

『……お久しぶり』

貴志は、翳《かげ》りを帯びはじめた太陽を見上げ、目を細めた。言葉が出てこない。

『怒ってるでしょうね』

「あの男はいるか?」

『ここには……』

「伝えておいてくれ。竹島フードの株をまだ持っていたら、すぐに売ること。全部だ」

『売るの?』

「売るんだ。理由を説明している暇はない」

ミチルの声を待たずに、電話を切った。呻《うめ》き声をまき散らし、太陽に背を向け、屋上をあとにする。

胸に暗い霞《かすみ》を抱いたままワークスペースにもどると、真山純一が帰っていた。デスクのモニター画面を満足そうに見ている。後ろに立つと、モニターに映っているのは案の定、竹島フードの決算書だった。

「どうだ?」

真山純一が、首を回して貴志を見上げる。

「竹島フード、順調です。明日の株価が楽しみですよ」

貴志は、真山純一の肩に手を置いて、モニター画面に目を向ける。

「なあ、真山君」

「はい」

「じつは、俺もさっき見たんだが、これ、正味運転資本がマイナスになってるぞ」

「え?」

真山純一が、あわてて表を確認する。

「でも、流動負債の総額よりも、流動資産の総額のほうが多いから、マイナスではないと――」

「君は素人《しろうと》かっ！」

真山純一が、口を半開きにして、瞬きをする。

貴志は、怒りを押し殺して、

「流動資産の内訳をよく見ろ」

真山純一が、あらためてモニターに目をやる。

張りつめた沈黙。

「……あ」

「気づいたか」

竹島フードの貸借対照表では、流動資産の中の〈短期貸付金〉と〈その他〉の数値が大きくなっていた。短期貸付金といっても、現実として短期に回収される例はまずないし、〈その他〉の流動資産に資産性が乏しいことも常識。すなわち、この二つの科目は実際には資産とはいえないから、差し引いて考えなければならない。その上で流動負債と比べると、明らかに負債のほうが大きくなっている。つまり、この会社は、自由になる現金よりも、払わなければならない借金のほうが多い状態にあるのだ。

「まだある。キャッシュフローを見てみろ」

真山純一が、画面を動かし、キャッシュフロー計算書を表示する。

「わかるか？」

「……売上債権が」

「そう。こちらの数字も急増してる。だから一見、売上が伸びているように見えるが、債権を差し引いた経常収入はむしろ減少して、経常収支比率も百パーセントを切ってる。損益計算書の経常利益も、よく見たら雑収入で補強されてるだけだ。もっと詳しく調べていけばわかるだろうが、ほかの科目でも数字が操作されている可能性が高い」

「では、この決算は……」

「粉飾だ」

真山純一の顔が、蒼白《そうはく》になった。

「すぐに売れ」

貴志は、もう一度肩に手を置き、ブースにもどった。

問題は、明日の株価がどう動くかだ。

プロのファンドマネージャーなら粉飾に気づいた者も多いはずだが、一般投資家は、決算が出てもボトムライン、つまり収益・損失の最終結果しか見ないことが多い。貸借対照表の中身を吟味しなければ、竹島フードの業績が好調だと勘違いしてしまうだろう。そういうカモがカイ板に集まってくれれば、売り抜けることは難しくはない。ファンドへの損害は軽微で済む。うまくすれば、利益を確保できるかもしれない。

(それにしても……)

貴志は、苦い思いを噛みしめながら、真山純一のデスクを見やる。

(……もう少し、センスのある男かと思ったが)

思い返せば、この銘柄をミーティングで提案してきたときも、面談した竹島フードの創業者について、いかに独創的で魅力溢れる人物かを興奮気味に語っていた。しかし、どんな企業であれ、その創業者は魅力的な人物であることが多いものだ。なにしろ、会社を設立して上場させてしまうくらいなのだから。創業者が魅力的であることと、その企業が今後伸びるかどうかは、まったく別問題である。

そのあたりが、まだわかっていない。

（もちろん、俺にも責任がある）

こんな企業への投資を許可してしまうとは、麻生貴志も焼きが回ったものだ。それとも、ミチルとの一件のせいで、仕事への取り組みがおざなりになっていたか。真山純一ばかりも責められない。

（ミチル……）

ケータイで久しぶりに声を聞いたとき、どす黒い苦みの中に、微かな甘美を感じてしまった。自分はまだ、ミチルを憎みきれていない。

（……この期《ご》に及んで）

ケータイが鳴った。

開いて見る。

液晶画面に現れた名前。

〈高崎充〉

胸の内を読まれたような気がして、一瞬躊躇ったが、通話ボタンを押す。

「……はい」

『伝えました』

「そうか」

『…………』

「まだ、なにか用が?」

『……謝りたくて』

貴志は、ブースの周囲に目を配る。

「謝って許されると思うのか?」

『仕方がなかったの』

「人の心を弄《もてあそ》ぶ理由があるのなら、教えてほしいもんだな」

ミチルは、なにもいわない。

耐えがたい沈黙だけが、過ぎていく。

貴志は、話すことも、電話を切ることも、できない。

デスクの電話が鳴った。

救われた思いがした。

「仕事の電話が入った。切るよ」

貴志は、ケータイを閉じた。

一呼吸おき、気を取り直して、デスクの受話器を取る。

「はい、麻生」

『ああ、麻生さん？』

この声。

血が逆流しそうになった。

『竹島フードを売れって、どういうこと？　あんたにいわれて二カ月前に買ってから、まだ一割しか騰がってないよ。理由を――』

受話器を叩きつけた。

背中に汗が噴き出てきた。

「……なんてことを」

貴志は、電話機からコードを外し、ブースを出て、ふたたび屋上に上がった。

しばらく待っていると、ケータイが鳴った。

液晶画面に現れたのは、初めて見る番号。

通話ボタンを押して、耳に当てる。

『おい、どういうことだよ？　なんで急に切るんだ？』

「馬鹿野郎！　なぜ会社の電話にかけてきた！」

『……なに怒ってんの。ケータイが通じなかったからじゃないの』

「ケータイが通話中なら、なぜ終わるまで待たなかった？」

『ああ、そうか。……そりゃそうだわ』

呑気《のんき》な笑い声が聞こえた。

貴志は、目眩《めまい》がして、よろめいた。

『悪かったよ。もう会社には電話しないから。で、竹島フードを売れって、どういうことよ？』

突発的な怒りにエネルギーを使いきり、返事をする力も残っていない。

『おい、なんとかいえよ』

「終わりだ……」

『なに？　なんていった？』

「もう、終わりだ」

『……いってる意味がわかんねえって』

「おまえに情報を漏らしたことが会社に知れたら、俺はクビになる」

『おれは密告なんてしないよ。あんたが役に立ってくれるかぎりはね』

「同じことだ」

『……あん？』

「おまえ、さっきの電話で、なんて口走った？　ご丁寧に、俺から竹島フードの情報を得たことと、売る指示を受けたことを、きっちり証言してたな」

『証言って……あんた、なにいってんだよ？』

「オフィスの電話は、すべて盗聴されてる」

『……盗聴……だれが？』

「会社だ。おまえが話したことは、ぜんぶ会社に筒抜けなんだ！」

『…………』

「俺はクビだ。おまえのせいだぞ」

『銘柄の情報はどうなる？』

貴志は、無気力に笑う。

「会社にいられなくなれば、そんなものは手に入らない」

『冗談じゃねえよ。なんとかしろよ！』

「無理だ」

『あの写真、自宅に送りつけてもいいのか』

「無理なものは無理だ」

『ほんとうに送るぞ！』

「勝手にしろっ！」

電話を切った。

全身から力が抜け、その場にしゃがみ込んだ。空を見上げた。腹立たしいほど晴れていた。

信じられなかった。まさか、こんなことで解雇されるとは。

（解雇を避ける手段はないか……）

考えるだけ無駄だった。どれほどの希望的観測を以てしても、助かる可能性はなかった。それほど甘い会社ではない。

（……どこで道を誤ったのだ？）

クラス会でミチルに声をかけなければ。

ミチルの店に行かなければ。

ミチルに自分の力を誇示しようと思わなければ。

あの夜、ミチルを追いかけて新幹線に乗らなければ。

竹島フード以外の銘柄を教えていれば。

（一つでも、別の選択肢を選んでいたら……）

太陽。

傾きはじめている。

東京の街。

林立する高層ビル。

貴志は、フェンスに近づき、見下ろす。

道路を行き交う車の列。

アリのように蠢く人の群れ。

動き続けている。

（悪い夢だ……）

そうとしか思えない。こんなことが、現実に起こっていいはずがない。

（……早く醒めてくれ）

しかし、醒めない。いっこうに醒めない。どうすれば、この悪夢の世界から脱出できるのか。

飛べ。

声が聞こえたような気がした。

(そうか……)

簡単なことだ。

ここから飛び降りれば、なにもかも、ご破算だ。

リセットだ。

最初から、やり直せる。

やり直せそうな気がする。

やり直すとしたら。

(いつから?)

ミチルと再会する前か。

(……いや)

学生時代。

若さしかなかったあのころが、妙に懐かしい。財産も、地位も、権力も、妻も、なにも手に入れていなかった。身軽だった。洒落《しゃれ》たバーに行く金もなかったから、いつも安い居酒屋で飲んでいた。チューハイを何杯もお代わりしながら、大学の友人たちと、誇大妄想的な未来を語り合った。

俺はフェラーリに乗って豪邸に住む。

おれは大企業に入って社長に出世する。

俺は起業して東証一部に上場する。

おれは世界平和のために一生を捧《ささ》げてノーベル賞をもらう。

貴志は、フェンスにもたれたまま、ケータイで長谷川浩樹の番号を呼び出し、通話ボタンを押した。

学生時代の彼は、世界を股《また》にかけた国際人になってやる、と豪語していた。その夢はほとんど叶えられたといっていいだろう。

俺は、どんな夢を語っていたのか。忘れてしまった。長谷川なら、憶えてくれているかもしれない。

『おお、どうした？』

「きょう、飲まないか？」

『きょうか……』

歯切れが悪い。

「仕事か？」

『仕事じゃないんだが……じつは、彼女と約束があって』

「例の、会社の部下の？」

『そう』

「……それなら、いい」

『なにか、話があったんじゃないのか？』

「いや、そういうわけじゃない」

『そうか……。悪いな』

「気にするな」

切った。

貴志は、フェンスから身体を起こし、もう一度、眼下に目をやった。

一週間後。

貴志は、ＣＩＯから呼び出しを受けた。朝のミーティングが終わった足で、ＣＩＯである桜田誠一郎のオフィスに向かった。

桜田誠一郎は、五十代半ば。ぎょろりと動く大きな目が、見る者を威圧する。オフィスに入ったとたん、その目が貴志を射ぬいた。なにもいわず、手でソファセットを示す。

貴志は、目礼して、ソファに浅く腰かけた。

桜田誠一郎が正面に座り、両手の指を膝の上で組む。

「単刀直入にいう」

貴志は、静かにうなずく。

「コンプライアンス部門から、君がファンドに組み入れる銘柄を第三者に漏らし、さらに、売り抜ける指示まで出していた疑いが強いとの報告があった」

貴志らフロント部門の電話は、すべてコンプライアンス部門によって録音されている。情報の漏洩《ろうえい》や違法な売買の発注など、不正が起きないよう監視しているわけだ。もちろん、個人のケータイを使うなどの抜け道はいくらでもあるので、対外的なポーズといえなくもないが、実際に疑わしい会話が録音されてしまった以上、アクションを起こさざるを得ない。

「竹島フードだ。たしかにここ一週間、真山君がその銘柄を売却している。決算に粉飾の疑いが濃厚だというのがその理由らしいが、まあ、それはいい。問題なのは、君が第三者に売り抜ける指示を出したのが、真山君が売却する前だということだ。その第三者が売り抜ければ、株価はそれだけ下がる。株価が下がれば、真山君の売値《うりね》も低くなる。ファンドの成績が落ちる。……君は、我が社のファンドの利益よりも、第三者の利益を優先したことになる」

貴志は、うつむいたまま、黙っていた。

「弁明があれば聞くが」

「ありません」

「残念だ」

「申し訳ありません」

「君の解雇と後任については、明日のミーティングで、私からチームに説明しておく。話は以上だ。すぐにデスクの整理をしたまえ」

「仕事の引き継ぎは――」

「その必要はない。君の業務の進捗《しんちょく》状況は、すべて把握している。とつぜん君が消えても、支障を来《きた》さないように」

貴志は言葉もなく、目の前の男を見返す。年収は少なく見積もっても数億円。いずれは自分もこの男のようになるはずだった。億単位の金を稼ぐのも夢ではなかった。それが……。

桜田誠一郎の口から、冷ややかなため息が漏れる。

「まだなにかあるのかね？」

貴志は立ち上がり、オフィスを出た。

午前中に荷物の整理をして、宅配便で自宅に送る手配を済ませた。チームのメンバーは、デスクの整理をしている貴志を見て事情を悟ったはずだが、声はかけてこなかった。

二台のモニターと電話機、それにスタンドだけが残されたデスクを前に、貴志はチェアに座り、しばらくぼんやりとしていた。立ち上がれば、もう二度とここに座ることはない。そのときを、一秒一秒、先送りしている。

一時間ほどそうしたあと、おもむろに腰を上げ、ブースを出る。

チームのメンバー三人が、ワークスペースに残っていた。同時に立ち上がり、深刻な顔で近づいてくる。

「ご覧のとおりだ」

貴志は、笑みをつくった。

噂で聞いていたのだろう。メンバーの顔に、驚きの表情はなかった。

「お元気で」

藤島桂。最後まで部下として振る舞っている。

「お世話になりました」

真山純一。声に力がなく、目を合わせようともしない。

「次のところでも、がんばってくださいね」

野口達彦。淡々としていた。

「ありがとう。至らないヘッドで申し訳なかった。それじゃ」

貴志は、最後まで笑みを崩さず、ワークスペースを出た。

あっさりしたものだが、これで終わりだった。この職場に、送迎会などという習慣はない。

会社を出ても、まだ陽《ひ》は高かった。このまま自宅に帰る気にもなれない。

志緒理には、まだ話していない。話さなければと思うほど気が重くなり、ここ何日かは、志緒理と向かい合うことに苦痛を感じていた。そんな貴志の気持ちを敏感に察したのか、志緒理も妙に態度がよそよそしく、笑顔もあまり見せなくなった。

貴志は、日比谷通りを渡ってしばらく歩き、日比谷公園に足を踏み入れた。会社のすぐ近くにあるのに、ここを訪れたことはほとんどない。ちょうど昼休みの時間と重なったせいか、ビジネスマンやOLらしき男女の姿も見える。ベンチで横になっている人の多くはホームレスか。一見してそれとわかる風体《ふうてい》の者が多いが、スーツを着ていてちょっと判断に迷うような者もいる。

天気がよかったので、ぶらぶらと公園内を歩いてみる。広々とした空間。都会の真ん中とは思えない静けさ。森の向こうに聳える高層ビル。空に漂う雲。

噴水広場に出ると、ちょうど大噴水から水が噴き上がった。三段構造の噴水のうち、中央の主噴水に十メートル以上の水柱が現れ、その先端から水玉がこぼれ落ちる。心地よい水音。風に乗って流れてきた飛沫《しぶき》が、頬に冷たい。

ふいに空腹を覚えた。

食堂でもないかと探すと、心字池《しんじ》の近くにレストランを見つけた。白い建物が小洒落ていて、女性に好まれそうな雰囲気だ。男一人で入るのもどうかと思ったが、ガラス越しに中をのぞくとスーツ姿の男性客もいるようなので、入ってみた。

けっこう混雑していたが、ちょうどテラス席が空いたので、そちらに座った。白いテーブルと白い椅子。貴志が選んだのはハヤシライス。黙々と食べ終えた。

テラスからは、心字池が見える。

池の周囲でくつろぐ人々。

五月の日射《ひざ》しを遮る木立。

輝く緑。

優しい風。

光。

一人きりの、ゆったりとした時間。

思考が蘇ってくる。

(たしかに、俺は解雇された)

だが、人生が終わったわけではない。

まだまだ続いていく。生きていく。

これからのことを考えなければならない。

（まずは……）

志緒理にどう伝えるか。

解雇されたことを隠したまま、通勤するふりをして、再就職への道を探るか。しかし、そううまく就職先が見つかるとはかぎらない。四十三歳ともなると、年齢的にも難しいだろう。就職できたとしても、収入が減ることは避けられない。

現在、銀行預金などの金融資産は、五千万円ある。

（問題は……）

まもなく完成する白金台のマンションだ。これの頭金に四千万円を投じると、一千万円しか残らない。しかも、毎月の住宅ローンの支払いが五十万円。すぐに再就職、それも、年収が最低でも千五百万円以上のところに就職できなければ、ローンの返済があっという間に滞《とどこお》ってしまうだろう。

最悪の場合、マンションの売却を考えなければならなくなる。しかし、マンションの資産価値は、購入した時点で半分になる。一億四千万円で買ったマンションも、売るときは七千万円にしかならない。頭金を四千万円払うとしても、残りの三千万円は借金として残ってしまうのだ。

そんなリスクを冒すくらいなら、手付け金を捨ててでも、マンションの購入契約をキャンセルしたほうがいい。まずは生活を立て直すことを優先するのだ。

（……生活を立て直す）

そうだ。生活を立て直すのだ。そこから再スタートを切る。このまま終わってたまるものか。

（俺は……）

こんなところで終わる男ではない。

もう一度、這《は》い上がってやる。

這い上がってみせる。

夫の早すぎる帰宅に、志緒理も異変を感じたのだろう。強ばった顔で、貴志を出迎えた。

「どうしたの？　仕事は？　会社は？」

貴志は、矢継ぎ早の質問には答えず、

「そのことで話がある」

とリビングに向かった。

ソファセットのテーブルには、志緒理愛読の女性誌が広げられていた。三十代の洗練された雰囲気の女性が、高級ブティックで接客をしたり、ゴルフの練習をしたり、高級外車に乗ったり、フレンチのレストランで昼食をとっている日常が、写真で紹介されている。

貴志は、女性誌を閉じて、脇に除《の》けた。

「座ってくれ」

「……どうしたの？　怖い顔して」

志緒理が、おずおずと正面に腰を下ろす。

貴志は、臆《おく》しそうになる自分に鞭《むち》打ち、志緒理をまっすぐ見た。

「落ち着いて聞いてくれ」

「………」

「きょう、会社を解雇された」

志緒理の表情に、変化はない。

「俺が仕事でミスをした。その責任を負わされたんだ。外資系だから、そのあたりはドライなもんだよ。『残念だ。デスクの整理をしたまえ。はい、サヨウナラ』ってわけだ」

貴志は、笑おうとしたが、志緒理の顔を見てやめた。

「もちろん、すぐに再就職先を探す。でも、将来を考えると、いまある蓄えは、できるだけ生活費に回したほうがいいと思う」

「……だから？」

志緒理の声には、驚きも、悲嘆も、含まれていない。

ただ、冷たかった。

貴志は、自分が慰めの言葉を期待していたことに気づく。大丈夫。二人でなら、やり直せる。そういってくれれば……。

「だから、どうしろっていうの？」

「白金台のマンションだ」

志緒理の目が、きっと吊り上がった。

貴志は説明した。頭金に四千万円払っても、住宅ローンで行き詰まる可能性があること。最悪の場合、三千万円の借金しか残らないこと。

「今後のことを考えると、いまある預金を、マンションの頭金に使わないほうがいいと思う」

「………」

「マンションは、諦めてくれ」

「冗談じゃないわよっ！」

志緒理が飛び上がった。両拳を突き下ろし、貴志を睨みつけてくる。胸が痙攣《けいれん》するように忙しく動いている。

「これまであなたに尽くしてきたのは、なんのためだと思ってるのよ！」

「申し訳ないとは思う。でも、再就職して、仕事が軌道に乗れば、また買うチャンスはいくらでもある」

「もし再就職できなければ？」

「そんなこと――」

「できなければ？」

「……預金を少しずつ取り崩していくしか」

「子供はどうやって育てるの？」

「まだ五千万円もあるんだ。しばらくは生活費には困らないよ」

「いままでどおりエステに通えるの？　雑誌に出てるファッションを揃えられるの？　エルメスの新作バッグが出たら買えるの？」

「それは……」

「我慢しなきゃいけないの？」

「いまある蓄えが頼りなんだ。大切に使わなきゃ」

「わたしがエステに行くのは大切じゃないっていうの！」

「そうじゃない……そうじゃないけど……」

「……わたし、嫌だから」

「志緒理……」

「そんな惨めな生活、絶対に嫌だからっ！」

志緒理の顔は、まるで仁王だった。左右の黒目が中央に寄り、上唇も鼻にくっつきかけている。人は、こんな顔にもなれるのだ。

「わたしはね、セレブになりたいのっ！　我慢なんかしたくないのっ！　あんたに、わたしの気持ちなんかわからないいっ！」

たしかに理解できない。

俺のいうことは、間違っているのか。

無謀を承知で、一億四千万円のマンションを買うべきなのか。

「……わたしが、どれほど惨めな思いをしてきたか、わかってるの？」

いったい志緒理は、なにをいっているのか。

惨めな思い？　俺が、いつ、志緒理に惨めな思いをさせた……？

「わたしがどんな学生時代を送ってきたか知ってるのっ！」

志緒理は、都内にある私立女子大の出身だった。初めて会ったお見合いパーティーの席では『大学では友人や恩師に恵まれた』といっていたはずだが。

「あんな大学、行かなきゃよかった。周りの友だちが、みんなお金持ちで、お父さんが大企業の社長だとか、外交官だとか、医者だとか、そんなのばっかり。学生なのにBMWやポルシェを乗り回して、ファッション誌でモデルが着てる服を当然のように着てきて、たまに家に遊びに行ったらびっくりするような豪邸で、話をしてもわたしとは縁のない世界のことばかりで。わたしは必死に仲間のような顔をして愛想笑いするしかなかった。貧乏人なのを見抜かれやしないかってビクビクしながら……。そのときのわたしの気持ち、わかる？　父親が普通のサラリーマンで、ずっと借家住まいの家庭に育ったわたしが、どんな思いで四年間を過ごしたか、あんたに想像できるのっ！」

志緒理の目に、赤い涙の玉が膨らむ。

「わたしはもう、あんな惨めな思いをしたくなかったの！　そのために、そのためだけに、あんたと結婚したの！　それなのに、なんでよっ！　返してよっ！」

きんと響く静寂。

志緒理の目から、すっと力が抜ける。

「あぁあ、やってらんない」

投げやりに天井を仰ぐ。

「結局、ハズレだったのね、あなたは」

「…………」

「あなたとは、離婚します。ただし、預金は全額もらうわよ。慰謝料として」

「おい……」

志緒理が、リビングを出ていき、ほどなくもどってくる。手にしていたものをテーブルに放った。

貴志の目の前に散らばったそれは、ミチルとの密会写真だった。

ホテルのロビー。

部屋の中のキス。

抱擁。

二人の裸体。

セックス。

ミチルの笑っている写真だけがない。

貴志は、志緒理を見上げる。

「……いつ、送られてきた？」

「わたしはね、浮気でもなんでも、してくれてよかったのよ。お金さえ運んできてくれれば。だから、ある程度は目をつぶるつもりだったけど、こうなったら使わせてもらうわ。切り札として」

志緒理が、侮蔑《ぶべつ》しきった顔で、貴志を見下ろしている。

「どう？　まだ文句ある？」

6

「いらっしゃ……」

ミチルの笑顔が凍りつき、ゆっくりと熔け落ちていく。

客は、カウンターに三人。年齢は四十代から五十代。手前の口髭を生やした男が、首を回して胡散《うさん》臭げな一瞥《いちべつ》をくれる。坊主頭に黒いハンチング帽を被っている。

貴志は、入口に近いスツールに腰かけた。

「ターキーをくれ。ダブルで」

ミチルが、無言でおしぼりを出してから、棚からワイルドターキーのボトルを取り、グラスに注ぐ。貴志の前にコースターを敷き、グラスを置いた。

「君も飲むか?」

ミチルが、視線を合わせないまま、小さく首を横に振る。

貴志は、グラスを摑んで、琥珀《こはく》色を喉に流し込んだ。

「ママの知り合い?」

口髭の男が、分厚い唇をにやけさせる。

「高校時代の同級生なの」

「そりゃどうも」

貴志に愛想笑いをしながら、ポロシャツの胸ポケットからタバコを取り、口にくわえる。ミチルが、さっとライターを差し出す。男が火を吸いながら、ミチルと見つめ合う。

「ありがと、ママ」

ふうっと煙を吐き上げた。右手首には金無垢《きんむく》に鰐革《わにがわ》バンドの腕時計。半袖からのぞく腕は太くはないが、筋肉が固く隆起していた。

「同級生っていうわりには、ママ、迷惑そうな顔してない？」

口髭の連れらしき男。背が低く、灰色の頭を短く刈り上げている。

「なにいってるの？　そんなことないわよ」

ミチルが、営業用の笑顔で窘《たしな》める。

「もし困ってるんなら、遠慮なくおれたちにいってくれよ。力になるから」

口髭男が、いやらしく笑う。

「それより、終電は大丈夫なの？　朝までお店にいてくれるのなら、もちろんうれしいけど」

「そうしよっかな。なんか、ママのことが心配だしい」

「嘘ばっかり。お目当ての美咲ちゃんが早退しちゃったから、早く帰りたいくせに」

「美咲ちゃん、お母さんが出てきてるっていってたけど、あれ、絶対嘘だね。男だよ。決まってる。だってさ、最近、妙に色っぽく――」

客の男たちは、この店のバイトの女の子の話をしばらくしてから、腰を上げた。

「あんたは、まだ帰んないの？　もう閉店の時間だよ」

口髭男が貴志の顔をのぞき込む。

「いいのよ。この人は」

ミチルの言葉に不服げな顔をしたが、

「さ、行こうぜ」

連れに促《うなが》されて、店を出ていった。

客を見送ったミチルが、そのまま電光看板の灯を消し、カウンターの中にもどる。

男たちのグラスを片づけながら、

「店に入ってきたとき、すぐにあなただとは気づかなかったわ」

「会社をクビになったよ。妻とも離婚した」

「ごめんなさい。……謝って済むことじゃないけど」

「これで、だれに気兼ねすることなく、君と会えるわけだ」

ミチルが、手を止めて貴志を見る。

「冗談だ」

貴志は、またグラスを傾ける。

「恨んでるでしょうね」

「ああ……」

貴志は、グラスの中の液体を睨む。

「……殺したいくらいね」

店内には、静かなジャズが流れている。

「殺してくれるの?」

貴志は、目を上げて、ミチルを見つめる。

ミチルの顔に、恐怖はない。

「最初から、俺を騙すつもりだったのか?」

「…………」

「俺を愛しているといったのは、ぜんぶ嘘だったのか?」

「…………」

「セックスのときの声も顔も、演技だったのか?」

「………」

「心の中で、いつも俺を嘲笑《あざわら》っていたのか？」

「そう思いたければ、思ってくれていいわ」

貴志は立ち上がってミチルの腕を摑んだ。

ミチルが泣きそうな顔をする。

「俺は、君のことを本気で――」

店のドアが開いた。

現れたのは若い男。まだ二十代か。白いジャケットに、派手な柄の開襟シャツ。女のような細い顔に、真っ赤な唇。茶色に染まった長髪。一重の鋭い目を眇《すが》めて、貴志とミチルを見る。

「おっさん、なにやってんの？……って、あれ？　もしかして、麻生さん？」

いきなり名を呼ばれ、貴志は動揺した。

こんな男に、見覚えはない。

ミチルが、貴志の腕から逃れて、一歩離れる。

「うわ、ずいぶんイメージ変わっちゃったねえ」

男が、貴志の風体をじろじろと見る。

「わかんない？　ケータイで何度も話したけど」

「……！」

貴志はミチルを見た。

ミチルが目を逸らす。

「で、なにしに来たの？」

「おまえが……」

「まさか、またミチルとやりたくなったっていうんじゃないだろうね」

男の瞳に、冷たい光が点る。

「ダメだよ。ミチルはね、僕の女なの。僕の所有物なの。僕のいうことしか聞かないの。僕がここで裸になれっていったら、いまこの場でもすぐに服を脱ぐ。カウンターに乗って股広げろっていったら、そのとおりにする。そういう女なの。やってみせようか？」

ミチルは、なにもいわない。堪《た》え忍ぶように、うつむいている。

「あ、そうそう。奥さん、見てくれたかな？　あの写真」

男が、急に笑顔になり、はしゃいだ声をあげる。よく見ると、目の周りだけ、ほんのりと赤い。

「悪いのはあんただよ。僕を怒鳴ったりしたから。僕はね、怒鳴られるのが大っ嫌いなの。……ねえ、なんで黙ってるの？　憎いんでしょ、僕たちのこと。それとも、僕のことが怖い？」

貴志は、なにも答えず、ただその男を見つめる。

「耳、聞こえないの？……ああ、そうだったね。あんた、精神的なショックに脆いタイプだったもんね。とつぜん僕が現れて、茫然《ぼうぜん》自失ってところ？」

ミチルは、こんな男のために……。

俺は、こんな男のせいで……。

「張り合いないんだよねえ。そんな簡単にギブアップされちゃあ。……ああ、そうだ」

男が、にやりとして、顔を突き出してきた。

「ミチルが、あんたのセックスのこと、なんていってたか教えてやろうか？」

「ちょっと……」

ミチルの顔色が変わった。

「下手なくせにしつこい。スケベな中年オヤジそのものだってさ」

貴志は男に殴りかかった。

次の瞬間、床に倒れていた。

なにが起こったのか、わからなかった。

「そうこなくっちゃ」

男の声が、獰猛《どうもう》に響く。

「立てよ、おっさん」

貴志は、床に這い蹲《つくば》って、立とうとした。世界がゆらゆらと揺れていた。横から蹴りを入れられ、ひっくり返った。天井が回っていた。呼吸もできない。内臓がぐちゃぐちゃになりそうだった。

「まだ終わりじゃないよ」

脇腹を蹴られた。悲鳴をあげて反り返った。背中。脚。尻。ところ構わず襲いかかってきた。

「おらおら、さっさと詫《わ》び入れろっ！」

男の蹴りは、次第に激しさを増す。蹴られるたびに、貴志の中でなにかが壊れていく。それまで貴志を支えていたものが、崩れていく。影もなく、崩れていく。

「麻生くん、謝ってっ！」

ミチルの叫び声。

「謝らないと、ほんとうに殺されるわよっ！」

男の蹴りが止《や》んだ。

「……すみません、でした」

貴志は、肺から空気を絞り出した。

男が、荒い呼吸をしながら、貴志を見下ろす。

「なんていったの？　聞こえない」

「すみ……ません、でした」

「謝るんなら、土下座しろって」

貴志は、懸命に身体を動かし、正座した。両手をついて、床に頭をつける。

「……すみませんでした」

後頭部を踏みつけられた。

額が床と擦れ合う。

「もっと謝れ」

「許してください……」

「心がこもってない！」

「お願いです……許してください」

涙が床に落ちた。

「二度と来るなよ」

「二度と……来ません」

「ほんと、情けねえ野郎」

男の足が離れた。

ぺっ。

という音がして、頭に生ぬるいものが張りついた。だらりと垂れてくる。

「もう帰れ。また来たら、ほんとに殺すからね」

貴志は、ふらふらと立ち上がった。

目を合わせないように、ドアに向かう。

「ミチル」

背後で男の声。

「服、脱げ」

「え……」

「早く脱げって。あいつ虐《いじ》めてたら、興奮してきちゃったから」

貴志は、ドアを開け、店を出た。後ろ手にドアを閉める。振り返り、閉まったドアを見つめる。がたん、と物音が漏れてきた。ミチルの声も聞こえたような気がした。

貴志は、店に背を向け、ビルの階段を下り、地上に降り立つ。

夜。

通りには客待ちのタクシー。遠くに交差点の信号機。黄色が点滅している。

貴志は、足を引きずりながら、歩いた。暗い世界を、たった一人で、どこに向かうでもなく、歩いた。蹴られた場所が、痛みだす。腹から酸っぱいものが込み上げてくる。道端に吐いた。背後で声がした。

「どこにでも馬鹿はいるもんだな」

振り返った。

だれもいなかった。

夜空。

星。

冷たく瞬いていた。

第三章　宴

1

『だから、電話番号どこで調べたかって聞いてんのっ！』

「それは……あの……」

『あんたもね、そんな仕事さっさと辞めなさいよ。それができないんなら、首吊《つ》って死になさいっ！』

貴志は、顔を顰めて受話器を遠ざけた。さっきまで貴志を罵《ののし》っていた声は、無味乾燥な終話音に変わっている。

時計を見ると、午後五時五十三分。受話器を左手に持ったまま、顧客リストに日付と時間を記入し、最後の欄に×印を書き加えた。×××……。きょうもすべて×。

終業時刻の午後六時まであと七分。ちらと部長席を見ると、袖を捲り上げた永谷《ながたに》部長が、鬼のような顔で二つのシマを監視している。目が合った。貴志は、あわててリストにもどり、電話機のフックを押してから、次の電話番号をプッシュする。呼び出し音が四回鳴って相手が出た。

「山内洋子さまでいらっしゃいますか？」

『はい……』

年配の女性の声。

貴志は、手元のスクリプト（台本）を見ながら、

「お忙しいところ、たいへん申し訳ありません。わたくし、東京の日本橋にある株式会社、三京インベストメントの麻生貴志と申します」

『はあ……？』

「とつぜんのお電話で恐縮ですが、じつは、来年の秋に東証マザーズに株式上場が予定されています、ナノメディックという銘柄をご案内させていただきたいと思い——」

『ああ、株？　いらないわよ』

「しかし……あの……未公開株はいまたいへん人気がありまして、預貯金よりもはるかにお得な資産運用法なんです。とりあえずわかりやすい資料をお送りしますので、この機会にぜひご検討いただけませんか」

『そんなことといって、強引に買わせるつもりなんでしょ？』

「そ、そんなことはありません。買う買わないはもちろん、お客様の自由です」

貴志は、スクリプトを指で追う。

「山内さまも、ご自分のお金を増やすことには興味ございますでしょう」

『そりゃあね……』

「ところで、ナノテクノロジーという言葉をお聞きになったことはございますか？」

『……え、なに？』

「ナノテクノロジーは、二十一世紀の科学といわれておりまして、ガンや難病の治療、不老長寿などに期待がかけられている分野なんです。ナノメディックは、その最先端のナノテクノロジーの特許をいくつも有する会社でして、いずれはトヨタ自動車やマイクロソフトのような巨大企業に成長すると

の評価を得ているんですね。この将来性ある会社の株が、いまなら一株四十万円からご購入できるんです。株式アナリストによれば、来年の上場時には、初値《はつね》は百万から百二十万円、つまり、二倍、三倍の高値が付くと予想されています。そのときに売っていただければ、お手持ちの資金が一気に倍増するわけです。実際、これまでの例を見ましても、新規上場した株は、公募価格の二倍以上の初値を付けている銘柄がほとんどなんです。いかがでしょう。山内さま、案内資料をお送りしますので、この機会にご検討いただけないでしょうか」

『………』

「あの……山内さま？」

『あなた、一日中、こうやって電話かけてるの？』

「はあ……」

『疲れてるんでしょ』

「いえ……そんなことは」

『舌がもつれてるわよ。なにいってんのか、さっぱりわかんなかった』

「……申し訳ありません。では、もう一度ご説明を――」

『いいわよ、もう』

「資料だけでも送らせてください。お願いします」

『でも買わないわよ』

「資料をご覧になった上でのご判断なら、それでも構いません。どうか、お願いします」

『ほんとうに買わないわよ』

「とにかく、資料だけでも送らせてください」

『読むのだって面倒くさいのよ』

「そのまま捨てていただいても結構ですから、送るだけでも送らせてください。お願いします。どうか、お願いします」

『そういうことなら、まあ、いいけど……』

「あ、ありがとうございます！」

貴志は、はやる気持ちを抑えながら、住所と名前を確認する。

「資料がお手元に届きましたころ、あらためてお電話させていただきます。ありがとうございました」

受話器を置いて、リストに日時を記入し、◯印を付ける。

「おっ、アポ取れたの？」

永谷部長が、貴志のリストをのぞき込んでいた。貴志とほぼ同世代。魚類を思わせる小さな顔にパンチパーマ。眉毛が異様に濃い。クリップボードとボールペンを手にしているのは、部下が一日にかけた電話数と取れたアポ数を、チェックして回っているからだ。

「やるね、麻生ちゃん。入社二カ月目にして初めてのアポだ」

嫌みったらしく笑う。

「でも、契約が取れなかったら意味ないからね」

貴志のリストに目を通して、

「それから、一日に百三十本しか電話をかけられないのは、ちょっと少なすぎるね。この世界、新人でも二百本は当たり前だからね」

「……すみません」

「謝ることはないよ。契約が取れなくて困るのは麻生ちゃんだもん」

永谷部長がそういい放って、隣のデスクに移る。

「おお、榊原《さかきばら》さん、きょうも大漁だねえ。隣のだれかさんとは大違いだ」

オフィスにはデスク六台のシマが二つ。窓際に部長席があるが、デスクの大きさはほかの社員のものと同じ。その脇にある大きなホワイトボードには、この日契約を取った社員の名前と売上額が、マーカーで大書《たいしょ》されている。

久保奈美子。二百四十万円。

榊原静夫。三百万円。

奥にある社長室のドアが開いた。

オフィスにいた全員が起立する。永谷部長が、本日の成果をまとめたペーパーを社長に差し出す。社長はまだ若く、三十代後半に見える。無難な髪型に眼鏡をかけた秀才タイプで、どことなく線が細い。小耳に挟んだところでは、この社長は表向きのダミーで、実質的なオーナーはほかにいるとのこと。

「注目っ！」

永谷部長が、軍隊もどきの声をあげ、社員一同を睨んで胸を張る。

「終礼をはじめます。本日の結果報告」

永谷部長が、ホワイトボードに目をやり、

「久保奈美子さん、二百四十万円っ！」

拍手が沸き起こった。社員はもちろん、永谷部長も手を打ち鳴らしている。ダミー社長も笑顔で拍手している。

賞賛を一身に浴びる久保奈美子が、深々と頭を下げた。四十代半ば。その顔は自信に満ちていて、いかにも遣《や》り手という感じがする。

「榊原静夫くん、三百万円っ！」

ふたたび拍手の嵐。

榊原静夫は、貴志よりも一回りは年上だろう。小柄だが豊かな白髪が見事で、いつも柔和な笑みを浮かべている。身だしなみも完璧で、拍手に応えてお辞儀をする仕種にも隙がなかった。

「社長から一言お願いいたします」

永谷部長に促されたダミー社長が、両手を前に重ね、セリフを読むような口調で、

「いまさらいうまでもありませんが、一カ月の売上が三百万円を超えれば、歩合は十パーセントになります。榊原さんは、きょう一日だけで、三十万円を稼ぎました。榊原さんにできて、ほかの人にできないわけがありません。榊原さんからテクニックをどんどん盗んで、どんどん契約を取り、どんどん稼いで、ご自身はもちろん、ご家族のある方はご家族にも、たくさんいい思いをさせてあげてください。きょうもお疲れさまでした」

全員の唱和で応え、一日の仕事が終わりとなる。

「お疲れさまでした！」

営業部員は、部長以下十三名。この道何十年というベテランから、海千山千の営業レディ、素人同然の主婦、リストラされて流れてきた中高年男性まで、雑多な人間で構成されている。中でも多いのはリストラ系で、貴志も含め、挫折《ざせつ》を背負った者独特の悲愴《ひそう》感を漂わせていた。リストラされた者同士が連帯感を共有するかというとそんなこともなく、仕事が終わって一杯飲みに行くという雰囲気も、この職場には皆無だった。

会社を出た貴志は、近くにある洋食屋に入って夕食をとる。きょうはトンカツ定食とビール。一人暮らしだと、どうしても外食中心になる。離婚して以来、腹回りが太くなってきた気がするが、体重を計ったことはない。

満腹になり、ほろ酔いで店を出る。ヘッドライトやブレーキランプが乱舞する中、永代《えいたい》通りを西に

向かう。排気ガスと騒音が漂う歩道。ゆっくりと三十分ほど歩く。すれ違う人。人。人。中年男性は疲れた顔でタバコを吹かし、スーツ姿の女性はしっかりと前を見据え、大学を出たばかりと思《おぼ》しき若者たちは笑顔で語らっている。げっぷが出た。

ケータイが鳴った。液晶画面を見ると、大学時代の友人・長谷川浩樹。貴志は足を止め、光り輝くその名前を見つめた。通話ボタンに親指を置く。ケータイは鳴っている。貴志を呼び続けている。しかし、どうしてもボタンを押すことができない。躊躇っているうちに、鳴りやんだ。貴志はため息をつき、ポケットにもどした。

大手町で東京メトロ丸ノ内線に乗る。乗客が多い。文庫本を読む女性。赤ら顔のサラリーマン。学生風の女の子は、涎《よだれ》を垂らしそうな顔で、ケータイの画面と見つめ合っていた。

淡路町《あわじちょう》駅で降りる。駅から五分ほど歩いた場所にある賃貸マンションが、貴志の現在の住処《すみか》だった。家賃は十一万円。三十平米の１ＤＫ。

外資系投資会社を解雇されてしばらくは、ほかの投資関連会社への就職を模索したが、求人の多くは三十五歳以下、せいぜい四十歳までを条件にしており、大半は応募すらできなかった。〈四十歳くらいまで〉という求人に応募して面接を受けたこともあるが、採用には至っていない。

貴志の金融資産は五千万円ほどあったが、離婚した際、慰謝料と財産分与、合わせて三千万円を志緒理に持っていかれた。志緒理は当初、資産の全額を要求するようなことをいっていたが、弁護士に相談してさすがにそれは通らないと悟ったのか、ハードルを下げてきたのだ。

財産分与といっても、本来対象になるのは婚姻期間中に築いた財産だけで、それは五千万円のうちの約一千万円に過ぎない。その半分の五百万円を分与したとすると、慰謝料は二千五百万円という計算になる。ネットで調べたところでは、この額は世間の相場の三倍以上に当たるのだが、〈夫の支払い能力によって大きく異なる〉とのことでもあり、貴志としても裁判で争う気力はなかったので、志緒理の要求をそのまま呑んだ。

手元に残ったのは、二千万円余り。すぐに生活に困ることもないので、そのまま恵比寿駅に近い家賃三十五万円のマンションに住み続けた。

仕事も見つからないままぶらぶらとしていたが、年が明けて四十四歳の誕生日を迎えたころ、あらためて一カ月分の生活費を計算してみて、この調子で暮らしているとあと三年で預金が底をつくことがわかった。初めて危機感を覚えた貴志は、いっそ就職を諦め、自分の知識と経験を生かしてカネを稼ごうと思い立った。

自分の知識と経験。

すなわち、株式の売買だ。

ファンドマネージャー時代は、個人的に株式を売買することが厳しく制限されていたが、もう自由の身である。かつては優秀ファンドマネージャーとして表彰されたこともある自分なら、株取引による利益だけでじゅうぶん生活できるはず。そう考えてネット証券に口座を開き、短期の売買、いわゆるデイトレードを繰り返した。

しかし、ファンドマネージャー時代に運用していたのは、あくまで顧客の資産である。多少の損失が出てもそれほど気にならなかったが、自分自身の財産となるとそうはいかない。わずかなロスを取り返そうと思い切った売買を仕掛けては失敗し、冷静さを失って傷口を広げていくという悪循環に陥った。

加えて、会社にいたときのように最新の情報に接する機会もないため、売買のタイミングを逸することが多く、運用資金は減る一方となり、わずか半年で預金残高が一千万円を切ってしまった。結果的にデイトレードから撤退せざるを得なくなり、元ファンドマネージャーとしての自信は砕け散った。

もはや家賃に三十五万円も使っている場合ではない。少しでも節約するために安い物件を探し、移ってきたのがこのマンションだった。

鍵でロックを解除してドアを開け、壁のスイッチを押す。真っ暗だった空間に光が射し、眼前に七・四帖のダイニングキッチンが現れる。そこを通り抜けたところが三・四帖の狭い寝室。スーツをハンガーにかけ、壁のフックに吊してから、シャワーを浴びる。シャワーのあとは、冷蔵庫から缶ビールを取り、布団にあぐらをかく。テレビも観ないし、音楽も流さない。静かな部屋でひたすらアルコールを肉体に供給する。

引っ越してすぐに求職活動を再開したが、やってもいいな、と思えるものはやはり年齢制限で引っかかり、年齢条件をクリアできても面接で必ず『それほど立派な会社をなぜ辞めたのか？』と突っ込まれ、ことごとく落とされた。応募すれば採用されそうな求人もあったが、その手のものは例外なく低賃金で、検討する気にもなれない。仮にも年収二千万円を稼いでいた自分が、月二十万にも満たない仕事に汗水垂らす姿は、想像するのも嫌だった。いまある蓄えで、あと一年や二年は暮らせる。無理に仕事をする必要はない。そう自分を納得させていた。それでも口座の預金残高が減るたびに、残されたわずかなプライドさえも、徐々に浸蝕されていくのを感じた。

スポーツ新聞の求人欄で三京インベストメントを知ったのは、そんなころだった。

〈初任給30万円〉

〈ベンチャー企業の支援〉

〈60歳まで〉

一見して怪しげな会社だが、初任給三十万円は魅力だった。嘘でなければ、の話だが。

電話した翌日に面接することが決まった。場所は東京都日本橋茅場町《かやばちよう》。証券会社のメッカである。

久しぶりにスーツを着込んで臨んだが、面接は形だけで、ほとんど即決で採用された。前職を辞した理由も聞かれなかった。

貴志に課せられた業務は、未公開株の電話セールスだが、これは大きく分けて二段階から成っている。渡されたリストの顧客に電話をかけ、資料を送付する承諾をもらう『アポ取り』と、資料が届いたころにふたたび電話をかけ、契約にこぎ着ける『クロージング』である。契約を取って初めて売上として計上される。

初任給はたしかに三十万円あったが、これがずっと続くわけではなく、二カ月目からは固定給が十五万円に半減し、その代わり歩合給が付く。

歩合率は一カ月の売上額によって変わる。

百万円未満なら売上の四パーセント。

百万円以上百五十万円未満なら六パーセント。

百五十万円以上三百万円未満なら八パーセント。

三百万円以上なら十パーセント。

一千万円を売り上げれば歩合給だけで百万円稼げるが、一本も契約が取れなければゼロ。いまのところ、貴志の売上もゼロ。きょうになってようやく、アポを一本取れただけ。二カ月で一本も契約が取れなければ、自動的に解雇となる。

貴志に残された時間は、あと二週間もない。

2

午前九時。

社員が一斉にプッシュホンを叩きはじめた。セールストークがあちこちから聞こえだす。

貴志も、リストの最初の電話番号を押す。

「竹下さまでいらっしゃいますか？　おはようございます。朝のお忙しいところ失礼します。わたくし、東京の日本橋にある株式会社――」

『ああ、セールスならいらない。忙しいから』

「竹下さまは、ご自分の資金を――」

『忙しいっていってんだろっ！』

「すみま……」

切れていた。

リストに×印を記入しながら、胃に重い塊を感じる。

「ダメダメっ！」

はっと顔を上げる。

聞こえた声は、榊原静夫のセールストークだった。

「あなたねえ、それじゃあ儲からないよ。人と同じことやってるだけだもん」

ぎょっとするほど、きつい口調。

貴志は、思わず聞き耳を立てる。

「証券会社のいうことなんて、まともに受けとっちゃダメ。で、どうやって運用してるの？……それじゃあ、儲かったたって大したことないでしょ。一割二割増やしてどうすんのよ。増やすなら、二倍三倍にしなきゃ意味ないよ。……できるんだよ、それが。もちろん、だれでもできるってわけじゃないよ。だって、未公開株なんて、あんまり聞かないでしょ。そりゃそうだよ。数が限られてるんだもん。だからね、こんなチャンス、そうそう巡ってくるわけじゃないんだよ――」

こんな高圧的な態度で、よく電話を切られないものだ。貴志が感心していると、榊原静夫がこちらに一瞥をよこす。

「――そう。そうこなくっちゃ。それでこそ男だよ。さすが、決断の速さは人一倍だね。じゃあ、申込書のファックスと入金のほう、よろしくね。はい、はあい」

フックを押して、リストにすばやく書き付ける。間髪《かんはつ》をいれず次の番号をプッシュ。

「北島様でいらっしゃいますか？　先日はたいへんお世話になりました。三京インベストメントの榊原でございます。……ええ、それで、資料のほう、ご検討いただきましたでしょうか？」

さっきとはまるで口調が違う。声だけ聞いていると別人のようだった。

「……いいえ、これは違法な株ではありません。太陽テクノの大株主だった方が、このたび豪邸を建てる運びになりまして、その資金を調達するために持ち株の一部を現金化したいとのことで、そのお手伝いをさせていただいているわけです。ですから――」

聞いていて惚れ惚れするようなトークである。

（とても俺には無理だ……）

視線を感じて顔を向けると、永谷部長がこちらを睨んでいる。貴志は目を伏せ、機械的にリストの番号をプッシュする。呼び出し音が鳴る。出ない。と思っていたら、留守電に切り替わった。応答メッセージの女性の声が胸に沁《し》みた。

結局、この日も、まったく成果を上げられなかった。

「麻生さん」

帰り際、榊原静夫が声をかけてきた。

「少し付き合いませんか？」

酒を飲む仕種をする。

ほかの社員は黙々と帰り支度をしている。みなで飲みに行くというわけでもなさそうだ。迷っていると、

「ちょっと、お話がしたいんです」

断る理由もないので、承諾した。

永代通りでタクシーを拾った。連れて行かれたのは、JR新橋駅にほど近い、創作料理の店だった。暖簾《のれん》をくぐると、こぢんまりとした日本家屋風の店構え。入ったところで靴を脱ぎ、二階に案内された。

引き戸を開けて、四人用の個室に入る。中央に掘り炬燵《ごたつ》。天井から吊してある電灯が、寂しげに部屋を照らしている。装飾と呼べるものは、壁に掛けてある小さなリトグラフのみ。引き戸を閉めきると、外部の音がほとんど聞こえない。耳を澄ますと、かろうじて聞き取れる音量でモーツァルトが流れていた。

貴志は、背広を脱いで、掘り炬燵に足を垂らす。

「いい店ですね。とても落ち着きます」

「静かに食事をしたいときに使ってるんです。なにか嫌いなものは？」

「とくに」

「では任せていただけますか。ご心配なく、きょうは僕が持ちますから」

「いや、それは――」

「どうか、そうさせてください」

穏やかな口調だが、有無をいわせないなにかがあった。

「では、お言葉に甘えて」

榊原静夫が、卓上ボタンを押して店員を呼び、コース料理を注文する。

まずは食前酒で軽く乾杯。杏酒《あんずしゅ》をベースにしたカクテルのようだった。絶妙な芳香と甘みに、思わず頬が緩む。

榊原静夫が前菜をつつきながら、

「朝、びっくりした顔で、僕のことを見てましたね」

「ええ、あんなしゃべり方で、契約を取れるものなのかと……」

「あのとき電話をかけていたのは、株で大損したことのあるお客でしてね。そこを突いてやったわけです。わざと説教口調になってね。向こうも、損を出して凹《へこ》んでるところだから、意外に効くんですよ、これが。まあ、最後に師匠って呼ばれたときは、さすがに引きましたけど」

思い出し笑いをする。

「でも、その次のコールのときは、別人のようでした」

榊原静夫の目が鋭くなる。

「客の心理状態を摑んで、それによって攻め方を変えるんです。変幻自在にね」

お造りの盛り合わせが出てきた。刺身に添えてあるあしらいにも繊細な包丁が入っており、まるで一枚の絵画のようだった。味も申し分ない。

続いて和牛フィレ肉の西京焼き。

「ビールでも飲みますか?」

運ばれてきたジョッキであらためて乾杯し、柔らかな肉のうまみに舌鼓を打った。美食と美酒。アルコールがほどよく回ってくる。

貴志は、目の前の男を、あらためて観察する。上品な紳士そのものだが、どこか得体の知れない雰囲気もある。存在そのものが人間離れしているというか。

(酔ってきたかな……)

貴志は、目をとじて頭を振った。

「どうしました?　ご気分でも?」

目をあけると、榊原静夫が、包み込むような眼差しで貴志を見ている。

「……榊原さん、聞いていいですか？」

「なんでしょう？」

「どうして私をここに？」

「単にお話がしたかったんですよ」

「私は、話しておもしろみのある人間じゃありませんよ」

「じゅうぶんおもしろい方だと思いますよ」

そういって笑う。

「失礼。からかっているわけじゃないんですよ」

「………」

「ただね……なかなか結果が出なくて、焦っておられるように見受けられたので」

貴志は、思わず箸を休めて、相手を見つめる。

「私を励まそうとでも？」

「そんな僭越《せんえつ》なことを考えるほど、傲慢ではないつもりです。でも、この仕事は、ちょっと心構えを変えるだけで、結果がぜんぜん違ってくるものなんです。もしかしたら、そのヒントくらいなら、ご提供できるのではないかと思いまして」

「ずいぶん親切なんですね」

「皮肉ですか？」

「そんなつもりは……」

「麻生さん、結果が出ないのは、なぜだと思いますか？」

貴志は考え込む。

「まさか、良心の呵責《かしゃく》を感じているわけじゃないんでしょう」

探るように見つめてくる。

「たしかに、あの会社は金融庁に登録もしていないし、扱っている株もグリーンシート銘柄じゃない。新人教育のときに『お客との相対《あいたい》取引だから問題ない』なんて説明していましたけど、明らかに証券法違反です。摘発されれば懲役三年以下。しかも、近々上場されるといって売っておきながら、実際に上場される可能性はゼロに近い。上場されなければ、株券は紙クズ同然。はっきりいって、会社のやっていることは詐欺です。でも麻生さんだって、それを承知で入社したんじゃありませんか？　それとも、会社の説明を鵜《う》呑《の》みにしているとでも？」

「そんなことは……。一応これでも、金融関係の業界で飯を食ってきたので」

榊原静夫が、腑に落ちたというように、ゆっくりとうなずいた。

「僕はね、麻生さんが結果を出せない最大の原因は、過去のプライドを捨てきれていないことだと思うんですよ」

「………」

「過去にどんな仕事をしていたのか、詮索《せんさく》をしないのがあそこのルールですから、あえて聞きませんけどね。……まあ、あそこに来るような人間は、なにかしら、失敗したり、挫折したり、そういう過去を抱えてますから」

「榊原さんも？」

「はい。いいませんけど」

静かに微笑む。

「でもね、僕は、この仕事にも存在意義はあると思うんですよ。いまどき五十歳を過ぎて、どんな職業に就けますか？　ろくなものはないでしょう。でも、お父さんたちは家族を養わなきゃいけない。

でなければ一家離散です。そんな人たちにとって、この業界は最後の砦《とりで》なんですよ」

「でも、やっていることは――」

「そう。詐欺です。犯罪です。でも、こう考えることもできるんじゃないですか。リストラされて生活費にも事欠き、瀬戸際まで追いつめられているお父さんたちが、経済的に余裕のある人から、その資産の一部を、夢を見せる代償としていただいているのだと」

「夢を見せる代償ですか……」

「そう。これはね、夢を売る商売なんです。お客に、大儲けしたときの自分をイメージしてもらうんです。海外旅行に行ける。うまいものを食べられる。車を買い換えられる。思い切り贅沢ができる。マンションだって買えるかもしれない。なんでもいいんです。大きな夢が現実になるかもしれない。そう感じて幸せな気分を味わってもらうんです。……もちろん、夢は所詮、夢に終わるんですけどね」

愉快そうに笑う。

「なぜ、私にそんな話を?」

「麻生さんには見込みがあると思ったからです」

「そんなわけが――」

榊原静夫が、両眉をすっと上げる。

「そうでしょうか。麻生さんは、入社の挨拶のとき、とても静かな話し方をされていた。営業だからといって、やたらと元気よく挨拶する人もいますけど、そういうのは伸びません。麻生さんのような人のほうが、大化けするものなんです」

「私はダメですよ。この仕事に向いていない。すぐにクビです」

「営業は確率論です。数をこなせば結果は付いてきます。問題は、向いているかどうか、ではなく、いかに数をこなすか。僕はそう思います」

「………」

「難しいですか?」

貴志は、少し間をおいてから、

「罵声《ばせい》を浴びるじゃないですか」

榊原静夫が、目を細める。

「馬鹿だの、死ねだの、散々罵られて叩き切られる。もちろん、そんなお客ばかりじゃないですけど、一日に何十回もそんなことをいわれたら……」

新しい料理が運ばれてきた。

合鴨《あいがも》のロース煮。肉の断面にうっすらと赤色が残っている。

「いいですか、麻生さん。これだけは憶えておいてください」

榊原静夫が肉を箸で挟む。

「電話の向こうには、二種類の人間しかいません。わかりますか?」

「……株を買ってくれる客と、買わない客?」

「いい線行ってますね。でも、違います。これですよ」

といって箸を口に運ぶ。目を瞑りながら咀嚼《そしゃく》し、恍惚とした表情を浮かべる。ゆっくり飲み下してから、目をあけて貴志を見る。

「どうぞ。おいしいですよ」

貴志も、一口食べる。

噛む。噛む。噛む。

うまみのある肉汁が、口いっぱいに広がる。

呑み込む。

目を上げる。

「わかりましたか？」

「……カモ」

「そう。電話の向こうにいるのは、カモ。それ以外は、ゴミです」

貴志は、笑い声を漏らした。

「買ってくれるお客様はカモ。買わない奴はゴミ。まずは、短時間でゴミを見分けることです。たとえば、曖昧《あいまい》なことをいってグズグズするだけのタイプは、まず買いません。声がいかにも不機嫌なのもダメ。こういうのは、さっさと切り捨てて、次に行く。ゴミに余計な時間は使わない。ゴミがいくら腹を立てようが、なにをいおうが、我々の知ったこっちゃないんです。勝手にさせておけばいい。所詮、ゴミですから。気にするだけ馬鹿馬鹿しい。そう思いませんか？」

貴志は、自分でも意識しないうちに、うなずいている。

「日本にはね、三百万円くらいなら、電話一本でぽんと差し出す金持ちがいくらでもいるんです。そういうお客に当たるまで、ひたすら電話をかけまくる。五十万で臆病風《おくびょうかぜ》を吹かすような貧乏人なんか、関わるだけエネルギーの無駄です。そんなのはさっさと捨てましょう。大切にしなくちゃいけないのは、おいしいお肉をたっぷりと食べさせてくれるカモだけなんです」

聞いているうちに、気分が高揚してきた。

「お金に余裕のある人なら、必ず儲け話に興味を持つはずです。欲のない人間なんていませんからね。そういうお客に当たったら、ここぞと勝負をかけるんです。いくら引っ張れるか。そこが腕の見せ所なんですよ」

「楽しそうに話すんですね」

榊原静夫が、急に真剣な顔をして、

「麻生さん。……僕がこの仕事をしているのは、なんのためだと思いますか？」

「お金じゃないんですか？」

「お金も、もちろん大切です。でもね、いちばんの目的は、お金じゃありません」

榊原静夫が、貴志を見据える。

「快感ですよ。快楽のためです」

「……大金を稼ぐ快楽？」

「違います」

すっと息を吸って、

「人の心を操る快楽です」

貴志は、箸を置いて、背筋を伸ばした。

「人間の心なんて、簡単に操れるんですよ。いや、ほとんどの人間は、だれかに操られたがってる。彼らはいつも、操ってくれる何者かを求めているんです。だから、私はあなたを操るに相応《ふさわ》しい存在ですよと伝えてあげるんです。そうすれば、よろこんで操られてくれます」

いつもは穏やかなその顔に、凄《すご》みのある笑みが広がった。

「人の心を手玉にとったときの快楽は、ほんとうに痺《しび》れるほどです。僕は、その快楽を味わうために、この仕事をしてるんです。麻生さんにも、ぜひ、その快楽を味わってもらいたいんです。共有したいんです」

榊原静夫の目は、貴志を捉えて離さない。

「あなたは、たぶん、僕と同じ種類の人間だ」

3

貴志は、リストを見ながら、番号をプッシュする。送話口が顔の横に来るように、受話器を構える。

脳裏に、榊原静夫のアドバイスが蘇る。

〈こうしたほうが、送話口を顔の正面に持ってくるよりも、声に温かみが出ます。アポ取りの第一声が勝負ですよ〉

呼び出し音が止んで、相手が出た。

〈相手が受話器を取っても、すぐにしゃべってはいけません。一呼吸おいて、様子を窺《うかが》うんです〉

『はい……』

〈相手の声のトーンに神経を集中し、想像力をフル回転させ、相手の状態を把握するんです。忙しいのか、暇なのか。元気なのか、疲れているのか〉

「わたくし……麻生貴志と申しますが……上田保彦様はいらっしゃいますか?」

〈第一声では、けっして早口になってはいけません。言葉を区切って、ゆっくりと相手を確認するんです。こうすることで、ただの営業電話ではないかもしれないという印象を与えられます〉

『おれだけど』

ゴミだ。

貴志は直感した。

「あらためまして、わたくし、東京日本橋にある株式会社、三京インベストメントの、麻生貴志と申します。上田様は、株式の売買のご経験はございますか?」

『朝の忙しいときにくだらない電話すんじゃないよっ!』

「失礼しました」

フックを押し、リストに日時と×印を記入して、次の番号をプッシュする。

〈ゴミとわかったら、一秒でも早く捨てて、次に行きましょう。まずは数をこなすことを考えるんです。一日二百五十本を目指してください〉

かつては電話で罵声を浴びるたびにそれを引きずり、次の番号を押す指も重くなったものだが、相手をゴミとして一刀両断するようになってから、少しずつ耐性が付いてきたような気がする。

『はい、佐藤です』

顧客の名は、佐藤三奈子。中年女性。この時間に自宅にいるということは、専業主婦か。貴志は、電話口で挨拶しながら、想像力を働かす。

「——ところで佐藤様は、株式の売買のご経験はございますか？」

『ないですよ、そんなの……』

「きょうお電話させていただいたのは、ナノメディックという銘柄についてご案内させていただきたいと思ったからなんです」

『いやだ、なんか、変な話なんでしょ？』

そういいつつも、電話を切る気配はない。

カモか。

「そう思われるのも無理はありません。世の中には、危ない話がごろごろしてますからね。でも、ナノメディックは、ほんとうに確かな会社なんですよ。最先端の特許をいくつも取得しておりまして、将来はトヨタ自動車やマイクロソフトのような——」

セールストークを続けながら、相手の息遣いを探る。いまのところ、嫌そうなため息や舌打ちは聞こえない。耳を傾けているのだ。

「――この株が、いまなら一株四十万円からご購入できるんです。上場前に出回る株数には限りがございまして、うちでもやっと五十株だけ確保したのですが、もうすでに三十五株も売れてしまっていて、たぶん、あと一週間くらいでぜんぶなくなってしまうと思うんですね。ですから、もし少しでも興味がおありでしたら、早急に資料だけでも読んでいただきたいんです。わたくしとしましても、こうして佐藤様とお話しする機会に恵まれたわけですから、ぜひ、このチャンスを佐藤様のものにしていただきたいんです。もちろん、買う買わないは、資料をじっくりと読んでいただいてからご判断くださって結構です。少しでも不安なところがありましたら、なんなりとご質問ください」

『でもねえ……』

「佐藤さん、いまの銀行金利をご存じですか？　百万円あずけても、コーヒー一杯飲めないんですよ。でも、この株が上場されたら、四十万円が少なく見積もっても百万円になるんです」

『話がうますぎるような気がするんだけどねえ……』

「まさにそのとおりなんです」

『ええっ？』

「佐藤さんから見れば、あまりにうまい話に聞こえると思います。でも、世の中には、うまい話を自分たちだけで分け合って、自分たちだけでうまい汁を吸っている人たちがいるんです。昔もいまも。そういう一部の人だけが得をして、大勢の正直者が馬鹿を見る社会になっているんです。それは、佐藤さんも常々、なんとなくお感じになっているんじゃありませんか？」

『そうねえ。あたしら庶民から見たら、金銭感覚がぜんぜん違う人って、いるもんねえ』

「そうですよねえ。一部の人だけが、いい思いをしてますよねえ。今回のこの株はですね、そういう人たちのところから、ちょっとだけ漏れてきたものなんです。ほんとうなら、私たちなんか、目にすることもできないような代物なんです。それを、いま手に入れるチャンスなんですよ」

『ううん……』

「ご予算にもよりますが、できれば五株ほど買っておいたらいかがでしょうか。上場したときに三株売って二百万の利益を確保して、残りの二株は資産として持っておくのもいいと思いますよ。五、六年もすれば、二倍どころか、それこそマイクロソフトのように十倍、百倍になる可能性もあります。仮に百倍になったら、二株八十万円が八千万円ですよ。一億円だって夢じゃないんですよ。一億あったらどうします？　豪邸だって建てられるし、海外旅行だって行き放題ですよ」

相手の呼吸が荒くなっている。

大金を摑むイメージに興奮しているのだ。

「では佐藤様、資料をお送りいたしますので、ご検討いただけますか？」

『じゃあ……とりあえず送ってちょうだい』

「ありがとうございます！」

最後に名前と住所を確認してから、もう一度礼をいってフックを押した。

リストに○印を付ける。

「お見事」

声に振り向くと、榊原静夫が微笑んでいた。

「榊原さんのおかげですよ」

「いや、やはり、あなたには素質があるんです。要領を摑むのがじつに早い」

「麻生ちゃあん」

永谷部長が横に立っていた。貴志の両肩に手を乗せ、耳元に口を近づけて、

「アポぐらいでいい気になってちゃダメでしょ。契約取ってなんぼなんだから」

結局、午前中だけで百本以上の電話をかけたが、取れたアポは一本だけだった。この一本は大切に

しなければならない。そこで貴志は、午後に入ってから追い打ちトークを仕掛けることにした。

午後一時半。

専業主婦なら、昼食も済ませて一息ついているころだ。

佐藤三奈子の電話番号を押し、相手を待つ。

『……はい』

「佐藤様、先ほど電話させていただきました、三京インベストメントの麻生でございます」

『あら、どうしたの？』

「じつは、いい忘れたことがございまして、それをどうしてもお伝えしなければと思い、お電話させていただきました。ほんの五分ほどで結構ですので、聞いていただけますか？」

『いいけど』

貴志は、わずかに声を潜めて、

「じつはですね……未公開株の売買が法律に触れるんじゃないかと誤解されるお客様がときどきいらっしゃいますので、そのことについて、きちんとご説明申し上げたいんです」

佐藤三奈子は黙って聞いている。

「今回のナノメディックの株は、たしかに未公開株なのですが、とくに縁故株と呼ばれる種類のものでして、あくまで、佐藤様とわたくしどもとの一対一の相対取引という形を取らせていただいております。佐藤様が株を買うという行為は、完全に個人的な行為に当たりますので、なんら法律の制約を受けるものではありません。もちろん、違法性はまったくありません。そこのところは、どうか誤解なさいませんようお願いいたします」

もちろん、こんな説明はデタラメだ。

『なるほどね……』

「あまりに簡単に大金が手に入るので、たまに怖いと感じてしまう方がいらっしゃるのですが、心配される必要はまったくありません。どうかご安心ください」

『あたしもね、あれから、なんだか話がうますぎるなあって気がしてたんだけど、いまの話を聞いてちょっと安心したわ』

「ありがとうございます。そういっていただけると、わたくしもこの仕事をしていてよかったなと心から思います。佐藤様のようなお客様とお付き合いができて、ほんとうにわたくしは幸せです」

笑い声が聞こえた。

「いえ、ほんとうですよ。きょうは、ほんとうに、いい日にさせていただきました。それでは佐藤様、資料が届きましたころに、またお電話させていただきます。お時間をいただきまして、ありがとうございました」

相手が切るのを待って、静かにフックを押す。ちらと榊原静夫を見やると、受話器を耳に当てたまま、貴志にウィンクを返してくる。

完璧だ。

カモは射程に入った。

あとは、いかに撃ち落とすか。

貴志は、背中がぞくぞくするような高揚感を覚えた。

「よし」

仕事はまだ続く。

次は、記念すべき第一号のアポを取った山内洋子だ。そろそろ資料を読んだころなので、クロージングの電話をかけなければならない。うまくすれば、これで契約が取れるかもしれない。

「……山内様のお宅でしょうか？」

『どちらさん？』

男の声が出た。夫らしい。

「わたくし、麻生、と申します。洋子様はご在宅でしょうか？」

『どこの麻生さん？』

「失礼いたしました。三京インベストメントの――」

『ああ、あの資料を送ってきたやつだな』

「はい。お読みになっていただけましたか？」

『読まねえよ、そんなもん』

「あの、洋子様は――」

『洋子は関係ない。どうせインチキだろ。そんな詐欺に引っかかるかっ！』

叩き切られた。

（ダメだったか……）

貴志は、意気消沈しながらも、榊原静夫のアドバイスを思い出した。

〈とにかく資料だけでも送らせてくれと強引に押し込んでも、まず成約にはこぎ着けません。契約を取れるかどうかは、アポ取りのトークで決まると思ってください〉

やはり甘くはない。

（こいつもゴミだったのだ。次行こう、次！）

貴志は、自分を叱咤《しった》して、リストを手元に引き寄せた。


週が明けて月曜日。

今週中に契約を取れなければ、貴志は解雇されることになる。これまでに取れたアポは三件。山内洋子はすでに空振りに終わったので、成約の可能性が残っているのは二件。そのうちの一件、佐藤三奈子のもとには、すでに資料が到着しているはず。この佐藤三奈子で決められないと、あとがなくなってしまう。なんとしても、ここで決めておきたい。

貴志は、朝一で、佐藤三奈子を攻略することにした。

〈週の始まりと一日の始まりが重なる月曜日の朝は、いつも以上にやる気になっている人が多いものです。その勢いに乗せて、一気に成約まで突き進むんです〉

午前九時を回った。

社員が一斉に電話をかけはじめる。

貴志は、気合いを入れ、おもむろに受話器を取る。佐藤三奈子の電話番号をプッシュする。呼び出し音が鳴る。

『はい……』

「……佐藤様でいらっしゃいますか？　三京インベストメントの麻生でございます」

『ああ、どうも……』

声に張りがない。

嫌な予感がする。

「朝のお忙しい時間に失礼いたします。資料、お読みいただけましたか？」

『ええ、まあ、読んだことは読んだんだけどねえ……』

「なにか、ご不明の点でもございましたか？」

『やっぱり、ちょっと、やめておこうかと思っちゃってねえ……』

顔から血の気が引くのがわかった。

（そんな！）

流れは完璧にこちらに来ていたはずなのに。

どういうことだ？

(待て……短気を起こしてはいけない。まだ可能性はある)

貴志は、失望に染まりそうになる心を励まし、ゆっくりと深呼吸をする。

「佐藤様、どのような点に不安をお感じなのですか？」

『どのような点ってわけじゃなくて、なんとなくねえ』

「でも、なにかございますでしょう？　遠慮なさらずに、いってみてください」

『なんていうかねえ……やっぱり、こういう株って、やったことがないから』

「なるほど。やはり、なじみがないものには、不安をお感じになるのですね」

そうだ。あんたは、ただ、なじみがないから不安になっているだけだ。慣れれば、そんな不安は消えてなくなるのだ。

「それは無理もないことだと思います。だれでも、新しいことをはじめるときは、不安を感じるものですよね。新しい学校、新しい生活、新しい仕事、みんなそうですよね」

『そうなのよねえ』

「でも、そういう不安を乗り越えていくことで、人生って発展していくものなんじゃありませんか？たしかに、新しい環境に入るには、ほんの少しの勇気が必要ですけど、思い切って入ってしまえば、案ずるより産むが易《やす》しってこと、多いと思いませんか？」

『それはわかってるんだけどねえ……』

どうにも煮えきらない。曖昧なことをいって、グズグズしているだけだ。

ダメなのか。

こいつもゴミだったのか。

〈クロージングの場面で購入を渋る客は、ときとして、買う理由をもっと欲しがっている場合があります。自分の買い物を、正当化したがっているんですよ〉

そうかもしれない。

ならば、もっと買う理由を与えるのだ。

何度でも与えるのだ。

その気になるまで。

「佐藤さん、確かなことはですね、いま四十万円の株を買っておけば、来年の上場時には百万円以上になるということです。そして、こんなチャンスは、もう二度とないということです。五年後には、ナノメディックの名は世界的に知られているはずです。株価も百倍になっているでしょう。つまり、四十万円が四千万円になっているんです。そのときになって初めて、ご自分がどれほど貴重な幸運を手に入れたのか、佐藤様に実感していただけるものと信じています」

反応がない。

相手は、いま、どんな心理状態にあるのか。もっと買う理由が欲しいのか。早く電話を切りたがっているのか。貴志は、目をとじて、耳に神経を集中させる。

「佐藤さん、株が新規に上場されるときは、ふつう、購入希望者を公募するんですね。でもですね、この公募というのが曲者《くせもの》でして、倍率がものすごく高くて、まず当たらないんですよ。なぜだと思いますか?」

『みんなが買いたがるから……?』

「そうです。それと、大部分の株は、証券会社が、自分のところのお得意様に回してしまうからです。何億円も持っているような、一部のお金持ちだけが得をするような仕組みになっているんですよ。ほんとに腹が立ちませんか?」

『まあねえ……』

「ですから、わたくしは、今回のナノメディックだけは、正々堂々と、一般のお客様に買っていただきたいんです。儲けていただきたいんです」

『でも、そんなにいい株なら……あなたは買ったの？』

「いいえ、買ってません」

『なんでよっ！』

「わたくしのような立場にある者が買うことは、証券取引法という法律で厳しく禁じられているんです。わたくしだけでなく、わたくしの家族も、買いたくても買えないんです。買ったことが発覚したら、刑務所行きですから」

『あら、そうなの』

「だって、そんなことが許されれば、証券会社の人間は、わざわざお客様に売ったりしないで、ぜんぶ独り占めにしてしまいますよ。確実に儲かる株なんですから。それを未然に防いで、きちんと一般の人たちにも行き渡るように、法律で厳しく規制されているんです」

『……そんなふうになってるんだ』

「だからこそ、佐藤様には、安心してご購入いただけるんです。法律上も、佐藤様の権利は守られているんです」

　貴志の感覚は、限界まで研ぎ澄まされている。相手の脈動まで聞こえてきそうだった。

「いかがでしょうか。一株でもご購入されておくと、ほんとうにいい資産運用になりますよ。日に日に価値が上がっていくのを目の当たりにするのは、ほんとうに気分のいいものですよ」

『……そうねえ』

　やはり買いたがっている。背中を押されたがっている。最後の一押しをどう押すか。そこが勝負の分かれ目だ。

「あの、佐藤様……」

『え、なに?』

その瞬間、相手の意識を肌に感じた。電話線を通して、たしかに伝わってきた。

「……これは、佐藤様を煽ることになるような気がして、あまりいいたくはなかったのですが」

『なんなの?』

「佐藤様に資料をお送りしたあと、ナノメディックの株をまとめて十株ご購入されたお客様がいらっしゃいまして、いま手元には五株しか残っていないのです。じつは、この五株も、その方が買いたいとおっしゃったのですが、わたくしは佐藤様が買われるのではないかと思って、これだけはお譲りできませんとお断りしたのです。もし佐藤様が買われないのでしたら、その方に至急連絡して買い取っていただくことになると思いますが……。佐藤様……ほんとうに、それで、よろしいのですか?」

返事はない。

貴志は、あえて沈黙を続けた。

これも榊原直伝のテクニックだった。

沈黙によって相手にプレッシャーを与え、本気で考えさせるのだ。最後の決断を促すのだ。

もちろん、トークの途中で黙るのは、かなりの勇気が要る。とつぜん切られてしまうかもしれない。

しかし貴志は、静寂に耐えた。

ここが勝負。

先に口をひらいたほうが負ける。

「…………」

『…………』

「…………」

『……あの……もしもし？』

「はい」

『五株しか残ってないんですよね』

「そうです」

『いま決めないと、なくなっちゃうんですよね』

「そうです」

『…………』

「…………」

『…………』

「…………」

『あたし、どうしたら……？』

「……いかがされますか？」

ふっと吐息が漏れ聞こえた。

（落ちた）

電流のような直感が脊髄《せきずい》を貫く。

『わかりました。では、買います』

強烈な快感が脳を直撃した。

「ありがとうございます！　ほんとうによいご決断をされました。あまり無理強いするのもどうかと思いましたので黙っていましたが、佐藤さん、ほんとうにいい買い物をしましたよ！」

『そうね……あたしもそう思う』

晴れ晴れとした声。

「それで、ご購入される株数は、いかほど?」

『五株、ぜんぶいただくわ』

耳を疑った。

五株。二百万円。

この俺が、電話だけで、二百万円の契約をまとめた……。

「あ……ありがとうございます。五株ですね」

『あなたのいったとおり、三株は上場時に売って、残りは資産として楽しみに持つことにするわ』

「それがいいと思います。ほんとうに、いいと思いますよ。いま、申込書はお手元にありますか?」

貴志は、申込書の記入方法を手取り足取り説明し、入金の時期を確認して、電話を切った。

深く息をつく。

「仕留めましたか?」

榊原静夫が、受話器を置いて、貴志を見ている。

貴志は、うなずいた。

榊原静夫が、顔に満面の笑みを浮かべ、右手を差し出してくる。

貴志は、その手をしっかりと握り返す。

「おめでとう」

「ありがとうございます。あなたのおかげです」

「素質ですよ、素質」

ファックスの着信音が鳴った。吐き出されてきたのは、佐藤三奈子からの申込書だった。

「麻生貴志くん、二百万円っ！」

終礼で名前と売上額が読み上げられると、万雷の拍手が沸き起こった。ダミー社長が、永谷部長が、榊原静夫が、久保奈美子が、オフィスにいる全社員が、笑顔で貴志の成果を讃《たた》えている。

貴志は、拍手に包まれて胸を張り、深く一礼する。

久々に味わう栄光の瞬間だった。

4

午後三時を過ぎるころになると、オフィスに異様な空気が燻《くすぶ》りはじめた。

この日の貴志は、午前九時の始業早々に百二十万円の契約を決めて、気分のいいスタートを切っていた。榊原静夫や久保奈美子といったベテラン勢も、午前中にそれぞれ八十万円と百二十万円を売り上げ、オフィスの雰囲気も悪くはなかった。ここまでだけで総売上三百二十万円。一日の売上額としては、じゅうぶんである。

昼休みを前にしてすでに一服感が漂っていたが、午後に入ってすぐ、入社したての三十代主婦がいきなり百六十万円の契約を獲得し、さらに五分と間をおかずに、別のリストラ系五十代男性も八十万円を売り上げた。すると魔法にかかったように、ほかの社員も次々と契約を決め、ホワイトボードには、契約獲得者の名前と売上額が刻々と書き加えられていった。そして、いつしか、一人をのぞく全社員が契約を取り、その売上総額は八百八十万円に達していることがわかった。

契約を取れていないただ一人の社員は、小沢忠司。五十代後半で、しょぼくれたおじさんという表現がぴったり合う。一カ月前に入社したリストラ系の代表格で、これまでの獲得契約数はゼロ。その彼が今日中に百二十万円以上の契約を決めれば、全員契約獲得かつ総売上一千万円突破という、前代未聞の快挙となる。

一日の総売上が一千万円を突破したことが、これまでになかったわけではない。五百万円クラスの大口の契約が取れたりすると、その勢いで一千万円を超えることが、ごくたまにあった。しかし、全社員が契約を獲得するとなると、これは奇跡に等しい。その上、売上が一千万円を超えるようなら、まさにパーフェクト。十年に一度あるかないかというラッキーデーといっていい。

貴志は自分のセールスに没頭していたが、あと一人で全員安打達成となると、さすがに気になってきた。小沢忠司もプレッシャーを感じているらしく、必死の形相《ぎょうそう》でセールスを続けているのだが、語り口が訥々《とつとつ》としており、傍で聞いていてももどかしくなるほどで、なかなか契約には結びつかない。

あれだけ順調に伸びていた総売上も、午後三時以降、ぴたりと止まっている。永谷部長も落ち着かない様子で、ちらちらと目をやっている。午後五時半を回ると、貴志はじっとしていられなくなり、受話器を置いて席を離れ、小沢忠司の後ろに立った。

「はい……ですから、ですね、上場されないのではないかという不安は、ごもっともなのですが、太陽テクノは、ちゃんとした監査法人が、付いていますし、主幹事証券会社につきましては、正直申し上げて、まだ決まっていないのですが、でもこれは、上場間近になるまで公表されないものなので、とくに心配なさることはないと思いますし、我々が摑んでいる内部情報によりますと、かなり大きな会社になりそうなんで、ですから――」

「どうですか?」

貴志の耳元に、いつのまに来ていたのか、榊原静夫が囁いた。彼も気が気でないらしい。貴志は眉《み》間《けん》に皺《しわ》を寄せ、首をひねってみせる。

そうこうしているうちにも、久保奈美子やほかの社員が集まってくる。永谷部長も来た。いまやオフィスにいる全員が、小沢忠司を取り囲んでいる。息を詰めて見守っている。小沢忠司は、さっきから同じトークを繰り返している。おそらく、これがきょう最後の見込み客なのだ。額に汗をかき、涙目になりながら、なんとか食いついて契約を取ろうとしている。その姿は悲愴そのもので、見ていて痛ましいくらいだった。にもかかわらず、契約の話が進展している様子はまったくない。見守る社員のあいだに諦めムードが広がりはじめたころ。

「これは、いけるかもしれませんよ」

榊原静夫が、ぼそりと呟いた。その言葉が耳に届いたのか、小沢忠司のセールストークにさらに熱が入る。しかし時間は容赦なく過ぎていく。終業の時刻となっても、小沢忠司はまだ続けている。社員のだれも、彼の側《そば》から離れようとしない。ダミー社長が入ってきたが、いつもと違う光景に戸惑ったのか、ドアのところで立ち止まった。永谷部長が近づいて事情を説明し、二人揃ってこちらにやってくる。ダミー社長が口に人差し指を立てて、挨拶をしようとする社員を制した。

「――もちろん、私が責任をもって、やらせていただきます。安心して、ご購入ください。はい……はい」

唐突に静寂が訪れた。

一秒。

二秒。

だれも口をひらかない。

瞬きもしない。

息苦しい緊張感。

泣きそうな表情をしていた小沢忠司が、ぱっと顔を上げた。

「やりましたね」

榊原静夫が、にっこりと微笑んだ。

小沢忠司の顔に、歓喜が広がっていく。こぼれ落ちる。

「はい……はい、ありがとうございます！　それで……二株！」

太陽テクノは一株六十万円。二株で百二十万円。ということは……。

「おい……」

一同がざわめく中、永谷部長がさっそくホワイトボードに駆け寄り、小沢忠司の成果を書き加える。

そして本日の総売上額。

一千万円ジャスト。

小沢忠司が、購入申込書の説明と、入金方法と時期の確認を済ませ、

「ほんとうに、ありがとうございました！」

静かに受話器を置いた瞬間、ものすごい歓声が弾けた。だれもが小沢忠司に握手を求めた。小沢忠司もくしゃくしゃの笑顔で応えている。いつも冷静沈着な榊原静夫でさえ手を叩いてよろこんでいる。永谷部長はダミー社長と大口をあけて笑っている。入ったばかりの三十代主婦は涙ぐんでいた。

この日の終礼の盛り上がりは凄《すさ》まじかった。契約を獲得した者の名前が一人呼ばれるたびに割れるような拍手と歓声が渦巻いた。ホワイトボードの前で記念撮影をして、最後は永谷部長の発声で万歳三唱。貴志も腹の底からばんざいと叫んだ。全員の心が一つになった。自然な流れで、お祝いにみんなで焼き肉でも食べよう、ということになった。貴志のほかに、榊原静夫や久保奈美子、永谷部長も参加したが、小沢忠司など主にリストラ系の男性諸氏や主婦組は、家族が待っているというので帰宅した。貴志ら有志六名は、大いに食べ、飲み、騒いだ。

貴志は、経験したこともないような高揚感を味わいながら、家路についた。夜の都会に散らばる光が、自分を祝福しているように思えた。

しかし、駅からマンションまで歩き、自宅のドアを開け、部屋の照明を点けた瞬間、高揚感も幸福

感も嘘のように消え去った。

　着替えもしないで冷蔵庫から缶ビールを取り、立ったままプルタブを引いて、ぐいと呷る。ガスコンロはほとんど使わないので、汚れていない。食事はほとんど外食かコンビニ弁当。朝食だけは、栄養のバランスを考えてシリアルを食べている。冷蔵庫に入っているのはビールとつまみ、シリアル用の牛乳パックだけ。

　背広を脱いで、小さなダイニングテーブルに座る。ため息が漏れた。

　しんと静まりかえった部屋。

　冷蔵庫の音だけが低く響いている。

　隣でトイレの水を流す音。

　時間。午後十一時二十三分。

　シャワーを浴びて寝よう。明日も仕事がある。心では思ったが、身体が重い。

「えいしょっと……」

　声を絞り出して、腰を上げる。窓に立ち、カーテンを引き開ける。

　ここは、十二階の建物の、七階。窓のロックを外し、バルコニーに出た。変則的な三角形の狭い空間。手すりにもたれ、夜景を眺める。

　風が吹いている。

　晩秋の夜風。

　冷たい。

　ふと下を見る。

　はるか眼下のアスファルト。

　一瞬、そこに叩きつけられる自分のイメージが浮かんだ。

銀座五丁目の裏通りを入ったところに、見覚えのある古いビル。貴志は、脇の狭い階段を地下に潜り、厚くて重い扉を開ける。中に広がる洞窟のような空間。うす暗い照明。バーカウンターに女性客が一人。

「いらっしゃいませ」

違和感を覚え、足を止めた。バックバーに並んでいるボトルに、どことなく品が感じられない。なにより、カウンターの中に立っているバーテンダーが、葛西ではなかった。もっと若い男。三十代。

貴志は戸惑いながら、女性客から二つスツールをおいて腰かける。

「ギムレットを」

「はい」

バーテンダーが愛想笑いをして、コーディアルライムとジンをシェイカーに入れ、気取った顔で激しく振る。カクテルグラスに注がれた液体は、透きとおった淡緑色。一口飲んだが、葛西のつくるものとは香りも味もぜんぜん違う。

「葛西さんは、どうしたの?」

「葛西さん?」

「ほら、この店のオーナーだった」

「ああ、それは、ちょっと僕にはわからないですね」

「そう……」

「お客さん、ここの常連だったんですか?」

「二年くらい前までだけどね。久しぶりに葛西さんに会いたかったんだけど……」

「それは残念でしたね」

最後にこの店に来たころは、ミチルに夢中になっていた。騙されているとも知らずに。あそこから自分の人生は変わってしまったのだ。

「この店はいつから？」

「オープンして五カ月目に入りました」

「その前どうなっていたか、知らない？」

「さあ……。僕が不動産屋で探しているうちに見つけた物件なので、その前のことまでは」

「少なくとも五カ月前には、あの店はなくなっていたわけか……」

「葛西さんというのは、どういう方だったんですか？」

「当時で六十歳は超えていたかな。物静かで、さりげない気配りができて、それでいてどこか威厳を感じさせる。……いいバーテンダーだったよ」

「僕もぜひ、お会いしたかったですね」

「長谷川浩樹って客は、来てない？」

あれから長谷川浩樹とも会っていない。不倫中だった彼女とは、その後どうなったのか。

「長谷川さんですか……」

バーテンダーが考える表情をする。

「……思い出せないですねえ」

長谷川浩樹とは、連絡を取ろうと思えば取れるのだが、ずっとその気になれなかった。長谷川浩樹のほうから何度か、貴志のケータイに電話がかかってきたことはあるが、貴志は一度も応えていない。仕事で業績を上げ続け、真実の恋を味わっている彼に対して、引け目を感じたからだ。それでも、いまになってこの店に来る気になったということは、ようやく自分も立ち直りつつあるのだろうか。自信を取りもどしつつあるのだろうか。それとも、別のなにかを求めて――。

「お名前、なんておっしゃるの？」

女性客が、カウンターに片肘《かたひじ》をついて、貴志に微笑んでいた。目の前のカクテルグラスが空になっている。

貴志も笑みを返す。

「麻生貴志」

「わたしは須藤彰子《すどうあきこ》。お隣、いい？」

貴志はうなずいた。

須藤彰子が、貴志の右隣のスツールに移動する。二十代ではない。三十代か、もしかしたら四十代かもしれない。ぽっちゃりとした丸顔に、整形手術で無理矢理つくったような二重《ふたえ》の目。見事に筋の通った鼻も、顔の輪郭と釣り合っていない。口の両端が上がり気味で、赤い唇が反って捲れているため、蛸《たこ》が愛想笑いをしているように見える。ボリュームのある縦ロールの黒髪は、さしずめ蛸足か。濃紺の重ね着風ニットに、同色で光沢のある膝丈のタイトスカート。黒のストッキングに覆われた脚。黒革にシルバーのチェーンをあしらった太いベルトには、志緒理も愛用していたブランド名が刻印されている。香水が匂った。

「一杯、おごってくださらない？」

「よろこんで」

須藤彰子が、にっと歯を剥き、バーテンダーに顔を向ける。

「レミーちょうだい。ストレートで」

バーテンダーが営業用のスマイルを浮かべ、バックバーからレミーマルタンを取り、ブランデーグラスに注ぐ。

「お待たせしました」

目を合わせ、軽く乾杯した。

須藤彰子が、流し込むように一気に空ける。グラスを置き、火を近づけると引火しそうな息を吐き出す。

「もう一杯いく？」

貴志がいうと、意味深な眼差しを返してくる。

「わたし、強いわよ」

「いくらでも」

「お金持ちなんだ」

「そういうわけじゃ……」

「貧乏な男は嫌い」

「彰子さん、失礼ですよ」

バーテンダーが窘めると、須藤彰子が睨み返し、

「あんたね、客に説教たれるなんて、三十年早いの。わたしたちは大人の会話を楽しんでいるだけなんだから」

貴志に媚《こ》びるように、

「ねえ？」

貴志は仕方なく、

「そういうこと」

須藤彰子が、タバコを口にくわえる。バーテンダーが差し出したライターの火を吸い、煙を吐く。

葛西は、客のタバコに火を点けるような真似はしなかった。客も、葛西にそんなことは求めなかった。

「レミー、もう一杯ちょうだい」

問いかけるような目を向けてきたバーテンダーに、貴志はうなずく。

二杯目のレミーは、一口飲んですぐに置く。タバコを吹かし、ガラスの灰皿に灰を落とした。自分から隣に来たくせに、しゃべろうとしない。わざと真空をつくっている。貴志は、そこに吸い込まれるように、

「この店には、よく来るの？」

と月並みな質問をした。

須藤彰子が、勝ち誇った顔で、

「ときどきね」

「いい店だと思うよ」

「よかったね、褒められてるよ」

バーテンダーが笑みを浮かべて黙礼した。

「でも、なんてったっけ、葛西さん？　のときに比べれば、イケてないんでしょ？」

「それはそうですよ」

バーテンダーが割り込んできた。

「葛西さんは、お客さんが二年ぶりにわざわざ会いに来るような方ですよ。僕のような未熟者ではとてもとても――」

「あのね」

須藤彰子が両肘をついて、

「あんたは客の話に顔突っ込みすぎ。無愛想なのも困るけど、ほどほどにしなさい」

「……すみません」

恐縮する若いバーテンダーを無視して、貴志に向き直り、

「こうやって教育してあげてるの」

「素晴らしい」

須藤彰子が、うれしそうに笑い声をあげた。

レミーに口をつけてから、

「奥さん、いるの？」

「別れた」

「バツイチ。わたしと同じだ。うれしい」

タバコを吸い、口をすぼめて煙を吐き上げる。

「お仕事は？」

「営業」

「それにしては愛想が足りないわね。ちょっと疲れてる？」

「…………」

「怒った？」

「いや……。君のいうとおりかもしれないと思って」

「やっぱり疲れてるんだ。男の人って、みんな疲れてるのね」

「そうかもしれない」

「だれかに癒されたくて、ここに来たとか？」

貴志は、須藤彰子の顔を見つめる。

「図星？」

「……そうかもしれない」

「またそれだ。はっきりしない人」

「そういう君は？」

「なに？」

「なんのために、ここに来るの？」

須藤彰子が、グラスを傾ける。

「お酒を飲むため」

「なるほど」

「それと……」

「うん」

「……いい男を捕まえるため」

自分でいって笑い転げる。

「で、捕まえたの？」

笑いを止めた。

「どうかしら」

沈黙。

貴志には、会話の流れが見えていた。須藤彰子にも見えているはず。というより、この流れをつくっているのは、ほかならぬ彼女なのだ。貴志は、彼女の期待する言葉を返し、期待する問いを発しているに過ぎない。いわば須藤彰子が、この場の主導権を握り、貴志をいいように操っている。しかし貴志は、あえて、自分に期待されている役割を果たしてやろうと思った。

「このあと予定は？」

須藤彰子が、首を横に振る。

「よかったら、もう一軒、どう？」

須藤彰子が、含み笑いをする。

「これ、ナンパかな」

「彰子さん、自分から声をかけておいて――」

「だから、あんたは黙ってなさい」

「……はい」

貴志はギムレットを飲み干した。

「ナンパでもなんでもいいさ」

須藤彰子が、つれない態度で、

「わたし、もう少しここで飲んでいたいわ」

拗ねることで、このあとの主導権も手中にしたいのだろう。貴志は、最後まで付き合うことも考えたが、急に面倒くさくなってきた。

「そう……」

スツールを降りながら、バーテンダーに向かって、

「いくら？　彼女の分も」

須藤彰子が、少し驚いた顔で、

「帰るの？」

「君はゆっくりしていっていいよ」

バーテンダーが、須藤彰子をちらと見た。須藤彰子は、平然を装って、タバコを吹かしている。

貴志は、いわれた金額を支払い、

「じゃあ、また」

と店のドアを開けた。階段を上り、地上に出る。

銀座の夜。

ぶらぶらと歩きはじめると、後ろから足音が近づいてきて、貴志の左腕に絡みついた。

須藤彰子が、にやけた顔で、貴志を見上げている。

「つ・か・ま・え・た」


ホテルに入った貴志は、いきなり須藤彰子をベッドに押し倒した。須藤彰子は抵抗するでもなく、自分から裸になった。左右の乳房はハの字に垂れ、腹部の脂肪にも深い谷が二本走っていた。貴志も服を脱ぎ、前戯もしないで挿入した。女の部分は、すでに柔らかく潤んでいた。腰を動かすたびに女が吼《ほ》え、たるんだ腹が波打った。上気した女の身体から、雌《めす》が匂い立ってきた。鼻から吸い込むと、胸がむかついた。肺の中に黒っぽいシミができたようだった。それが張りついて落ちない。剝がせない。忌々しい。消し去りたくてさらに激しく突き動かす。すると余計にシミが濃く広がっていく。胸の中が黒くなる。内臓が黒く侵される。埋め尽くされる。呑み込まれる。貴志は、嘔吐《おうと》するように射精した。

5

寒い朝だった。

もう少し布団の中にいたかったが、きょうも会社がある。貴志は、背中を丸めながら布団を出て、部屋着にしているセーターを頭から被った。

寝室からダイニングキッチンに移り、リモコンでエアコンのスイッチを入れ、トイレに立つ。パジャマ代わりのスウェットズボンを、ブリーフといっしょに下ろす。最近、目覚めに勃っていることは滅多にない。萎《しな》びたものをつまみ、放尿する。溜まっているのに、勢いがない。匂いがきつく、水たまりに泡が立った。ブリーフに収めて、トイレから出る。一歩踏み出したところで、先端からじわりと漏れた。

ダイニングテーブルに座り、山盛りのシリアルに牛乳をかけて、スプーンでかき込む。半分くらい食べたところで気分が悪くなったが、我慢して食べ終えた。

食器を洗ってから、髭を剃《そ》り、歯を磨き、顔を洗い、肌着を取り替え、寝癖を直し、スーツを着込む。仕事鞄《かばん》を持ち、コートを羽織って、ドアを開ける。二月の冷気が目に痛い。

マンションから駅まで歩き、東京メトロの丸ノ内線に乗る。大手町で東西線に乗り換え、茅場町で降りる。いつもと同じルートを経て、いつもと同じ時間に会社に着く。ドアを開けると、様子がいつもと違っていた。

榊原静夫や久保奈美子、そのほかの社員数名が一カ所に集まって、真面目くさった顔を突き合わせている。いつもなら、それぞれのデスクで仕事の準備をしたり、新聞を広げたりしているのだが。

「どうしたの?」

コートを脱ぎながら声をかけると、みなが振り向いた。

久保奈美子が、

「新聞、読んでないの?」

「きょうはまだ……」

榊原静夫が、手にしていた経済新聞を、無言でよこす。

「社会面よ」

受けとって広げる。

見出しが目に飛び込んできた。

〈未公開株詐欺で摘発〉

「え！」

貴志は思わず声をあげた。

〈愛知県名古屋市の投資会社「レイマン」が未公開株を「上場する」と偽って個人投資家に販売したとして、愛知県警生活経済課と中村署は、この会社の社長、茂木昭吾容疑者（55）を詐欺容疑で逮捕した。県警は、このほか四人の逮捕状をとって行方を追っている。茂木容疑者は容疑を否認しているという。

調べによると、茂木容疑者らは、岐阜県の女性（72）ら三人に上場予定のない「ナノメディック」の未公開株を「初値予想価格百万─百五十万円、翌年の秋にはジャスダックに上場予定」と偽り、一株四十万円で販売し、計六百四十万円を騙し取った疑いが持たれている〉

「わかった？」

久保奈美子が苦りきった表情で腕組みをしている。さすがの榊原静夫も顔色が悪い。

「これ、違法だったんですかあ？　あたし、ぜんぜん知らずに……」

三十代主婦は、いまにも泣きだしそうだった。

「そうだよな。入社説明のときに合法的な取引だっていわれたから、おれは……」

リストラ系の社員も塞《ふさ》ぎ込んでいる。

「部長はどうしたんですか？」

榊原静夫が答えて、

「さっき社長と奥の部屋に入ったきりです。たぶん、オーナーと連絡を取り合っているんでしょう」

やがて八時五十分になり、いつもなら朝礼の時間となった。社員は全員揃ったが、永谷部長と社長がまだ姿を見せない。オフィスに不穏な空気が漂いはじめたころ、社長室のドアが開いて二人が出てきた。表情が険しい。

貴志らは、いつもどおりに起立した。

永谷部長が声を張り上げて、

「みなさん、おはようございます！」

社員からも挨拶が返される。

「そのままで聞いてください。社長から重要な話があります」

ダミー社長が大きく息を吸い込んで、

「ええ、すでに知っているかと思いますが、名古屋で同業者が摘発されました。我が社としても、対岸の火事で済むとは思えません。これから弁護士と対策を協議しますので、きょうのところは永谷部長を残して全員帰宅し、こちらからの連絡を待ってください」

永谷部長に目配せをする。

それを受けて永谷部長が、

「聞いてのとおりです。同業者摘発の記事が掲載されたのは経済新聞のみですが、テレビのニュースではこれから頻繁に流されると思います。そうなれば、おそらく、ここにも問い合わせの電話が殺到するでしょうが、電話にはいっさい出ないでください。以上」

二人はうなずき合い、足早に社長室に消えた。ドアが閉まると、全社員が二つのシマのあいだに集まった。

「あたし、主人になんていったらいいんですかあ……」

三十代の主婦が泣き言を並べれば、

「ついてねえな、ちくしょう」

五十代のおじさんは悔しそうに愚痴っている。

「給料はどうなるんだ？　今月は四本も契約を取ったのに……」

「諦めたほうがいいよ」

貴志は、ゆっくりとオフィスを見まわして、

「どうなるんでしょうね、ここ」

榊原静夫に尋ねると、

「お終《しま》いですね。たぶん、このまま解散でしょう」

「会社からの連絡を待てっていってましたけど」

「連絡なんて来ないと思ったほうがいいですよ。オーナーはむしろ、いい潮時だと考えているでしょうから」

「そうね」

久保奈美子も同意する。

「どうせ未公開株の上場予定時期が近づいてきたら、会社ごと消えるつもりだったはずだから」

「え、そうなんですか？」

「だって、上場なんかするわけないもの。お客になんて釈明するの？　消費者センターに駆け込まれたり訴えられたりする前に、どろん！　あとは野となれ山となれってわけよ」

「ひどい……」

三十代主婦が、久保奈美子を睨んでいる。

「そんな目で見ないでよ。わたしの会社じゃないんだから。それに、あなただって、その片棒を担いでたのよ」

「だって、あたし、知らなかったんですう……」

「社長、逮捕されるのかな？」

リストラ系の男性社員は、そちらのほうに興味があるようだ。

「でもあいつ、ダミーだろう。黒幕は別にいるはずだけど」

「そこまで警察の手は回らないよ。こういうときのためのダミーだから」

「部長はどうかな？　まずいんじゃないか」

「だから、あんな深刻な顔してたんだ」

「家族いるんだろ？　大変だよなあ」

「あっ！」

「どうした？」

「あの二人、弁護士に相談するとかいって、自分たちだけとんずらする計画たててんじゃないか」

「まさか……」

「いや、あり得る。そのくらい、やりかねないぞ」

「……俺たちは、騙されてただけだから、大丈夫だよな。逃げなくてもいいよな」

「そうともかぎんないわよ」

と久保奈美子。

「下手したら、わたしたちだって手が後ろに回るかも」

「いやですよう、そんなの」

三十代の主婦が、また泣きそうになる。

貴志は、榊原静夫に、

「そうなんですか？」

ほかの社員も、固唾《かたず》を呑んで、彼の言葉を待っている。榊原静夫は、少し思案顔をして、

「同業者は、都内だけでも二百以上あります。いくつかは見せしめにやられるとしても、そのすべてが摘発されることはないでしょう。よほど運が悪くなければ、大丈夫だと思いますが」

「でも、念のために、行方をくらませたほうがよさそうね」

「行方をくらますとは?」

「住所を変えるの」

「あたし、引っ越せませせん! 家を建てたばっかりなんですう」

「知らないわよ、あんたのことなんか!」

三十代主婦が、鬼のような目で睨み返す。

久保奈美子が、ぷいと横を向く。

「転居か……」

貴志が呟くと、久保奈美子が、

「あ、それからね。ほとぼりが冷めるまで、住民票は動かしちゃダメよ。せっかく転居しても意味ないからね」

「我々も、互いに連絡し合わないほうがいいでしょうね。足がつきやすくなる」

榊原静夫がいった。

「では……これでお別れですか」

「麻生さん、意外におセンチなんだ」

久保奈美子が優しく微笑む。

榊原静夫が、急に晴れやかな顔を上げ、

「どこかで再会することもあるでしょう。互いに生きていれば」

電話が鳴った。

ぎくりと振り返った。

榊原静夫のデスク。

続いて久保奈美子のデスクの電話も。

みな固まったように、受信ランプの点滅を見つめている。

「退散しましょう」

榊原静夫の声を合図に、あわててそれぞれの鞄を取り、オフィスのドアに向かう。デスクの電話が、次から次へと鳴りだす。真っ先に飛び出していったのは三十代の主婦。続いて一人、また一人と出ていく。リストラ組の小沢忠司は、ドアのところで振り返り、丁寧に一礼して去った。

「じゃあね」

別れ際に余裕の笑みを浮かべたのは、久保奈美子。

貴志と榊原静夫が、最後に残った。

電話は鳴り続けている。

「行きましょうか」

榊原静夫が先に出た。

貴志は、照明のスイッチを切った。うす暗い無人のオフィスに、電話の呼び出し音が幾重にも鳴り響いている。受信ランプが乱舞している。

貴志は、ふっと笑みを漏らし、ドアを閉めた。

第四章　炎

1

ＪＲ横浜線の町田駅が見える。南口へ通じるエスカレーターには人も疎ら。タクシー乗り場にタクシーはなく、赤い軽自動車と銀色のベンツが停まっていた。ベンツの運転席に座っている男が、大きな欠伸《あくび》をする。

貴志は、うすいカラメル色のコップを掴んで水を飲み、口の中に残っていた米粒を洗い流す。きょうの昼食は、カツオのたたき丼。値段のわりには、まずまずの味だった。

通りかかったウェイトレスを呼び止め、コーヒーを注文する。髪の茶色い女の子。右目の下に泣きボクロが一つ。若さ弾ける笑顔で応え、すぐに持ってきてくれた。貴志は礼をいって一口飲み、店内を見わたす。

窓が大きくて開放感がある。広々としたテーブルにベンチシート。客席の仕切りには観葉植物が載っている。社会人になって以来、ファミリーレストランというものには縁のなかった貴志だが、最近は週に一回はこの店に来ている。

正午が近いためか、客が増えてきた。主婦と思しき中年女性四人組。明らかに十代の女の子三人。男子学生風の一団は、席に着くなり大きなメニューを広げている。スーツ姿の男性は、一人でテーブルに着いていた。三十代。営業の外回りだろうか。表情が硬いところを見ると、仕事がおもしろくないか、うまくいっていないのかもしれない。その男性と目が合った。

「お代わりはいかがですか?」

コーヒーのたっぷり入ったガラスサーバーを手に、ウェイトレス姿の須藤彰子が微笑んでいた。コーヒーはまだ半分以上残っていたが、貴志は黙ってカップを差し出す。

彰子が、ソーサーごと手に取り、コーヒーを注ぎ足す。

「どうぞ」

貴志の前に置くとき、にやりとした。すぐに離れて、ほかのテーブルに移る。貴志は、後ろ姿を目で追う。濃い緑と白を基調にした、メイド風の制服。意外に似合っている。後ろに束ねた髪を左右に揺らしながら、店内のテーブルに目を配っている。コーヒーのお代わり注ぎで一回りしたあとは、新たに入ってきた客のオーダー取り。片時も休むことなく働いている。

貴志は、伝票を摑んで、立ち上がった。レジで精算するとき、ちらと彰子の姿を探したが、見つけられなかった。

ファミリーレストランを出た貴志は、パチンコ店に入った。平日の昼間だというのに、客が多い。化粧の濃い女。無精髭の男。白髪頭の老人。金髪で眉毛の細いヤンキー。みな催眠術にかかったような目で、パチンコ台に向かっている。貴志も彼らのあいだに入り、タバコの煙と騒音の中で三時間ほど潰した。

小田急線町田駅前から、鶴川駅行きのバスに乗る。乗客は貴志を含めて十人ほどだった。貴志は座席に身体を投げ出し、動きだした車窓をぼんやりと眺める。駅前は灰色のコンクリートに塗り固められていたが、やがてそこかしこに緑が見えてくる。強い日射しを浴びて輝いている。バスは一分ほど走るたびに停まり、乗客を降ろしたり拾ったりする。鶴川街道に合流すると、さらに緑が多くなった。

小さな森林が点在しており、田畑を囲むように住宅が密集している。一つ一つの家から、生活の匂いがゆらゆらと立ち昇っていた。

駅から十分も走らないうちに市立博物館前に到着し、貴志は二百三十円を払って降りた。バス停近くのコンビニに立ち寄り、五百ミリリットルの缶ビールを四本買う。重いレジ袋をぶらぶらさせながら道をもどり、脇道に入る。似たような一戸建て住宅が並ぶ細い道を五十メートルほど歩くと、二階建ての木造アパートの前に出る。貴志は、チノパンのポケットから鍵を取り、一階一〇四号室のドアを開けた。

四十五平米の2DK。築十九年で家賃は六万七千円。南に面した六畳の和室が二つと、北側に六帖のダイニングキッチン。

貴志は、缶ビールを冷蔵庫に入れてから、二つある和室のうちの西側の部屋を抜け、バルコニーに出た。白い目隠しに囲まれた狭い場所に、洗濯物が干してある。上から洗濯ハンガーに吊り下げてあるのは、貴志のシャツやブリーフ、タオル類。折りたたみ式の物干しスタンドに干してあるのは、ブラジャーやショーツなど女物の下着。こちらは目隠しの陰になって、外から見えない。

ハンガーやスタンドごと部屋の中に取り込み、洗濯物を外した。自分のものだけでなく、女物の下着も一つ一つ丁寧にたたみ、小さな整理ダンスに収めた。

大きく伸びをして、腰を左右にほぐす。ダイニングキッチンにもどって、冷蔵庫からさっき入れたばかりの缶ビールを一本取り、プルタブを引く。内圧の解放される音とともに、白い泡が弾けた。立ったまま呷る。喉を鳴らして流し込む。

缶を手にしたまま、またバルコニーに出る。目の前は駐車場。その向こうは畑。アパートの西側には深い森があって、そこを突っ切ると墓地に出るらしいのだが、行ったことはない。

ゆっくりと缶ビールを飲み干して、バルコニーから部屋にもどる。流しで缶の中を水洗いしてから、潰して不燃物用のゴミ箱に放り込んだ。

まだ時間は早い。

和室に寝転がり、20型の液晶テレビを点ける。十年以上前に制作されたドラマの再放送。貴志は観たことがないが、当時話題になったことは憶えている。午後五時からのニュース番組が一段落したころ、駐車場から聞き慣れたエンジン音が聞こえてきた。それが途切れてしばらくすると、チャイムが鳴った。貴志は、念のためスコープをのぞき、セールスでないことを確認してドアを開ける。

「おかえり」

「ただいまっ」

彰子が、靴を脱ぐなり、いきなり抱きついてきた。濃厚なキス。舌を絡ませてくる。ほっと息を吐いて、貴志を解放する。笑顔を見せる。

「お腹すいた?」

「少し」

「すぐ、つくるわね」

テレビのある和室の襖《ふすま》を開けると、東側の和室に通じる。東側の和室の出入り口はこの襖だけで、ダイニングキッチンから直接行き来することはできない。要するに、この東側の和室がいちばん奥の部屋ということになる。だから貴志たちは、ここを寝室として使っている。

彰子が、寝室で着替えをしてから、夕食の準備をはじめる。そのあいだ貴志はテレビの前。観るのはもっぱらニュース番組。

未公開株販売会社摘発のニュースは、きょうも流れてこなかった。新聞記事にもない。半年前の名古屋での摘発以来、東京でも数社に警察の手が入ったが、三京インベストメントは対象にはならなかったようだ。

ただ、貴志の元には会社からの連絡はいっさい来なかったし、こちらから電話をしても繋がらないので、おそらくオフィスは閉鎖されてしまったのだろう。騙されたと知った顧客は怒り狂っただろうか。絶望に打ちひしがれただろうか。自己嫌悪に苛《さいな》まれただろうか。もしかしたら、まだ騙されたことに気づかず、紙クズ同然の株券を大事に持っている人もいるかもしれない。貴志は、自分が撃ち落としたカモのことを思うと、少しだけ胸が痛む。だからといって、こちらから名乗り出て謝罪するようなことは絶対にしないが。

彰子とは、銀座のバーで会って以来、たまに連絡を取り合ってはセックスしていた。とくに異性としての魅力を感じたわけではないが、彼女との情事を終えると、なぜか心の重荷が軽くなるような気がするので、ずるずると続いていた。例の摘発事件が起きたとき、事情があって会社を辞めて転居しなければならない、と話したところ、

『よかったら、うちに来てもいいわよ』

というので、家財道具を処分して身一つで転がり込んだ。住民票は久保奈美子のアドバイスに従って動かさないつもりだったが、クレジットカードや銀行口座など、転居届を出す必要のあるものが意外に多く、いちいち解約してつくり直すのも面倒になり、となると住民票だけをそのままにしたところで意味はないので、結局移してしまった。だから、もし三京インベストメントの名前がニュースで流れるようなら、すぐにここを離れなければならない。

いまの貴志の財産らしい財産といえば、三百万円余りの銀行預金だけ。三京インベストメント時代には相当額の稼ぎがあったはずだが、なにに使ったのか、不思議なほど残っていない。

この日の夕食は、炒飯《チャーハン》にシュウマイ。いずれも冷凍食品。炒飯はフライパンで炒《いた》めるだけ。シュウマイはレンジでチンするだけ。小さな食卓に着き、ビールで乾杯する。二人きりのささやかな夕餉《ゆうげ》。食事のときにしゃべるのはたいてい彰子で、貴志は聞き役に徹している。彰子の話す内容は、ほとん

どが職場の愚痴だ。上司の悪口だとか、同僚の悪口だとか、後輩の女の子の悪口だとか、嫌な客の悪口だとか。貴志は、タイミングを見計らって、

「そうなの」

「へえ」

「そりゃひどいね」

と相づちを打つ。

食事のあとは、貴志が洗い物を担当し、そのあいだに彰子が入浴する。同棲をはじめた当初は、いっしょに風呂に入ったこともあったが、浴室が狭いので換気扇を回しても酸欠になりそうになり、以来、控えている。

入浴が済んだあとは、三本目の缶ビールを二人で空ける。それを飲み終えると、布団を敷く。やることは一つしか残ってない。

今夜の彰子も、飽きることなく快楽を貪《むさぼ》った。上になったときなど、バスケットボールをドリブルするように腰を激しく上下させ、危うく貴志の道具が折れるところだった。

翌朝、貴志は六時に目を覚ました。昨夜の後遺症で股間がまだ痛かったが、布団から這い出て洗濯機を回す。洗濯物をバルコニーに干し終わるころ、彰子が起きてきた。

朝昼兼用の食事はインスタントラーメン。これも貴志の担当。栄養を考えて、卵と冷凍のミックスベジタブルをたっぷり加えた。

午後二時ごろ、彰子が仕事に向かった。きょうは準夜勤なので、午後三時から午後十一時までの勤務となる。

貴志は、彰子の軽自動車を見送ってから、部屋に掃除機をかけた。そのあと洗濯物を取り込み、一息つく。急に気が向いて、髭を剃ることにした。洗面台に立ち、一週間ぶりにシェービングクリーム

を使い、カミソリを当てる。洗い流すと気分もリフレッシュ。そのとき天から降ってきたように、

(俺は四十五歳にしてヒモになったのだ)

と気がついた。

冷蔵庫から缶ビールを取り、プルタブを開けながら、バルコニーに出る。

九月も下旬。まだまだ日中は暑いが、朝晩はひんやりとすることが多くなってきた。アパートの西に広がる森からも、真夏の叫びは消え失せている。これからは、静かな虫の囁きが盛りを迎えることになるのだろう。

都心に暮らしているときには、こんなことを考えたりしなかった。そもそも、生活の基盤である自宅が地上数階の空中にあり、地面に接していなかった。床の下には、別のだれかが住んでいて、その下にも、やはりだれかの生活があった。しかしいまは、床の下にすぐ地面がある。土がある。地球がある。それがこんなにも心を落ち着かせるものだとは、想像していなかった。

陽が傾きはじめている。ビールがうまい。どこかで子供のはしゃぎ声がした。風が涼しい。心地いい。蚊の羽音が耳を掠《かす》めた。アルコールの匂いにつられて森からやってきたか。そういえば首の後ろが痒《かゆ》い。貴志は、ビールを飲み干し、部屋にもどって痒み止めの薬を探した。

午後六時までテレビを観ながら漫然と過ごしたあと、散歩に出た。太陽はとうに沈み、空に夜の色が広がりつつある。日が短くなってきたな、と思った。

暗い道を鶴川街道まで歩き、バス停近くのコンビニに立ち寄る。週刊誌を立ち読みしてから、夕食の弁当、缶ビールやポテトチップス、食パンなどを買って、自宅にもどった。とりあえず七時のNHKニュースだけはチェックして、あとはくだらない番組を流しておく。それでもときどき引き込まれて、笑い声をあげることもある。

彰子は、深夜零時近くに帰宅した。シャワーだけ浴びて、すぐ横になった。

彰子の勤務するファミリーレストランは二十四時間営業で、三交替シフトを採っている。ローテーションでは、準夜勤の翌日は夜勤につくことになっている。勤務時間は午後九時から翌朝八時まで。夜勤の日の彰子は、仕事の前に三時間ほど仮眠を取る。そのときスムーズに眠れるよう、前の晩はできるだけ早く寝て翌朝四時には起き、あらかじめ寝不足状態をつくっておくのだ。

彰子が夜勤に向かうと、翌朝までは貴志一人。こういう夜は、レンタルしてきたＤＶＤなどを観て過ごす。ちなみに最初に借りたのは黒澤明の『用心棒』。学生時代、長谷川浩樹に薦められてビデオを観たことがあるが、さすが黒澤作品、何度観てもおもしろかった。

夜勤明けは休日となるが、彰子はほとんど一日中寝ている。そしてまた翌日は日勤。

このサイクルを、延々と繰り返している。

2

貴志は、昼食のコンビニ弁当を食べてから、バスで町田駅に向かった。

町田近辺には私立大学がいくつもあるせいか、学生風の男女をよく見かける。その貴重さを知らぬまま、若さを浪費している。貴志も、パチンコ店に入り、時間と金を浪費する。つもりだったが、なぜかきょうは勝ってしまい、三万円ほど儲けた。いい気分で店を出て、ＪＲ町田駅北口のデッキに上がる。行き交う老若男女を眺めながら待っていると、仕事を終えた彰子がやってきた。

「お待たせ」

「行こうか」

彰子が日勤のときは、たまに待ち合わせをして飲みに行くことがある。貴志たちの行きつけの居酒屋は、駅前の交差点を越えたところの、雑居ビルの五階に入っていた。純和風の造りで、初めて彰子に連れられて来たとき、榊原静夫と行った新橋の創作料理屋を思い出した。この店にも個室席はあるのだが、貴志たちはいつもコの字形のカウンターに座っている。

とりあえずビールで乾杯し、それぞれ食べたいものを注文する。マグロやとろサーモン、つくね、名古屋コーチンの炙《あぶ》りたたきなんてものもある。話す内容は、例によって噂話あり、馬鹿話あり、下ネタあり。

「一階に住んであらためて思ったんだけど、高いところに住むよりも気分が落ち着くんだよな」

貴志は、酔いの回った頭で、日頃感じていることを口にした。

「地に足が着いている安心感っていうかな」

「ふうん。わたしはずっと一階に住んでいるから、よくわからないけど」

「たぶんさ、地面から離れたところに住むってことは、大きなエネルギーを抱えて生活しなきゃいけないってことなんだよ」

彰子が、またはじまった、という顔をする。

「考えてもみてよ。たとえば地上十階での生活だよ。窓を開けてひょいと飛び越えるだけで、そのまま下に落ちて死ねるんだよ。高い位置にいるということは、簡単に死ねるだけのエネルギーを常に身に纏《まと》ってるってことなんだ。一気に解放すれば身体がバラバラになるくらいのエネルギーをさ。そんな状態で安心できるわけないよね？」

「わかんないわよ、そんな難しい話されても」

「どうしてさ？　じゃあ、こういえばわかるかな。高いところに住むというのは、実弾を装塡《そうてん》した拳銃といっしょに暮らすようなものだって」

「……よけい、わかんない」

「だって、ただ引き金を引くだけで、人を殺せるし、自殺もできるんだよ。側に置いておくなんて、怖いと思わない？」

「思わない。却《かえ》って安心できるかも。身を守れるから」

彰子が思い出したように、

「ああ、でも、高層ビルの上の方で働くＯＬのほうが性欲が強くなるって話は聞いたことがある」

「それだよ。自分でも気づかないうちに死を意識して、子孫を残そうっていう本能が刺激されてるんだ」

「わたしは一階に住んでるけど、刺激されまくってるわよ」

最後は、麦とろご飯で締めくくり、店を出た。

外は、大勢の人でにぎわう駅前繁華街。その中を、貴志と彰子は、笑いながら歩く。帰りの足は、九時四十分発の最終バス。

貴志がふと気づくと、隣に彰子がいない。どこに行ったのかと思ったら、ブティックのショーウィンドーをのぞいている。たまには服でも買ってやろうか。パチンコで儲けたばかりでもあるし。そう思いながら彰子のほうへ足を踏み出したとき、雑踏の中に見覚えのある顔を見つけた。

男。三十代。灰色のスーツ姿。

貴志を認めるや、さっと目を逸らす。何気ないふうを装って、離れていく。

「どうしたの？」

彰子が目の前にいた。

「いや……なんでもない」

貴志は、もう一度雑踏に目を凝らしたが、あの男は見つけられなかった。


彰子の寝息が聞こえる。

貴志は、ナツメ球の寂しげな光を見上げながら、駅前繁華街で見た男のことを考えていた。

あの男。たしかにどこかで見た顔だった。向こうも明らかに貴志のことを知っていた。その上で、貴志を無視したのだ。どこで会ったのか。

ファンドマネージャー時代の同僚なら、忘れるはずがない。しかし、三京インベストメントのときは人の入れ替わりが激しかったので、顔を思い出せない者も多い。もしかしたら、契約を取れなくて早々に去っていった者の一人かもしれない。

ただ、貴志の感覚では、もっと最近になってから見たような気がする。それに、目が合った瞬間の気まずい空気も……。

閃《ひらめ》くものを感じて、貴志は起きあがった。

ファミリーレストラン。

何日か前、貴志が昼食をとっていたとき、ふいに目が合った営業マン風のあの男。

間違いない。あのときの男だ。

それなら、あの男がぎごちなく目を逸らした理由も、なんとなくわかる。たまたまファミリーレストランで見かけた者と思わぬところで出くわし、気まずくなったのだ。そういうことは、よくあるものだ。

貴志は、自分の神経質さがおかしくなった。

あらためて横になる。

しかし瞼《まぶた》をとじようとした瞬間、全身の毛が逆立った。

(あの男、刑事ではないのか……)

貴志を監視していたのではないのか。いまごろになって警察の手が伸びてきたのではないのか。

貴志は、布団から出て、暗い部屋をキッチンに向かう。コップを摑んで水道水を満たし、一気に飲む。心臓が早鐘《はやがね》を打っていた。

（……あり得ることだ）

和室に移ってカーテンを少し開け、外を窺う。

不審な車や人影はない。

しかし、嫌な感じがべっとりと肌に張りついて離れない。

3

暗い混沌《こんとん》から浮かび上がっていく。

ぼんやりと見えてきたのは白い天井。茶色いシミのようなもの。初めて見る光景。人の話し声が聞こえる。すぐに視界がブラックアウトして、なにも感じなくなる。

ふたたび明るくなってきたとき、人の顔が見えた。のぞき込んでいる。だれかはわからない。眼鏡をかけた初老の男。白い服を着ている。その向こうには、若い女性の姿。やはり白い服を着ている。なんとなく懐かしい感覚。記憶のいちばん深い部分が疼《うず》く。なんだろうと考えて、これは赤ん坊のころに味わった感覚ではないかと思い至る。

赤ん坊は、一日のほとんどの時間を眠りに費やし、たまに目を覚ますと、人の顔や声を感じる。そこには自己と他者の区別もなく、不連続な映像や音声の断片だけが存在する。時間と空間が渾然《こんぜん》一体となって漂っている。まさにこの状態がそうではないか。

いまの俺は赤ん坊なのか。

生まれ変わったのか。

もう一度人生をやり直せるのか。
また暗闇が降りてきた。

次に光が見えてきたとき、ガラス窓が目に映った。
青い空。雲が浮いている。ゆっくりと動いている。
聞こえる。遠く。車の音。
「麻生さん、気がつきましたか?」
麻生?
俺のことか。
麻生貴志。
俺は、麻生貴志。
(なんだ……)
俺は、まだ、麻生貴志のままなのか。
生まれ変わったのではなかったのか。
「麻生さん、声が聞こえますか?」
顔を向けた。
若い女性。
澄んだ瞳。
小さく尖った鼻。
綺麗なピンク色の唇。
白い服。

「見えますか?」

うなずく。

「ここがどこかわかりますか?」

首を横に振る。

「病院です。麻生さんは火傷《やけど》を負って、救急車で運び込まれてきたんです。憶えてませんか?」

まったく憶えていない。

「腕は痛みませんか?」

腕?

右腕。

全体に包帯が巻かれ、上から吊ってある。そういわれると、手首から肘にかけてがじりじりと痛む。

左腕。

手の甲から細いチューブが伸び、スタンドの袋に繋がっている。無色透明な液体が、一滴、また一滴と落ちている。

喉が痛い。


「麻生さん」

男の声。

「麻生さん、起きてください」

目をあける。

眠ってしまったらしい。

顔を向けると、白衣を着た初老の男。

前にも見たことがある。

医師なのだろう。

「この指を見てください」

人差し指を立てて、ゆっくりと左右に動かす。往復させて、止める。

「何本に見えますか？」

「……いっぽん」

「ここがどこか、わかります？」

「病院」

「なぜ、ここにいるのか、わかります？」

首を横に振る。

「火事にあったこと、憶えてませんか？」

火事？

「……どこが？」

「アパートですよ。あなたの住んでいたアパート」

アパート？

俺はアパートに住んでいたのか。

どこのアパートだ？

「……ここは、どこですか？」

「だから、病院です」

「どこの病院ですか？」

「町田総合病院ですよ」

「町田……ここは、町田？」

「そう。東京都町田市です」

「……どうして町田に？」

「ああ、記憶が飛んじゃってるんだな」

医師が苦笑して、傍らの看護師に顔を向ける。

「この調子じゃ、刑事さんの事情聴取はまだ無理だな」

こちらに向き直って、

「ええとね、あなたがアパートの部屋で寝ているときに、火が出たの。実況見分の結果は出てないけど、たぶん、あなたの部屋が火元みたいだね。でも、幸い救出されたのが早くてね。ここに運ばれてきたときは軽い一酸化炭素中毒があったけど、高濃度酸素を投与したらすぐ正常値にもどったし、いまのところ命に別状はありません。部屋の中で火災にあうと気管支や肺がやられちゃうことがあって、そうなると大変なことになるんだけど、それもなかったしね。軽い火傷はあちこちにあるけど、ぜんぜん問題ないから。右腕はけっこう火に近づいたみたいで、水疱《すいほう》が破れたり出血したりしてたけど、まあ、植皮するほどではないし、三、四週間もすれば治るから。ただ、傷口からばい菌が入ると命取りになりかねないから、油断はしないようにね。はいっ」

一気にいうと、勝手にうなずいて腰を上げ、出ていった。

貴志の頭の中に、医師の言葉が渦巻く。

刑事？

事情聴取？

わからない。思い出せない。

看護師が横に立つ。

点滴の袋を交換している。

「看護師さん」

「はい？」

「妻に連絡したいんですが……それと、会社にも」

「奥さんですか……」

看護師が目を逸らし、

「……それは、警察の人に聞いてください」

強ばった笑みをつくった。手早く交換を済ませ、空になった点滴パックを持って病室から出ていく。

貴志は、病室に一人残された。

(志緒理が心配しているだろうな……)

だが、なぜ俺は、町田のアパートに住んでいるのだ？

一人で住んでいたのか？

志緒理はどこだ？

恵比寿のマンションではないのか？

「俺は……」

その瞬間。


『わたし、一億円以下のマンションなんか住まないからねっ！』

『わたしと寝たいの？』

『六十年も人間やってますから』

『……あんた、意外に始末が悪いね』

『すぐにデスクの整理をしたまえ』

『結局、ハズレだったのね、あなたは』

『麻生くん、謝ってっ！　謝らないと、ほんとうに殺されるわよっ！』

『契約が取れなくて困るのは麻生ちゃんだもん』

『麻生貴志くん、二百万円っ！』

『どこかで再会することもあるでしょう。互いに生きていれば』

『わたしは須藤彰子。お隣、いい？』

欠落していた時間が、一気に駆け抜けていった。貴志は、記憶の嵐に翻弄《ほんろう》され、呆然となる。

（……そうだった）

志緒理とはとっくに終わっていた。

須藤彰子。

いまの俺には彰子しかいない。

彰子はどこにいるのだ？

あのアパートが火事になった？

彰子は無事なのか？

生きているのか？

入院しているのか？

それとも死んでしまったのか？

なぜ看護師は教えてくれないのだ？

彰子はどこにいる？

「……彰子」

孤独に身体が震える。嗚咽《おえつ》が込み上げてくる。止められない。しゃくり上げる。一人きりの病室に、男の哀れな泣き声が響く。

記憶はほとんど回復したが、火事が起きた当日のことだけは、わずかな断片としてしか思い出せなかった。一酸化炭素中毒の影響もあるのかもしれない。

貴志が意識を取りもどした翌日、一人の男が病室を訪れた。チャコールグレーのスーツにストライプのネクタイ。

「お元気そうで安心しました」

愛想よく笑いながら、ベッド脇の丸椅子に腰かける。

貴志は、その男に見覚えがあった。

ファミリーレストランで目が合った営業マン風の男。駅前の繁華街で再会したものの、貴志を無視したあの男だった。

「担当医の許可が下りましたので、さっそく事情聴取させていただこうと思いまして」

男が、胸の内ポケットから身分証を取り出して開ける。記章が鈍く光った。

「警視庁捜査一課の酒井です」

「やはり刑事さんだったんですか……」

酒井刑事が苦笑いを漏らし、

「気づかれてましたか。僕もまだまだ修業が足らんようです」

頭を掻く。その右手の甲に、大きなガーゼがテープで留めてあった。

「あ、これですか？　僕もちょっと火傷しちゃったんです。麻生さんに比べれば大したことないんですけど」

「刑事さんは、どこで……？」

「どうせわかることだからいっちゃいますけど、麻生さんを助け出したのは、我々なんです。この火傷は、そのときに……。いや、別に恩に着せようってわけじゃないですから」

冗談めかして笑った。

「彰子は？　看護師に尋ねても、警察に聞いてくれといわれるばかりで、教えてもらえないんです。彰子は無事なんですか、それとも……」

酒井刑事が真剣な顔になり、

「生きてますよ。かすり傷一つ負ってません」

「……よかった」

生きていてくれたのだ。

貴志を苛み続けていた不安が、すうっと溶けていく。涙が滲んでくる。

「事情をお聞かせいただきたいのですが、よろしいですか？」

貴志はうなずく。

こうなっては覚悟を決めるしかない。

酒井刑事が後ろを振り返り、

「本村《もとむら》さん、お願いします」

年配の男性が現れた。どこにでもいそうな平凡な身なりだが、目に異様な力がある。

「こちらは、町田署の本村です」

「本村です」

本村刑事が形だけの会釈をして、丸椅子を引いて座る。下敷きを挟んだＢ５のノートを膝に広げ、

ボールペンを握る。酒井刑事に合図を送る。酒井刑事が、自分のメモ帳を捲って、

「まずは、名前から確認させてください。麻生貴志さん。生年月日は――」

貴志のプロフィールを淀みなく読み上げる。

「――間違いありませんか？」

「間違いありません」

「では、奥さんと最初に出会った状況を話してもらえますか？」

「奥さん？……志緒理のことですか？」

酒井刑事が、少し驚いた顔で、

「彰子さんのことですよ」

「彰子とは、たしかに同棲はしていますが、結婚はまだ――」

「しかし、婚姻届が出てますよ」

「えっ！」

貴志は、思わず声を荒らげた。

酒井刑事の目が鋭くなる。

「麻生さんは、婚姻届が出されていることを知らなかった？」

「知りません。……でも、もしかしたら、忘れているだけかも、記憶がもどって……いや、しかし……そんなはずは……。ほんとうなんですか？」

酒井刑事がうなずいて、

「なるほど。婚姻届を偽造した容疑も濃厚ってわけか。有印私文書偽造と公正証書原本不実記載も追加だな」

「しかし私がやったわけでは――」

「もちろんです。麻生さんの罪ではありません。僕がいっているのは、麻生あ……いや、失礼。須藤彰子のことです」

いま酒井刑事は、彰子を呼び捨てにした。

まるで犯罪者のように。

「……刑事さんは、私を捕まえに来たんじゃないんですか？」

酒井刑事が目を丸くする。

本村刑事も顔を上げて貴志を見る。

二人とも黙っている。

妙な空気が流れる。

（これは……）

貴志は、かつて三京インベストメントにいたときに使ったテクニックを思い出した。わざと沈黙して相手にプレッシャーをかけるという、あれだ。この二人の刑事も、同じ手法を採っている。つまり、貴志がなんのことをいっているのか、彼らにはわかっていないのだ。だから、貴志自ら話すように仕向けている。

未公開株詐欺に関与していたことを、ここで話してはいけない。

貴志は、ゆっくりと深呼吸をして、

「刑事さんが二人も病室まで押しかけてきたもんだから、てっきり……。もちろん、心当たりがあるわけじゃないですけど」

酒井刑事が、考えるように目を逸らす。

「……麻生さんが火を付けたのですか？」

「いえっ、そんなことしません。……してないと思います」

「思います?」

「そのときの記憶が、あまり残ってないので……」

「では、なぜ火事になったのかも?」

「いえ、それも。……思い出せないだけかもしれませんけど」

「まあ、そうでしょうね。僕たちが助けに入ったとき、麻生さんは完全にパニックになってましたから」

「彰子も、刑事さんたちが助け出してくれたのですか?」

酒井刑事が、じっと貴志を見つめる。

「須藤彰子は、我々が部屋に突入する前に、自分から飛び出してきました。そこを、我々が逮捕したんです」

「逮捕っ?」

「そうです。放火及び殺人未遂の現行犯で」

貴志は、その言葉の羅列がなにを意味するのか、理解できない。

「須藤彰子は、あなたを焼き殺そうとしたんです」

貴志は笑った。

「なにいってるんですか」

「嘘ではありません。発見が早かったため、怪我人は麻生さんだけで済みましたが、一歩間違えれば、麻生さんだけでなく、アパートのほかの住人にも犠牲者が出ていたかもしれないんです。大惨事になる寸前だったんです」

貴志は言葉を失った。

「ショックですか?」

「……なぜ？」

「麻生さんは、生命保険に入ってますね」

「……いいえ」

「入ってないんですか？」

「入った記憶はありません」

「でも、ちゃんと入ってるんです。三カ月前に」

「……………」

「病気や事故で入院したときは一日五千円。死亡したときは三千万円。そして、保険金の受取人は、麻生貴志」

「私？」

「そう。あなたです。入院だけならば問題ありません。お金を受けとるのは、麻生さん自身ですから。でも、麻生さんが死亡したときはどうなると思いますか？　三千万円の死亡保険金は、麻生さんのものです。でも麻生さんは亡くなってますから、麻生さんの財産は、遺産相続人のものになります。つまり、妻になりすました須藤彰子が受けとることになっていたんです」

「……………」

「最初に須藤彰子と知り合ったのは、どこですか？」

貴志は、力なく酒井刑事を見返す。

「憶えてませんか？」

「……銀座のバーです」

「声をかけたのは、麻生さんから？」

「いえ……」

喉が渇いていた。

「……彰子のほうからでした」

本村刑事が、ノートに筆記をはじめる。ボールペンが、猛烈なスピードで貴志の言葉を記録していく。

「彰子は、どこにいるんですか？」

「小菅《こすげ》の東京拘置所に勾留《こうりゅう》されています」

「会えますか？」

「会わないほうがいいと思いますけどね。まあ、それを止める権利は、僕たちにはありませんけど。……ええと、話をもどしていいですか？　麻生さんは、銀座のバーで須藤彰子から声をかけられ、付き合いはじめたわけですね」

「はい……たまに会っていました」

貴志はうなずく。

「身体の関係もあった？」

「そのころ麻生さんは、どこにお住まいでした？」

「神田の賃貸マンションに」

「お仕事は？」

貴志の中で警報が鳴った。

気を引き締めろ。

余計なことは話すな。

「……それまで、外資系の投資会社に勤めていたのですが、クビになって……ぶらぶらしてました。蓄えが多少はあったので」

全身に冷や汗が滲む。

「差し支えなければ、会社名を教えてもらえますか?」

貴志が正直に答えると、

「ずいぶんと立派なところにお勤めだったんですね」

「はあ……」

「前の奥さんとは? 志緒理さん……でしたっけ」

「志緒理とは、会社を解雇されたときに、離婚しました」

「そうでしたか……。で、同棲をするきっかけはなにか?」

貴志は、慎重に言葉を選びながら、

「蓄えが少なくなってきて、もっと安いところに移りたいと彼女に話したところ、いっしょに住めばいいと……」

「ということは……必ずしも須藤彰子から同棲を持ちかけてきたわけではない、ということですね」

酒井刑事の表情が曇った。

「いや……ずっと機会を狙っていたところに、相手がマンションを出る話を持ち出してきて、飛んで火に入るなんとかってこともあるか」

一人で呟いて、無神経に笑う。

「で、麻生さんは、同棲に踏み切ったと?」

「はい……」

「須藤彰子の経歴については、どこまで知ってます?」

「……離婚歴があるってことだけは」

「出身地や家族構成は?」

「いえ、聞いてません」

半年もいっしょに暮らしていたのに、自分は彰子のことをなにも知らなかった。知ろうとしなかった。

「須藤彰子に、離婚歴はありませんよ」

「え……？」

「結婚は二回してます。でも、二回とも、夫とは死別してるんです。そして、二回とも、保険金が支払われている」

酒井刑事が、問いかけるような眼差しを、貴志に向けてくる。

「まさか……」

「これ以上は、ちょっと僕の口からはいえませんけど」

「彰子は、過去にも、保険金殺人を？」

「なぜ、我々が彼女をマークしていたか、考えてみてください」

貴志は愕然《がくぜん》とする。

彰子は、すでにその手で人を殺していたのか。

俺はその女を、何十回と抱いたのか。

その女の傍らで、無防備に眠りこけていたのか。

「……ええと、話をもどしてよろしいですか？」

刑事たちは、一時間ほどの事情聴取を終えて、帰っていった。

しばらくすると、こんどは富岡市に住んでいる兄が見舞いに来た。貴志よりも小柄で痩せているが、実直そのものという風貌《ふうぼう》は、いかにも技術屋らしい。きょうもきちんとスーツを着ている。

「災難だったな」

ベッド脇の椅子に座るなり、そういった。

貴志は、極り悪くうなずくしかない。

会うのは四年ぶりだった。もちろん志緒理と離婚したことは伝えてあるが、その理由については話していない。兄も、細かく尋ねるような性格ではない。そのあとは、まったく連絡を取っていなかった。貴志が町田市で女と住んでいたと聞かされ、さぞ驚いたことだろう。しかも、その女に焼き殺されそうになったのだ。

「まあ、生きていてよかった」

四年ぶりに会った兄は、白髪が増えていた。親父に似てきたな、と思った。

「じいさんとばあさんが心配してる」

兄は、自分の子供が生まれてから、両親のことをずっとこう呼んでいる。

「元気か?」

「年相応にな」

ずっと共働きだったためか、子供のころ両親に構ってもらった記憶が、貴志にはない。幼稚園の送り迎えや食事の用意をしてくれたのは祖母だったし、その祖母が亡くなってからは、この八つ違いの兄が面倒を見てくれた。

「なにか、持ってきてほしいものはあるか?」

「この事件、ニュースになってるか?」

兄が、無言で見返してくる。

「三十五歳の女が、保険金目的で、同棲中の男を焼き殺そうとしたんだ。マスコミがよろこびそうだと思ったんだが」

「うちにもマイクやカメラ持った連中が押しかけてきた」

兄が顔を顰める。

「仕方がないから、おれが出ていって、質問に答えた。テレビに映ったよ。顔は消してあったが。おまえがどんな弟だったか、適当にしゃべった」

「なんて？」

「ふつうの男だって」

「………」

「それが、どうかしたか？」

「新聞にも記事が出てるだろうな」

兄がうなずく。

「読みたいんだ。なんでもいい。この事件に関するものを、読みたいんだ」

「もう少し落ち着いてからのほうがいいんじゃないか」

「俺はまだ、事件のことをほとんど知らされてない。事件の中心にいるのは俺なのに。こんな状態で落ち着けるか？」

兄が口をとじ、唇の左端を吊り上げた。考えごとをするときの癖だ。

「……あとで、ここの売店で買ってきてやる」

「職場でも噂に？」

兄は、市内にある自動車部品加工会社で品質管理部門を任されていたはずだ。この会社は独自の革新的な技術を誇り、いくつもの大手機械メーカーと取引があるが、株式の上場はしていない。

「そのことはいい」

断ち切るようにいう。

「退院したら、うちに来て、しばらくゆっくりしろ」

兄が立ち上がって出ていく。ほどなくスポーツ新聞を手にもどってきた。貴志の手元に置いて、

「退院するときに、また来る」

と帰っていった。

貴志は、左手だけで、新聞を開いていく。

乱舞する記事のタイトル。

その一つに目が留まる。

〈保険金に狂った女の転落人生〉

彰子の顔写真が載っている。

モノクロ。

たしかに彰子。

しかし、この写真の女が、自分の知っている彰子と同一人物だとは、どうしても思えない。

記事によると、彰子は高校を卒業後、地元の小さな会社に就職。二十歳のとき、会社の先輩に当たる三十一歳の男性と結婚した。相思相愛というよりも、相手の猛烈なアタックに押し切られた格好だったという。ところが四年後に夫が病死して、二千万円の保険金が支払われる。このときの夫の死因については、不審な点はないらしい。ただ結果的に、これが彼女の運命を狂わせてしまったと記事には書かれている。

彼女は会社を辞め、旧姓にもどり、保険金で自由な生活を謳歌《おうか》する。しかし、二千万円程度の金など、あっという間に底を突いてしまう。彰子は仕方なくパートで働くようになる。

二十八歳のとき、飲み屋で知り合った三十八歳のサラリーマンと再婚。この男が一年後、交通事故で死亡する。そのときふたたび、夫の生命保険金三千万円と、加害者からの慰謝料及び逸失利益など三千万円、合計六千万円を手にする。一方、加害者はというと、示談が成立し、また、過失もそれほ

ど大きくないとの判断から、執行猶予付きの判決が出て、懲役に行くことなく放免されている。

ところがこの加害者が、今年になって詐欺事件を起こして逮捕された。それも、保険金詐欺事件を。そして取り調べのとき、六年前のこの交通事故が、じつは須藤彰子と共謀した保険金殺人だったとの供述をはじめ、犯行が明るみに出た。

（そうか……）

だから酒井刑事たちは、起訴に持ち込める証拠が揃うまで、彰子を逃がさないよう、監視を続けていたのだ。その最中《さなか》に、自分は殺されそうになった。もし、六年前の共犯者が自白していなかったら、いまごろ俺は焼き殺されていたはず。

貴志は、記事の続きを読む。

そして、ある文章の、何気ない記述に凍りついた。

〈――警察が所在を割り出したとき、すでに須藤彰子は次のターゲットである四十五歳の無職の男性と同棲していた〉

四十五歳の無職の男性。

これが、いまの俺。

この十文字が、俺のすべて。

殺して保険金を奪うくらいしか、使い道の残っていない男。

それが、いまの、俺……。

4

東武伊勢崎線小菅駅に到着してホームに出ると、冷たい風が頬を打った。南に荒川の静かな流れ。太陽の光を反射して、きらきらと輝いている。東に目を向けると、白いアパートのはるか向こうに、巨大な建物が見えた。貴志はしばし足を止めて、その建物をぼんやりと眺める。

貴志は、ホームの階段を下りて、改札口を出た。駅前には、狭い路地が左右に延びているだけ。路地の向こうには、駅の存在を無視するかのように、普通の住宅街が広がっている。空を見上げると何本もの電線が走り、風の音を寂しげに奏でていた。

貴志は、駅の案内図で確認して、路地を右に進む。前方上空を横切る太い高架は、首都高速中央環状線だろう。その高架下まで歩き、信号機のある交差点を左に曲がる。そのまま荒川を右手に見ながら歩いていると、人の声が聞こえた。貴志と同い年くらいの女性が歩いてくる。思い詰めた顔で、ぶつぶつと独り言をいっている。すれ違うときにちらと見ると、目に涙が光っていた。

東京拘置所の正面ゲートは、鉄のバリケードで囲まれた広場のようだった。塀に掲げられた案内板によると、面会用の入口は別にあるとのこと。

貴志は、案内の指示どおりに、レンガ塀に沿ってさらに歩く。レンガ塀の高さは貴志の背丈よりも低いが、その上に鉄条網が張り巡らされてあって、簡単には飛び越えられそうもない。塀の向こうに見えているのは、官舎だろうか。数分と歩かないうちに、面会用ゲートに着いた。錆《さび》の浮いたフェンスと黒い汚れの目立つコンクリートの壁に迎えられ、貴志はゲートをくぐる。

玄関を入ったところが、待合室になっていた。何人かの男女が、無言でテレビを観ている。貴志は、面会受付窓口で一般面会申込書をもらい、記入する。

〈会いたい人の氏名〉の欄に『須藤彰子』。

〈面会用件〉には『安否』に丸を付けた。

〈あなたの氏名〉麻生貴志。

〈住所〉群馬県富岡市――。

〈年齢〉四十五歳。

〈関係〉…………。

『被害者』と書こうかと思ったが、考え直して『知人』と書き込んだ。そして。

〈職業〉無職。

申込書を提出し、面会整理票を受けとる。受付番号は七十六番。面会場所は二階。番号が呼ばれるまで、待合室で待つようにいわれた。貴志も、無言の男女の仲間入りをした。

順番がきたら電光掲示板の自動音声で知らせてくれるとのことだが、必ずしも受付番号順になるわけでもないらしく、思ったよりも早く、

「七十六番、二階面会室へ」

との音声が流れてきた。

貴志は、緊張しながら検査室の金属探知器を通り、刑務官の言葉に従って携帯電話をロッカーに入れた。検査室を出て、長い無人の廊下を一人で歩く。通路には窓がなく、寒々しい蛍光灯の明かりだけが続いている。通路を抜けると、エレベーターホールに出た。ここは外部の光がふんだんに採り入れられてあって明るく、その落差に目眩を覚えた。二基あるうちの右側のエレベーターに乗り、二階に上がる。出たところにある窓口に整理票を提示すると、

「七番の部屋に行ってください」

と指示された。

いわれた部屋の前に立つ。心臓が高鳴っている。来るべきではなかったかもしれない、という思いが湧き上がってくる。

一つ深呼吸をして、ドアを開けた。

幅二メートル、奥行きもせいぜい二メートル半ほどの、無人の狭い部屋。その中央に、無色透明のプラスチックの板がはめ込まれていて、世界が二つに隔てられている。

こちら側の椅子は三脚。貴志は、真ん中の椅子を引いて座った。メモを取るためのものか、仕切りのプラスチック板には横幅いっぱいにテーブルが設えてあって、プラスチック板とテーブルの境目部分が金属製の細かな格子になっている。この穴を通して声が聞こえるのだなと考えていると、いきなり向こう側のドアが開いて、須藤彰子が現れた。

貴志を一瞥してすぐに目を伏せ、右側の椅子にだらりと座る。彼女のあとから入ってきた女性刑務官が左側の机に座り、ノートのようなものを開いてボールペンを握った。

「元気そうだね」

貴志がいうと同時に、女性刑務官のボールペンが動きだす。

須藤彰子は、目を伏せたまま、曖昧にうなずく。少し痩せただろうか。服装はオレンジ色のジャージ。化粧をしていないので、年齢がもろに顔に出ている。

「なにしに来たの?」

久しぶりに聞く声。しかし、貴志が知っている声ではない。須藤彰子を演じる意思を放棄した声。

「そっちの暮らしはどう?」

須藤彰子が口を歪《ゆが》めて笑う。

「そっちこそどうなの? 火傷で入院したんでしょ?」

「もう治った。痕《あと》も残ってない」

「そう……治ったんだ」

つまらなそうにいった。

「いま、どこに住んでるの？」

「実家に帰ってる。両親と兄夫婦のところで」

「よかったね。帰る所があって」

「出ようかと思ってる。あの家には居場所がない。それにあの町も、なんとなく、息苦しくて……」

噂を聞きつけたのだろう。一Aのクラスメートだった瀬山幸司が、電話をかけてきたことがある。

『ちょっと外に出てこいよ。いっしょに飲もうぜ』

自分を気遣ってくれていることはわかっていた。しかし貴志は、素直にその言葉に甘えられなかった。もう俺は一Aの出世頭ではなく、人生に失敗した哀れな中年男に過ぎない。どんな顔で会えるというのか。ミチルのこともある。

須藤彰子が、興味なさげにそっぽを向いていた。

「退院した日、あのアパートを見に行ったよ」

「わたしは、実況見分で連れて行かれたわ。すごい報道陣が集まってた」

「俺が行ったときは、だれもいなかった」

「どうなってた？」

「俺たちの部屋の窓が、ブルーシートで覆われていた」

「中は見えなかった？」

「見えなかった」

「見ても仕方がないよ。ぜんぶ燃えちゃったんだから。……わたしが燃やしたんだけど」

「聞きたいことがある」

須藤彰子が、この日初めて、貴志と目を合わせた。

「ほんとうに、君は、俺を殺そうとしたのか?」

「刑事さんから聞いてないの?」

「君が罪をすべて認めたと聞いた」

「だったら答はわかってるじゃない」

「君の口から聞きたい」

須藤彰子が呆れた顔で、

「そうよ。わたしが火を付けて、あんたを焼き殺そうとしたの。二人目の旦那《だんな》も、あのバカと共謀して、交通事故に見せかけて殺したの。どちらも、保険金を奪うために」

須藤彰子の口から語られるのは、これまでに貴志が知った事実を追認していくだけの言葉。貴志は、自分がなぜここにいるのか、わからなくなってきた。いったい俺はなにを期待しているのだ。容疑を否定する言葉でも欲していたのか。涙ながらの謝罪を求めていたのか。

「なにか話さないと面会を打ち切られちゃうわよ」

「これまで面会に来た人は?」

「弁護士だけ」

「親兄弟は?」

須藤彰子が睨む。

「なんで、いまになって、そんなことを知りたがるの? 一度も聞いたことがなかったくせに」

「……離婚歴があるっていってたから、話したくないだろうと思ったんだ。俺も、話したくなかったから」

ノートを取っている刑務官が、腕時計に目をやった。

「銀座のバーで会った夜のこと、憶えてるか？」

　黙ってうなずく。

「あのとき、最初から俺を殺すつもりで、声をかけてきたのか？」

「すごい話よね。獲物を求めて、夜な夜な盛り場をうろつく平成の鬼女って？」

「違うのか？」

「当たり前でしょ」

「ほんとうに？」

　返事はない。

　沈黙が続く。

「……俺はもう、ここには来ない」

　須藤彰子が身体を強ばらせる気配を感じた。

「だから、もし俺にいいたいことがあるのなら、いってほしい。俺は聞くから」

　須藤彰子が、ゆっくりと息を吸う。吐く息が、少し震えていた。

「排卵日だったのよ」

「……？」

「あんたと初めて会った夜。排卵日だったの。だから、なんか人肌が恋しくて、我慢できなくなって、銀座まで足を延ばしたら、あんたを見つけたの」

　ふざけているのだろうか。真面目な話なのだろうか。貴志は、須藤彰子の真意がわからない。

「だからね」

　声の調子が、微妙に変わる。

「あんたを殺そうなんて、ぜんぜん考えてなかったよ」

念を押すように、最後の音を強くいった。

「セックスしたいから、あんたに声をかけたの。それだけ」

女性刑務官をちらと見ると、瞬きをしながら会話を記録している。

「いっしょに住んだらっていったときも、深い考えはなかった。会うのにいちいち都心まで出なくていいから、便利だと思っただけ」

「でも、君は、俺を殺そうとした」

また沈黙。

女性刑務官は、ボールペンを持つ手を止め、じっと動かない。

「同棲をはじめて、一カ月くらい経ったときかなあ。いいかげん、仕事が嫌になってさ。疲れてたのよね。そんなとき、あんたの寝顔を見て、思っちゃったの。ああ、この人との婚姻届を出して、生命保険かけて殺したら、また何千万円も保険金が手に入るぞって。また当分は楽して暮らせるぞって」

「…………」

「それまではね、ほんとうに、そんなこと考えたこともなかったの。信じないかもしれないけどね。でも、ほんとうなのよ。自分でも怖いなって思ったよ。はっと気がつくとさ、簡単に何千万円も手に入れられる状況になってたわけよ。……ほら、前にあんたが飲み屋で話さなかった？　高いところに住むってことは、ちょっと手すりを乗り越えるだけで簡単に死ねるってことだって。そんな感じ。ちょっとした決断をするだけで、簡単に大金が手に入るんだから」

「迷いはなかったのか？」

「そりゃ迷ったわよ。あんた、悪い人じゃなかったし、わたしたちってセックスの相性もよかったじゃない？　わたし、一晩に何回もイッたもの」

須藤彰子が、悪意のある横目で女性刑務官を見やる。

「それに、人一人殺すってのは、大変なことだしね。だから、婚姻届を出して、保険をかけても、なかなか実行できなかった」

「でも、最後には──」

「欲に負けたってところね」

あっさりという。

「君にとっては、俺と暮らすよりも、俺を殺して保険金を手にするほうが、ずっとよかったってことか？」

「まあ、そういうことになる？」

貴志は息が詰まった。目の前がぐらぐらと揺れる。両手でテーブルを摑み、椅子から崩れ落ちそうになる身体を支えた。

「ねえ、大丈夫？」

須藤彰子が、無邪気ともいえる顔で、貴志を見ている。

「……アパートのほかの人が死ぬかもしれないとは、考えなかったのか？」

「すぐに消防車を呼ぶつもりだったから、大丈夫だと思った。でも、いまは後悔してる」

「ほんとうに？」

「火事はまずかったね。大家やほかの住人がわたしを訴えているんだって。損害賠償しろって。これじゃあ出所しても借金まみれだよ」

須藤彰子が笑いかけたが、すぐ真剣な顔になる。

「……死刑には、ならないよね？」

彼女の犯した罪は、殺人、殺人未遂、放火、そして保険金詐欺。ある週刊誌の記事によれば、これまでの判例からすると、無期懲役が妥当らしい。

ただ、二回目に結婚したときや、貴志に声をかけたときに、最初から保険金を奪うことが目的だったとなると、相当悪質ということで、極刑の可能性も高いという。だからこそ彼女は、ことさらセックス目的で声をかけたのだと強調したのかもしれない。公判がはじまれば、貴志も証言台に立つことになる。

「わたし、やだわ。このまま死ぬなんて」

しかしその一方で、犯行を否認するでもなく、真摯《しんし》な反省や謝罪の言葉を口にするでもない。死刑を免れたいという強い意思は、必ずしも伝わってこない。本気で死にたくないと思っているのであれば、その願望と彼女の言動のあいだには、悲しいほどの乖離《かいり》がある。

もしかしたら、その乖離こそ須藤彰子という人間を象徴しているのかもしれないと、ふと貴志は思った。自分は、いまやっと、彼女を少しだけ理解したことになるのだろうか。あるいは、それも所詮、幻影でしかないのだろうか。

刑務官が、頻繁に時計を見るようになった。

「なにか差し入れようか？」

「一つお願いしていい？」

「なに？」

須藤彰子がにやりと笑う。

「セックス」

「時間です」

女性刑務官がいって、ノートを閉じた。

彰子が、挑発するような視線を刑務官に放ち、立ち上がる。そのまま貴志を振り返りもせず、ドアの向こうに消えた。

第五章　置き去り

1

貴志は、軍手をはめた両手で、缶コーヒーを握っていた。コンビニで買ったときは温かかったが、とっくに冷たくなっている。

最後の一滴まで飲み干し、空き缶をハーフコートのポケットに入れる。腰を上げ、尻をはたいて枯れ芝を落とす。冷たい風が吹きつけてきた。鼻水が垂れてくる。防寒用のハーフコートも、厚手のズボンの重ね穿《ば》きも、腰に貼った使い捨てカイロも、夜の底冷えには太刀打ちできない。背中を丸め、その場で駆け足をする。スクワットをする。そしてシャドウボクシング。頼りないパンチが空《くう》を切る。右、左、右、左。ぜんぜん暖まらない。向きになってストレートを連打する。怒りを込めて連打する。シュッ、シュッ、シュッ、シュッ。息を吐くたびに白い熱が漏れていく。とつぜん左腕に激痛が走り、貴志は呻いてしゃがみ込んだ。引きつった筋肉が、歳を考えろと悲鳴をあげている。貴志は、痛む筋を伸ばしながら、そのまま情けなく尻餅《しりもち》をつく。

目黒通りをタクシーが一台、猛スピードで通り過ぎていった。目で追うと、ブレーキランプが強く発光するのが見えた。

貴志は、携帯電話を取り出し、時間を確認する。

午前二時五十五分。

(そろそろ行くか……)

ヘルメットの顎ベルトを締め、両手を地面について立ち上がった。脇に置いてあった誘導灯を拾い上げ、ストラップに右手首を通す。スイッチを押すと、長さ四十センチの発光部が真っ赤に光り、小刻みに点滅する。このライトセーバーもどきの電源は、単一電池二個。ポケットの中には、常に予備の電池が用意してある。

電池を節約するため、スイッチをいったん切った。休憩に使っていた緑地を出て、強烈なライトで照らされた場所に向かって歩道を進む。進むにつれ、重機の音が大きくなってくる。

目黒通りの四車線のうち、歩道に面した一車線が百メートルにわたって閉鎖され、夜を徹して道路工事が行われていた。歩道上に並んでいるのは、工事予告の表示板や車線変更を促す矢印。その先の車道上には、赤く光る内照式セフティコーンが、約十五度の角度で列をなして、車両をセンターライン側の車線に誘導している。コーンとコーンのあいだにもバーが渡してあり、バリケードが築かれていた。バリケードの内側には、二つの黄色回転灯を備えた大きな電光表示が掲げてあり、三つの矢印が順次点滅している。

背後。

タイヤがアスファルトを疾走する音が迫ってきた。貴志は足を止めて振り返る。白いメルセデスが一台、目の前を横切った。工事現場へ突っ走っていく。大きな電光表示の横で、細い赤色光が左右に揺れはじめた。その下に見えるV字形の白い光は、夜光チョッキの反射材。田島裕弥《たじまゆうや》が、車線変更の合図を出しているのだ。しかしメルセデスはスピードを落とさない。一直線にバリケードへ向かっていく。ヘッドライトに照らされた田島裕弥の顔が引きつった。

「逃げろっ!」

貴志は思わず叫んだ。

メルセデスはぎりぎりで急ハンドルを切り、セフティコーンの列を掠めながらセンターライン側の車線に移り、そのままのスピードで走り抜け、あっという間に小さくなった。あとにはセフティコーンがいくつか倒れている。田島裕弥の姿が見えない。

貴志は息を切らせて駆けつける。

「大丈夫かっ？」

田島裕弥は電光表示の裏で尻をついていた。肘で上半身を起こし、メルセデスの去った方角を睨みつけている。

「あっぶねえなあ、クソォ」

「怪我《けが》はないか？」

うなずいて立ち上がる。

「なんすか、いまの？　酔っぱらいっすかっ？」

「ときどきいるんだよ、ああいうの」

「酔っぱらいっすか？　嫌がらせっすか？」

田島裕弥が涙目になっている。よほど怖かったのか。

貴志は、倒れていたセフティコーンを直し、自分の誘導灯のスイッチを入れた。

「交替だ。次は四時」

田島裕弥が、工事現場を冷ややかに見やる。建設会社の作業員たちが、明るい照明の下で立ち働いている。田島裕弥が倒れたのに気づいた者もいたはずだが、声一つかけてこない。

道路の先に、また車のヘッドライトが見えた。

貴志は、バリケードの内側に立ったまま、身体を車に向け、誘導灯を真上に伸ばす。そのまますばやく左に振り、ゆっくりと右にもどす。これを繰り返す。

ヘッドライトが近づいてくる。歩道側の車線を走っている。貴志は、車線変更の合図をひたすら送る。曲がれ。曲がれ。心で念じる。

車のスピードがやや落ちて、すっと左に流れる。内心ほっとして、さらに合図を続ける。

車は黒いワンボックスカー。センターライン側の車線に移り、そのまま貴志の前を通り過ぎる。と思ったとき、開いていた助手席の窓からなにかが飛んできて貴志のヘルメットに当たった。ワンボックスカーは急にスピードを上げて走り去った。下を見ると、ビールの空き缶が転がっている。貴志は、空き缶を拾い、潰してハーフコートのポケットに入れる。顔を上げると、田島裕弥が蔑《さげす》むような目で見ていた。

「どうした？　休憩しないのか？」

「おじさん、なんとも思わないの？」

「なにが？」

「空き缶ぶつけられたんだよっ！　オレだってさっき轢《ひ》き殺されそうになった。怒るでしょう、ふつう。人をなんだと思ってるんだって！」

「怒ってないように見えるか？」

「…………」

「怒ってるよ。腸《はらわた》が煮えくりかえってる」

貴志は、それだけいうと、また道路に目を向けた。

田島裕弥は、まだ動こうとしない。

「……なんでこんな仕事してるの？」

「そんないい方するなよ」

「だってさ……」

「俺たちがいなかったら、事故が起こるかもしれん。交通誘導警備は、社会が円滑に動くための重要な任務を担っている。だから交通誘導警備員は、誇りを持って業務に精進しなければならない……」

田島裕弥を見やると、ふて腐れた顔でそっぽを向いている。しかし。

「……なーんてな」

貴志が付け加えると、口元が微かにほころんだ。

「田島君は、どうしてこの仕事を？」

「オレはバイトだもん。本業は学生だし」

「へえ、学生だったんだ。フリーターかと思ってた。どこの大学？」

田島裕弥が口にしたのは、貴志の出身大学だった。後輩に当たるわけだが、貴志はそれには触れず、

「ふうん」

と応える。

「オレ、司法試験を受けるんだよ」

「弁護士になるのか？」

「まあね」

だから、いつまでもこの仕事をするわけじゃない。そういいたいのか。

「オレ、さっきみたいな奴らを見ると、むかつくんだよね。正義感が強いってのかな。こういう性格って、弁護士に向いてるでしょ」

「さあな」

「さあなって……」

田島裕弥が、呆れたような笑い声を漏らす。

また一台、車が迫ってきた。

貴志は誘導灯を振る。

タクシーだった。スピードを落として車線を移り、ゆっくりと通り過ぎていく。貴志は、誘導灯を掲げたまま、頭を下げる。タクシーの運転手が、ホーンを短く鳴らした。『ごくろうさん』と貴志には聞こえた。遠ざかるタクシーのテールランプを見送りながら、涙が込み上げてきそうになり、あわてて目をもどす。

「おじさん、この仕事、長いの？」

「二年目だ。うちでは長いほうじゃないかな」

「嫌にならない？」

「なるよ」

「辞めりゃいいじゃん」

「辞めたら食えない」

「空き缶ぶつけられるよりはマシじゃない」

「若いからそういえるんだ」

「歳なんて関係ないよ」

「俺も若いころはそう思ってた。でも関係あるんだよ。そのうちわかる」

田島裕弥が黙り込む。

「さっさと休憩に行けよ」

「ここにいると邪魔？」

「気が散る」

ようやく田島裕弥の気配が離れていく。

貴志は、深呼吸を一つして、あらためて道路に神経を注ぐ。

さすがの目黒通りも、午前三時を過ぎると交通量が少なくなってきた。街灯に照らされた路面が、果てしなく延びているだけ。正面の闇に浮かんでいるのは、首都高速二号目黒線。ときおり車のヘッドライトが行き交っている。右手に広がるのは黒い森。左手は住宅街。明かりはほとんど灯っていない。

『なんでこんな仕事してるの？』

なんでだろうな、と思う。

一晩働いて一万二千円。外勤手当、精勤報奨金手当、通勤手当、夜間手当、そして、つい最近取得した交通誘導警備業務検定二級の資格手当、すべて込みでこの金額。高いのか、安いのか、わからない。

貴志は、世間ではそれなりに名の通った私立大学を出ているが、中高年にとって学歴はなんの意味も持たない。ハローワークに通いはじめて、そのことを思い知らされた。重要なのは、技能があるかどうか。大型トラックや重機を動かすことができず、仕事に直結する国家資格もなく、作業機械をいじったこともない貴志は、無技能者の烙印《らくいん》を押された。結局、貴志にもできそうな仕事は、営業か警備員くらいだった。もう営業はしたくない。となると、残るは警備員。

四十歳以上歓迎、未経験者歓迎、という求人に応募し、めでたく採用となった。会社の事務所は、墨田区にある雑居ビルの一室。貴志の扱いは準社員で、勤務日は自分で決めることができる。一カ月間の勤務予定をあらかじめ提出しておくのだが、予定日に必ず働けるというわけでもない。会社が人数分の仕事を受注できないこともあるし、雨が降れば工事が中止になる。早い話が、日雇いと変わらない。

午前四時になり、田島裕弥と交替した。一時間ごとに休める現場は、滅多にない。しかも仕事は一般車両の幅寄せだけ。楽といえば楽ではある。もっとも、これだけ警告灯や反射板を並べてあるのだから、ほんとうはわざわざ交通誘導員を置くほどのこともない。飲酒運転や居眠り運転の車が突っ込んでくるかもしれないが、そんなときは交通誘導員が一人いたところで止めようがない。

一時間の休憩が終わり、ふたたびバリケードに立つ。夜明け近くになると、交通量も増えてくる。タンクローリー。コンビニのロゴを背負ったトラック。パンや乳製品の配送車。新聞配達のバイク。歩道にはジョギングをする人も現れる。貴志は、誘導灯を振り続ける。

工事現場では、ローラーがアスファルトを敷き固めている。熱いアスファルトから立ち昇る蒸気が、ライトを浴びて白く光っている。そろそろ終わりだなと思っていたら、作業員がバリケードを片づけはじめた。工事はまだ今夜も続くので、バリケード類は歩道の街路樹の下に集めておく。やがてすべての保安具が一掃され、道路が開放される。空を覆っていた闇がうすくなり、東の空が白々としてくる。貴志は、工事の現場責任者にサインをもらってから、携帯電話で事務所に連絡を入れる。

「麻生です。白金台三丁目、目黒通り。六時十五分。無事、業務終了」

『はい、ごくろうさん』

「日払いにしてよ」

貴志は念を押して、電話を切る。これできょうの午後には、日当一万二千円のうち、基本給の五千円だけが貴志の銀行口座に振り込まれる。

一時間ごとに休憩が取れるとはいえ、真冬の野外での夜間業務は、さすがに応えた。脚も浮腫《むく》んでパンパンになっている。貴志は、何度も屈伸運動をしてから、歩道の街路樹の陰に行き、会社から貸与されたハーフコートとズボンを脱ぎ、革ジャンとジーンズに着替えた。制服類、誘導灯、ヘルメットを、ナイロン地のドラムバッグに詰め込み、ファスナーを閉める。誘導灯の取っ手が、少しはみ出した。

「田島っす。白金台三丁目——」

田島裕弥も携帯電話を握り、仕事が終わった旨を伝える下番《かばん》報告を入れている。ちなみに、現場に到着したとき事務所に入れる連絡を上番報告《じょうばん》というが、これを忘れると遅刻や無断欠勤扱いになるので、気をつけなければならない。

下番報告を終えた田島裕弥が、着替えもしないで、歩道に置いてあったバイクにまたがった。エンジンをかけると、白い排気ガスが勢いよく噴き出した。

「お疲れさぁーした」

ちょこんと頭を下げ、車の切れ目を見計らって道路に飛び出していく。建設会社の作業員たちも、次々と会社のトラックやダンプに分乗して走り去った。

一人取り残された貴志は、敷き固められたばかりのアスファルトをぼんやりと見る。その上を車がびゅんびゅんと通っていく。

貴志は、重いバッグを担ぎ、目黒駅に向かって歩いた。夜明けとともに、冷え込みがいちだんと厳しくなってくる。鼻水が出て仕方がない。十五分ほどで駅に到着した。自動券売機で吉祥寺《きちじょうじ》までの切符を買う。

二百九十円。

財布の中身を調べると、残りは三千二百四十円。


吉祥寺駅前で、二十四時間営業の牛丼屋に入る。むっとする空気が満ちていた。まだ朝の七時を過ぎたばかりなのに、男たちで混雑している。これから仕事に向かう者もいれば、貴志のように仕事帰りの者もいるのだろう。みな黙々と食べている。咀嚼する音や味噌汁を啜る音が乱れ飛んでいる。貴志は、三百五十円の牛丼を食べた。

財布の残り、二千八百九十円。

吉祥寺の街を歩いていると、街路と街路の交差点にやたらとぶつかる。個性的な店も多く、とくに花屋が目に付く。住人も種々雑多というか、サラリーマン家庭ばかりの新興住宅地なら警察に通報されそうな格好も、この街でなら許される雰囲気がある。だから早朝の住宅街を、ジーンズに革ジャンの中年男がぶらぶらしていても、それほど肩身の狭い思いをしなくて済む。

貴志は、十分ほど歩いて、アパートに帰り着いた。木造二階建て。築三十年。錆の浮いた階段を上り、二〇一号室のドアを開ける。入ってすぐ左手に、小さな流しと、バーナーが一つしかないガスコンロ。風呂なし、トイレ共同。これで家賃が三万円。

四畳半の真ん中を占拠しているのは万年床。その周囲に、ビールの空き缶やワンカップの空き瓶、アダルト誌、紙クズなどが散らばっている。柱と柱に渡したロープには、洗濯物が干してある。そのせいか、室内の空気がじっとりと湿っていた。

貴志は、吊されたシャツをくぐって窓辺に寄り、ガラス窓を開ける。アパートのすぐ脇に立っている電信柱に、蛍光灯のようなちゃちな街灯がくっついている。空を見上げても、数えきれないほどの電線が走っていて、アパートごと縛り上げられているような気分になる。

窓の縁に尻を乗せ、アルミの窓手すりに腕を置いて、前の街路を見下ろす。会社や学校に向かう人々だろう。白い息を吐きながら通り過ぎていく。ビジネススーツ。制服。ブリーフケース。スクールバッグ。ランドセル。黒髪。薄毛。茶髪。だれ一人、貴志を見ようとしない。

貴志は窓を閉め、電気ストーブのスイッチを入れた。ストーブの前にしゃがみ込み、発熱部が赤くなるのをじっと待つ。目が熱くなってくる。顔が火照《ほて》ってくる。貴志は腰を上げ、革ジャンを脱いでハンガーにかけた。ジーンズは畳の上に放る。一風呂浴びたいところだが、銭湯は夕方からしか開いていない。だからいまは寝るしかない。貴志は布団を被り、胎児のように身体を丸めて瞼をとじる。

隣の部屋の住人が、小さなくしゃみをした。

一眠りして目を覚ますと、午後四時を回っていた。あわてて窓を開けて空を見る。雨は降っていない。ほっとして携帯電話を開き、事務所に連絡を入れる。あらかじめ提出した勤務予定表では、きょうも働くことになっている。

「麻生だけど、きょうの現場は?」

『あ、麻生さんね。ごめん、ごめん。きょうは休んでよ』

「ええっ? 目黒通りは?」

『あれ、別の人に回した。だって、幅寄せだけで休憩も一時間ごとに取れるから、みんなやりたがっててさ。麻生さんはベテランなんだから、もうちょっと手応《てごた》えのある現場じゃないと退屈でしょ』

「退屈でも仕事がないよりはマシだよ。今月、キャンセル五回目だからさ、なんとかなんない?」

『ううん……じゃあさ、一時間後にもう一回電話してくれる?』

貴志は電話を切って、天井を仰いだ。

準社員は、午後四時から五時のあいだに事務所に連絡を入れ、指示を受けることになっている。だが、勤務を希望する人数と、受注した仕事の必要人数が、ぴったりと一致することはまずない。たいていは勤務希望者のほうが多く、仕事にあぶれる者が出る。運が悪いとあぶれ組に入り、『休んでくれ』といわれる。その一方で、勤務することになっているのに連絡を忘れる者や、病気のせいで急に休む者もいる。事務所では、そういう不測の事態に備えて、何人かをキープしておく。『一時間後にもう一回電話しろ』というのは、そういう意味だ。当然、不測の事態が起きなければ『やっぱり休んでくれ』といわれてお終い。待つだけ損になる。馬鹿馬鹿しい。

貴志は、きょうの仕事は諦めて、銭湯に行くことにした。

住宅街を十五分ほど歩くと、松ノ湯というやや寂《さび》れた銭湯がある。吉祥寺には、明るくて解放的な銭湯もあるのだが、貴志はこちらのレトロな佇《たたず》まいのほうが好きだった。

入湯料、四百三十円。

財布の残り、二千四百六十円。

一日分の垢《あか》を擦り落とし、のんびりと湯に浸《つ》かり、脱衣場のソファでくつろぐ。いちばんほっとする時間。

午後六時に間に合いそうだったので、駅前に回ってATMでお金を引き出すことにする。本日の基本給、五千円。画面のボタンを操作し、払い出し口から現れた五枚の千円札を手にした瞬間、思わず、

「よしっ」

と声が漏れる。

これで財布の中身は、七千四百六十円に増えた。とりあえず五千円以上の現金が手元にあると安心する。ただし、きょうは仕事がないので、次に現金が入るのは、早くても明後日《あさって》の午後。いまから丸二日間を、この七千四百六十円で過ごさなくてはならない。明日も仕事がないかもしれないから、できるだけ節約するに越したことはない。

貴志はアパートにもどって、薬缶《やかん》に水道水を入れて湯を沸かし、買い置きしてあったカップラーメンをつくった。卵でもないかと冷蔵庫を見たが、缶ビールが一本だけ。つまみもない。かといって、いまからコンビニに行く気にもなれない。仕方なく貴志は、テレビを観ながらラーメンを啜った。麺《めん》の切れ端やかやくも丁寧にすくって食べ、最後にスープを飲む。一口飲み込むたびに内臓が汚染されていくような気がしたが、最後まで飲み干した。熱いものを一気に胃に入れたせいか、とたんに身体が汗ばんでくる。飲んだばかりのスープが皮膚から滲み出してくるようだった。

汗の匂いが鼻をつき、まだ肌着を替えていないことに気づく。立ち上がって全裸になり、部屋干ししてあった肌着に替える。汚れ物はコンビニのレジ袋に押し込む。これは量が溜まったらコインラン

ドリーで洗濯する。

『夢がなかったら、生きてる意味はないと思うんですね』

テレビ。

押し出しの立派な女性が、インタビューに答えていた。テロップによると、二十代で起業し、いまや年商三十億円を誇る会社の社長だという。

『わたしにとっての夢は、自分の会社を創《つく》ることだったんです。もちろん、楽じゃありませんよ。でも、楽じゃないからこそ、やりがいがあるんじゃありませんか？　仕事と結婚、子育てを両立させながら、自分の人生を築き上げていく。それを可能にするのが、会社経営だったんです』

インタビュアーの女性アナウンサーが、女社長の迫力に気圧《けお》されつつ、質問を続ける。

『でも、多くの女性は、なかなかそこまで踏み出せないと思うのですが』

『なぜ踏み出さないんですか？　それがわたしには理解できません。自分の人生を決めるのは、周りじゃないんですよ。自分自身なんです。そのことに気づかないかぎり、自分の人生は歩めないと思います』

『やはり、その信念を持ち続けることができるどうか、ってことなんですね』

『できますよ。わたしにもできたんですから、みなさんにできないはずがないんです。できないっていう人は、できないんじゃなくて、やらないんですね。本気で夢を叶えたいと思ってないんです。だから、いい訳してるんです。自分をごまかしてるんです。本気になれば、叶えられない夢なんてありません。わたしはこれまでそう信じて生きてきたし、これからも――』

チャンネルを替えた。

報道番組。

男性アナウンサーがニュースを読み上げている。

『本日、東京地裁で、町田の保険金放火殺人未遂及び——』
思わず身を乗り出した。
須藤彰子の一審判決が出ていた。
死刑だった。

2

須藤彰子が面会室に現れたとき、貴志は一瞬、別人ではないかと思った。着ているものは前回と同じオレンジ色のジャージだが、袖口のリブがくたびれていて、色が全体的にくすんでいる。着ぶくれして見えるのは、下にセーターでも着込んでいるからだろう。

面会室のドアが閉められても、貴志と目を合わせようとしない。だらしなく椅子に腰かけ、気怠《けだる》げに顎を上げる。白髪の目立つ髪は、無造作に後ろで縛ってある。肌の艶《つや》は消え失せ、頬が瘦《こ》け、口の両端も下がって、人相が一変していた。不自然なほど整った鼻筋と二重の目に、かろうじて面影が残っているが、もはやその瞳に光はなく、底なしの空洞のようだった。

女性刑務官が、隣の机に着き、会話を記録するノートを広げる。

須藤彰子は、斜め上を向いたまま、なにもいわない。貴志の口からも、言葉が出てこない。一年以上の空白は、透明のプラスチック板以上の壁となって、二人のあいだに立ちはだかっている。なにを話していいのか。そもそも自分は、なんのために、ここに来たのか。貴志は、面会室の狭さに息苦しさを覚え、逃げ出したくなってきた。

女性刑務官が、ちらと須藤彰子を見やる。貴志にも様子を窺うような視線を向けてくる。腕時計に目を落とす。

ぎごちない沈黙が続く。

それを破ったのは、須藤彰子だった。

「もう来ないんじゃなかったの？」

嗄《しゃが》れた声。

目を伏せ、自分の手のあたりを見ている。

「一審の判決が出たと聞いた」

「ざまあみろって？」

「そんなつもりは……」

須藤彰子が、焦点の合わない目を虚空に向ける。まるで、貴志の姿が見えていないかのように。いまや彼女は、物理的にも精神的にも、別世界の住人になってしまったのか。

（しかし……）

彼女は面会を断ることもできたはず。こうして面会室に現れたということは、貴志を拒絶しているわけではない。

「調子はどう？」

口にしてすぐ、馬鹿なことを聞いてしまったと思った。死刑判決を受けて、調子いいわけがない。

案の定、須藤彰子が皮肉っぽく顔を歪める。

「どうでもいいでしょ、あたしのことなんか」

また言葉が途切れる。

沈黙が続く。

女性刑務官が、ボールペンを指で弄びはじめた。

「どうでもよくはないだろ」

須藤彰子が、貴志に目を向ける。

「あんた、なにしに来たの？」

その声には、明らかな敵意と、精一杯の挑発が込められていた。

「俺は、ただ――」

「なにかしてくれるの？」

「……俺にできることがあれば」

「じゃあね、新しい服を差し入れして。裁判のときに着るやつ。ちゃんとしたブランド物のスーツよ」

「わかった。なんとか――」

「いらねえよ、そんなもんっ！」

須藤彰子の目が、怒りにぎらつく。次の瞬間、その瞳に罅《ひび》が走り、砕け散りそうになった。

「あたし、死刑なんか怖くないから……」

裁判では、貴志も証言台に立った。検察側は『被告人は最初から保険金目的で声をかけた』という、弁護側は『保険金殺人の計画はなかった』という、それぞれの主張に沿って質問してきた。貴志は、バーで最初に声をかけてきたのは須藤彰子であること、しかし、そのあと外に誘ったのは貴志であることを、ありのままに話した。最後に『被告人が最初から保険金殺人を計画していたと思うか？』と聞かれたので、『そうは思わない』と答えた。須藤彰子は、被告席でうつむいていた。

貴志は、証人尋問の直後に、富岡市の実家を飛び出した。家を出た最大の理由は、兄夫婦の仲がおかしくなりかけたことだ。もともと貴志は、なにかと一方的な価値観を押しつけてくる義姉が苦手だった。それは向こうも同じらしく、貴志のことで口論する兄夫婦の声がときどき漏れ聞こえるようになった。自分のために兄の家庭を犠牲にすることはできない。経済的な負担をかけている負い目もある。だから貴志は、心配しないでくれと一言だけ書き置いて姿を消した。

転居するときは通知するようにといわれていたが、裁判で話すべきことはすべて話したと思ったので、居場所はだれにも教えていない。だから、それきり証言台に立ったことはない。

須藤彰子の件には、もう関わりたくなかった。彼女に対してどういう気持ちでいるのか、どういう気持ちでいればいいのか、自分でもわからなかった。憎しみ、恨み、悲しみ、後悔、絶望、空虚……。いろいろな言葉を当てはめてみたが、どれも違和感を覚え、余計に頭が混乱するだけだった。それならいっそ、なにもかも忘れてしまおうと思ったのだ。

小さな警備会社で交通誘導員の仕事を得て、その日暮らしを続ける中で、すべてを忘れたつもりでいた。しかし、死刑判決のことを知った瞬間、いても立ってもいられなくなり、ここに来てしまった。

「死刑になるとは思わなかったよ」

「ほんと、冗談じゃないわよ。一人殺したぐらいで」

「………」

「あんたに声をかけたときは、保険金のことなんてぜんぜん頭になかった。そのことは、あんただって認めてるんでしょ。裁判官だって、わかってるはずでしょ」

たしかに貴志のときは、最初から保険金を狙っていたわけではないのかもしれない。だが、その前の事件。夫を交通事故に見せかけて殺した事件では、結婚相手を探す段階ですでに保険金殺人の計画があったことが、共犯者の供述から明らかになっている。つまり、最初から生贄《いけにえ》にするための男を選んでいたのだ。しかも、その企てを発案したのは、須藤彰子だという。おそらく、そういった行為の計画性と非人間性が、死刑判決の大きな要因になったのだろうと、貴志は考えている。

そう。須藤彰子の死刑判決は、けっして俺の証言のせいではない。

「あたしの判決文、読んだ？」

貴志は、首を横に振る。

「まったく反省してないって。どうして裁判官に、あたしが反省しているかどうかわかるの？　あたしの心の中なんて、だれにわかるっていうの！」

少なくとも彼女の言動からは、一件目の犠牲者に対する謝罪の気持ちは伝わってこない。あんな男を一人殺したくらいでなにを大げさに騒いでいるのか。それが本音ではないのかと、貴志でさえ思う。ましてや、裁判の場でそのような素振りを見せようものなら、裁判官の心証を悪くするのは必定《ひつじょう》。本物のワルであれば、心証をよくするために泣き崩れるくらいの演技はするだろうに、須藤彰子にはそれができないのだ。

「控訴したんだろ」

「当たり前でしょ」

「だいじょうぶ。きっと減刑されるさ」

須藤彰子が、息を呑んで、貴志を凝視した。口元が細かく震えている。

「……どうした？」

「あたしを励ましてくれるの？」

「余計なお世話か？」

「あんたを焼き殺そうとした女だよ」

「わかってる」

「それなのに、なんで？」

なんでだろうな。

自問してみたが、答は見つからない。

「憎くないの？」

「………」

「恨んでないの？」

「………」

憎んで当然の女。

恨んで当然の女。

もちろん、そうだろう。

だが貴志には、いまでもわからないのだ。いったい自分は須藤彰子を憎んでいるのか。恨んでいるのか。

ほんとうに、わからないのだ。

須藤彰子が、椅子の上で身体を捩《よじ》り、横を向いた。吐き捨てるように、

「バッカじゃないのっ！」

横目で冷たい視線を放ってくる。

「憐《あわ》れみなら、いらないからね」

貴志は黙ってうなずく。

憐れみなら、いらない。

では、なにであれば欲しいのだ？

「あ、わかった」

須藤彰子が、姿勢をもどし、テーブルに両肘を乗せ、顔を近づけてくる。

「きっと、あれだ。あんた、あたしを見て、自分を慰めてるんだ。俺の人生は惨めだったけど、死刑になるこいつよりはマシだって。ね、そうでしょ？」

悪意の笑みが、貴志を射ぬく。

「図星でしょ？　なんとかいいなさいよ」

「……そうかもしれない」

須藤彰子の顔が強ばった。

朱に染まっていく。

表情が壊れる。

「バーカッ！」

須藤彰子の奥歯が見えた。

意外に白かった。

会話を記録していた女性刑務官が顔を上げ、鋭い視線を須藤彰子に向ける。ノートを閉じる。

「時間です」

須藤彰子が弾かれたように刑務官を見る。怯《おび》えの表情が過ぎる。

刑務官に腕を取られて立ち上がる。

ひっ。

と細い声を漏らす。

おとなしく出口に向かう。

ドアを開ける。

ちらと貴志を振り返ってから、面会室を出ていった。

3

その夜は、とくに蒸し暑かった。

貴志は、制服の青いシャツに夜光チョッキを着て、工事現場に立っていた。頭には白いヘルメット。首に巻いたタオルは、すでに汗をたっぷりと吸って重くなっている。

（ビールでも飲みてえな）

そう思いながら道路を見ていると、警笛が耳に届いた。

工事現場を振り返って、反対車線の歩道に目をやる。中継担当の交通誘導員・羽川敦《はがわあつし》が、横に倒した誘導灯を貴志に向かって突き出していた。『そちらの車の流れを止めろ』という合図だ。

貴志は、左手に握った誘導灯を頭上に掲げ、太鼓を叩くように二度動かす。『了解』

羽川敦が短く警笛を吹いて応え、すぐに反対側の誘導員に向かって誘導灯をぐるぐる回し『そちらの車を流せ』と指示を出す。これでしばらくすると、二百メートル先から車が流れてくる。

貴志の前に延びる車線の先に、ヘッドライトが光った。一台、二台、その後ろに、もう一台。

あの車を止めなければならない。

貴志は、迫ってくるヘッドライトに向かって誘導灯を垂直に掲げ、左腕をしっかり伸ばしたまま左右に振って、ドライバーの注意を喚起する。警笛を長く鳴らしながら肩の高さまで水平に下ろし、車の進行方向を塞ぐ格好をした。

止まれ。止まれ。

ヘッドライトの光は、徐々に減速し、貴志の目の前で停止する。

貴志は、誘導灯で車線を塞いだまま、運転席に向かって頭を下げた。

ほどなく、工事現場の反対側から流れてきた車が、次々と通り過ぎていく。その間も、貴志の前の道路には、二台、三台、四台と車が溜まり続け、ヘッドライトが長い列を成していく。貴志は眩しくなって目を細めた。

今夜の工事現場では、二車線のうちの一車線を完全に閉鎖しているので、片側ずつ交互に車を流さなければならない。いわゆる片側交互通行、略して片交というやつで、交通誘導員にとっては面倒な現場である。

それでも工事区間が短ければ、両端の交通誘導員同士が直接合図を交換するだけでいいのだが、きょうのように二百メートルに及ぶような場合は、真ん中に中継を一人置かなくてはならない。

この中継が司令塔となり、両端の誘導員に指示を出すのだが、うまく連携が取れないと渋滞がひどくなったり、最悪の場合、工事区間の途中で車が鉢合わせして、にっちもさっちもいかなくなる恐れがある。

(まだか……)

反対側から流れてくる車は、なかなか途切れない。停止させられているドライバーの苛立ちが、貴志にも伝わってくる。

ようやく流れが切れた。

しかし中継担当の羽川敦は、まだ合図を出さない。彼が合図を出してくれないと、こちらの車を流すことはできない。

貴志は、舌打ちをして、羽川敦を睨んだ。

(どうした? まだ車が残ってるのか?)

止まっている車の列から、鋭いホーンが投げつけられる。『早く行かせろ』。貴志は冷や汗をかきながら、ひたすら頭を下げる。

羽川敦が、ようやく誘導灯を回した。

貴志は、道路を塞いでいた誘導灯を、水平に保ったまま進行方向に開き、短く警笛を吹く。とたんに先頭の車が、勢いよく発進した。

いま中継担当に立っている羽川敦は、三十歳前後のフリーターで、この仕事に就いて半年になるというが、どうも空気を読むのが苦手というか、指示の出し方がずれているように思えてならない。

その羽川敦が、貴志に向かって『止めろ』の合図を送ってきた。

（おいっ！）

貴志は、思わず胸に毒づいた。まだこちらの車を流しきっていない。こんな中途半端なところで止めろというのか。躊躇っていると、羽川敦が短く警笛を吹き鳴らした。『早く止めろ』

貴志は、仕方なく『了解』の合図を返し、走ってくる車に向かって誘導灯を振る。しかし車は逆にスピードを上げて突っ込んでくる。それはそうだろう。散々待たされたのに、また止められるなんて冗談じゃない。しかし、それを止めるのが自分の仕事だ。

貴志は、警笛をひときわ高く鳴らし、誘導灯を水平に下ろして進行方向を塞ぐ。それでも一台のタクシーが貴志を無視して、猛スピードで突っ切っていった。後続車も続こうとする。これ以上通したら収拾がつかなくなる。班長のメンツが潰れる。

（くそっ！）

貴志は、バリケードを乗り越えて、誘導灯を振り上げた。叩きつけるように打ち下ろし、強引に進行方向を塞ぐ。警笛を鋭く連続で吹き鳴らす。突っ切ろうとしていた車が、急ブレーキをかけて停車した。


午前五時。

工事が終わり、道路が開放された。

「ちょっと、羽川君」

貴志は、羽川敦が下番報告を終えるのを待って、声をかけた。

羽川敦は、携帯電話を閉じながら、真ん丸に太った顔を貴志に向ける。だらしなく口をあけたまま、返事をしない。

「中継はきょうが初めてだったの？」

「……いえ」

大きな身体に似合わず、自信なさげな小さな声だった。上目遣いにちらちらと貴志を見る。

この現場に派遣されたのは、貴志を含めて四人。工事現場の両端に一人ずつ。中継に一人。休憩が一人。これをローテーションで回した。この班の二級検定合格者は貴志だけなので、自動的に貴志が班長となった。班長になったからといって、特別手当が出るわけでもなく、ただ責任が重くなるだけだが。

基本的に班の編成は一日かぎりのもので、明日になれば別の人間と組むことになる。もちろん、長くやっていると、何度も同じ現場に配属されて顔見知りになる者も出てくるが、きょうの班は全員初対面だったので、相手の技量がどの程度かわからなかった。

そして一日仕事をともにした結果、羽川敦の技能が明らかに劣っていることが判明した。能力に劣る班員を教育して成長させることもまた、班長に課せられた任務である。

「まだ慣れてないのかもしれないけど、中継を担当するときは、もう少し状況をよく見て指示を出してもらえるかな」

できるだけ穏やかにいったつもりだったが、羽川敦はいきなり気色《けしき》ばみ、唾《つば》を飛ばして叫んだ。

「やってるじゃないすか！」

「いや、合図を出すタイミングが、早すぎたり遅すぎたりしてる。たとえば――」

「僕はちゃんと時間を計ってやってるんですよ。バランスを考えて正確にやってるんですよ。なにが悪いんですか！」

「努力は認めるけど、道路の状況は刻々と変わるんだ。もっと臨機応変にやらなきゃ」

羽川敦が、鼻息も荒く睨みつけてくる。

貴志は、班長の役割を全《まっと》うすべく、指示のコツを伝授しようと思っていたのだが、急にその気が失せた。

「わかった。もう、いいよ。……話はそれだけだ。お疲れさん」

貴志は、投げやりにいって手を一振りし、自分の荷物が置いてある場所にもどった。

（くそっ、やってられるか！）

電信柱の陰で、制服である青いシャツと紺色のスラックスを脱ぎ、ポロシャツとジーパンに着替える。人通りがないとはいえ、こんな場所で下着姿になることにも、まったく抵抗を感じなくなってしまった。荷物をドラムバッグに詰め込み、ファスナーを閉める。相変わらず、誘導灯の取っ手がはみ出ている。よっこらしょと担ぎ上げると、羽川敦が目の前に立っていた。顔に不穏な気配が漂っている。

「どうした？」

「……むかつくんだよな、そういう態度」

貴志は、ガキのような言い草に腹が立ったが、あえて怒りを押し殺し、

「気に障ったのなら謝るよ」

「じゃあ謝れよ」

「悪かった」

「心がこもってねえよ」

そのとき貴志は、剝き出しの神経に触れられたような気がした。

ゆっくりと顔を向け、相手を見据える。

自分が優位に立っていると思い込んでいるのか、羽川敦が余裕の表情で、

「謝るなら、土下座しろよ」

貴志の中で感情が突沸《とっぷつ》した。

羽川敦に目を据えたまま、にじり寄る。

「なんだと、こいつ……。もういっぺん、いってみろっ！」

羽川敦が、驚いた顔で一歩下がった。

「また俺に土下座しろっていうのか？　おいっ！」

羽川敦が、貴志の豹変に瞬きしながら、後じさる。口をぱくぱくさせるだけで、声は出てこない。

貴志は、担いでいたドラムバッグを地面に落とした。左腕を伸ばして、羽川敦の胸ぐらを摑む。羽川敦が、情けない悲鳴を漏らす。

「どうしたんですか？」

班員の一人の声に、我に返った。

胸ぐらを摑んでいた手を離し、乱暴に息をつく。声をかけてきた班員に、笑みをつくってみせた。

「……いや、なんでもない」

羽川敦に向き直り、

「怒鳴ったりして、悪かったな」

羽川敦は、貴志の言葉には応えず、強ばった目で貴志を見つめている。

「お疲れ」

貴志は、班員たちに背を向けて、歩きだした。

「なんだよ、あれ。頭、おかしいんじゃねえの」

聞こえよがしに羽川敦の声。

「おい、よせ」

「だってよ——」

貴志は構わず、歩き続ける。

夜はすでに明けていたが、雲が出ていて太陽は見えない。前方から、新聞配達のバイクが走ってきた。すれ違うとき、目が合った。


貴志はいつものように、吉祥寺駅前の牛丼屋で食事をとり、四畳半のアパートで身体を拭いて、一眠りした。

眠りから醒めたとき、耳に入ってきたのは、ぼたぼたという寂しげな音だった。飛び起きてカーテンを開けると、雨が降っていた。街の空気が白く濁っている。貴志は、落胆しながら、事務所に電話をかけた。思ったとおり、工事は中止だった。これでまた一日分の収入が消し飛んだ。

財布を開けて、手持ちの現金を確認する。万札があるのを見て、とりあえず胸をなで下ろす。きのう、基本給以外の給料がまとめて入ったのだった。十一万円ちょっと。家賃や携帯電話代、電気・ガス・水道代などの支払いで半分以上なくなったが、まだいくらかは残っている。ただ、これから梅雨の季節に入るので、雨で仕事がなくなることも多いだろう。無駄遣いはできない。以前持っていたアメックスのゴールドカードは、年会費がもったいないので解約してしまった。カードのランクを落としてでも残しておけば、こういうときにあわてなくて済んだのにと、いまは後悔している。もっとも、カードがあったらあったで、支払額が瞬く間に膨らみ、カード破産していた可能性もあるが。

雨音に混じって、バイクの音が聞こえた。

窓越しに見下ろすと、アパートの前に郵便配達員が来ていた。紺色の雨ガッパを身に纏っている。貴志は、大して興味も惹《ひ》かれず、すぐに窓辺を離れた。テレビでも観ようとリモコンを手にしたとき、鉄の階段を上る足音が響いてきた。住人のポストは階段の上り口にまとめて並べてある。郵便配達員が部屋まで来ることはない。リモコンを手にしたまま耳を澄ませていると、果たして貴志の部屋の前で止まった。チャイムを押したようだが、あいにく壊れていて音が出ない。ドアがノックされた。

「麻生さん、電報でーす」

電報？

一瞬、実家でなにかあったのかと思ったが、ここの住所はだれにも知らせていない。

訝《いぶか》りながらも、貴志はドアを開けた。

手渡されたのは、うすい半透明の袋に入った、シンプルな台紙の電報だった。宛名はたしかに〈麻生貴志様〉となっている。配達員が去ってから、部屋の真ん中にもどり、水滴の付いた袋から出す。開く。

〈お願い　会いに来て　　　　彰子〉

貴志は、立ったまま、その文面を眺めた。雨音がまとわりついてくる。

須藤彰子とは、半年前に面会に行って以来、会っていない。いまごろになって会いに来いとは……。

ふと疑問が頭を過ぎる。

(なぜ、俺の居場所がわかったのだ？)

少し考えて答が出た。

なんのことはない。面会に行ったとき、申込書に住所を書いたではないか。調べれば簡単にわかるだろう。

貴志は、電報を布団の上に放った。

窓辺に寄って、空を見上げる。

雨は勢いを増している。

翌日。

貴志は、半年ぶりに東京拘置所を訪れ、面会を申し込んだ。

受付番号を呼ばれ、エレベーターで前回と同じ二階に上がり、指定された面会室に入る。椅子を引いて腰を下ろす。無色透明のプラスチック板の向こうには、だれもいない。がらん、としている。

足元がやけに冷たいと思ったら、ジーンズの裾がぐっしょりと濡れていた。外はきのうからの雨が降り続いているが、雨音はここまで届いてこない。それでも、じめじめと湿った空気に、気配を感じることはできる。

ドアが開いた。

須藤彰子と女性刑務官が入ってきた。須藤彰子は、貴志にも見覚えのある長袖のTシャツを着ていた。ボトムは黒いパンツ。髪を短くしてあるので、いくらか若返ったように見える。顔を伏せ気味に、椅子に腰を下ろす。両手を前に重ねる。

女性刑務官が机に着き、ノートを広げる。

貴志は、あらかじめ考えておいたセリフを口にした。

「拘置所から電報が届くとは思わなかったよ」

須藤彰子が、顔を上げ、硬い笑みを浮かべる。

「驚いた？」

貴志は、うなずく。

「手紙でもよかったんだけど、そんなに長々と書くようなことでもないし……」

須藤彰子が、姿勢を正し、貴志を正面から見る。

「ありがとう、来てくれて」

「もう来ないつもりだった」

「そりゃそうだよね。あたし、ひどいことをしたから」

須藤彰子が、唇を噛んでうつむく。

「ごめんね。許して……」

須藤彰子の目から溢れた涙が、頬を滑って、下に落ちた。流れた痕が光っている。

貴志は、戸惑いを覚えた。

なにかあったのだろうか。

この半年のあいだに。

「……許してください」

「もう、いいよ。恨んでいない」

須藤彰子が顔を上げる。

目の周りが濡れていた。

「ほんとに？」

「ああ……」

須藤彰子が、黙って頭を下げる。

下げたまま、上げようとしない。

貴志は、じっと須藤彰子の髪を見下ろす。白髪がさらに増えていた。かつては、この髪に顔を埋め、狂おしく匂いを吸い込んだ夜もあったのだ。はるか遠い昔の記憶。

須藤彰子が、ようやく頭を上げる。

表情が少し晴れていた。

「そちらの生活は、つらい？」

須藤彰子が、口元を引き締め、笑みを返してくる。

「でも、精神的には、いまは落ち着いてると思う」

「そう……」

「あなたのおかげで」

「俺の？」

須藤彰子が、思い出を慈しむような目をした。

「あなた、前に面会に来たとき、いってくれたわよね。『だいじょうぶ。きっと減刑される』って」

憶えている。

そして、それを聞いた彼女は『バッカじゃないのっ！』と吐き捨てたのだ。

「あたし、それ聞いたとき、なんて人だろうと思った。あたしはてっきり、罵られると思ってたから。憎まれてる、恨まれてると思ってたから。覚悟してたから。……そしたら、あなた、あんな優しい言葉をくれるんだもの」

貴志は、居心地の悪さを感じた。あのとき自分は、深い考えがあってその言葉を吐いたわけではない。せいぜい場を繕うための、形だけの言葉に過ぎなかったのだ。いま口にしたばかりの『恨んでいない』という言葉にしても同様だ。

「……あたし、ぜんぜん予想もしてなかったから、どうしていいかわかんなくて、パニックになっちゃって……ひどいこと、いっちゃったよね」

須藤彰子の呼吸が乱れてくる。

「あれからずっと、そのことが気になってて、ほんというと、またあなたが来てくれるかもしれないって、待ってたの。でも、あなたは来ないし……。もちろん、いまさら、来てくれなんていえる筋合いじゃないけど、でも、あたし、あなたにだけは、どうしても謝りたくて、いろんなことすべてを、だから、どうしても、もう一度だけ、会いたくて……」

須藤彰子が、貴志の反応を窺うように、不安げな眼差しを向けてきた。うなずくだけの貴志に拍子抜けしたようだが、すぐに気を取り直した様子で、笑みを見せる。

「とにかく、会いたい人には、いまのうちに会っておいたほうがいいっていわれたから……ほんとに、会えてよかった」

「だれからいわれたの？」

「弁護士。刑が確定したら、面会できるのは親族や弁護士だけになるし、もし……」

顔に怯えの色が滲む。

「……もし、死刑が確定すると、それさえも制限されるって」

「まだ二審があるんだろ。死刑と決まったわけじゃない。弁護士は、なんていってる？」

「……あの男が」

「あの男？」

「一件目の共犯者」

「ああ……」

「あいつが、あたしを主犯に仕立て上げてるから、厳しいかもしれないって」

「君は主犯じゃない？」

「違うわ。あの男にいわれて仕方なく――」

そこまでいった須藤彰子が、なにかを思い出したような表情になって、口を噤む。

「たしか、その男の一審判決は、無期懲役だったな。控訴もしなかったとか」

「そりゃそうよ。下手に控訴したら、死刑になるかもしれないもの。きっといまごろ舌出してるわ」

須藤彰子が、忌々しげな表情を浮かべたが、すぐにそれを覆い隠すように、強引な笑みをつくる。

「そんなことよりも、あなたのことを聞かせて。この前は、なにも聞けなかったから。いま、なにやってるの?」

貴志は、静かに息を吸ってから、

「工事現場で、警備員を。日雇いみたいなもんだ」

「一人なの?」

「一人暮らしかって意味?」

「そう」

「一人だ」

「実家に帰ってたんでしょ」

「とっくに出たよ」

「やっぱり……あたしのせいで?」

「いろいろと家庭の事情もある」

「…………」

「そういうわけで、いまは一人暮らし。安アパートだけど」

「……どこ?」

「吉祥寺」

須藤彰子の瞳に光が射した。

「吉祥寺かあ。いい街だってね」

「ああ」

「あたしも住んでみたかったな」

遠い目をする。

貴志に視線をもどし、

「なんで一人なの?」

「……?」

「また女を捕まえてヒモになったら?」

「もう懲《こ》りたよ」

須藤彰子が初めて、自然な笑顔を見せた。

「あのね……」

笑みの余韻を残しながら、なにかをいおうとする。しかし、次の瞬間には笑みが消え、恐ろしいものでも見たような表情が広がった。

「どうした?」

須藤彰子が、弱々しく首を横に振る。

「……ううん、なんでもない」

「でも――」

「ほんとに、なんでもないの」

大きく胸を膨らませて、息を吸い込む。

「きょうは、ほんとうにありがとう。うれしかったよ。……気をつけて帰ってね」

「もう、いいのか?」

須藤彰子が、うなずく。立ち上がる。

女性刑務官が、すっと横に付く。

「……彰子?」

須藤彰子が、穏やかな顔で、

「さようなら」

静かにいって、ドアの向こうに消えた。


東京拘置所を出ると、雨が上がっていた。雲の切れ目からは、幾筋もの光が射し込んでいる。

貴志は、小菅駅までの道のりを歩きながら、須藤彰子とのやり取りを思い返した。

たしかに、きょうの彼女の態度は、前回とは比べものにならない。貴志に対し、謝罪と反省の言葉も口にした。この半年間で、著しい心境の変化があったのかもしれない。

しかし、その言動を額面どおり受けとることには、どうしても抵抗を感じてしまう。彼女が涙ながらに後悔する姿も、それに対して自分が返した言葉も、どこか芝居じみてはいなかったか。嘘っぽくはなかったか……。

貴志は足を止め、拘置所を振り返る。

黒ずんだコンクリート壁に囲まれた要塞《ようさい》のような建造物が、周囲を睥睨《へいげい》するように聳えている。

4

時計を見て、舌打ちをした。

午後二時を回ったばかり。あと一、二時間は眠れるのに。今朝は工事が長引いて、七時近くまで誘導灯を振っていたのだ。

ドアを叩く音が続いている。

郵便配達員にしては叩き方が乱暴だった。

「麻生さーん、いないんですかあ?」

貴志は、綿シャツにトランクスのまま、部屋のドアを開けた。

外に立っていたのは、四十歳くらいの男。この蒸し暑い中、値の張りそうなスーツをきっちりと着込んでいるのに、額には汗一つない。下着姿で出てきた貴志を見ても顔色を変えず、

「麻生貴志さんですね?」

貴志は、男を観察しながら、うなずく。

背は貴志よりも高い。身体は均整がとれていて、スポーツでもやっていそうな雰囲気がある。黒々とした髪は完璧に整えられ、縁の細い眼鏡をかけた顔には過剰な笑みが溢れていた。

「あんたは?」

「須藤彰子さんの弁護人を任されております、岩崎と申します」

差し出された名刺を受けとる。

弁護士、岩崎哲矢。

貴志は、相手の顔をじろじろと見て、

「一審のときの人と違うようだけど」

須藤彰子の弁護人とは何度か会っている。

「二審から私が担当することになりました。どうぞ、よろしくお願いします」

慇懃《いんぎん》な会釈《えしやく》。しかしどこか人を小馬鹿にしているような感じがする。

「なんの用ですか? もう話すことはありませんよ。すべて一審の裁判で——」

「いえ、きょうは、別のお願いがあって、伺いました」

岩崎哲矢が、周りに目をやってから、

「お部屋に入らせていただいてよろしいですか?」

「散らかっているので――」

「構いません」

そのいい方があまりにも断固としていたので、貴志は仕方なく部屋に入れた。

大急ぎで布団を押入に片づけ、窓を開ける。すると岩崎哲矢が、

「窓は閉めていただけますか？」

「エアコンがないから、暑いよ」

「結構です。閉めてください」

岩崎哲矢が上着を脱いだ。

貴志は、窓を閉め、あぐらをかいて座る。

岩崎哲矢も、貴志の正面に正座をして、脱いだ上着を脇に置く。

「悪いけど、お茶は出ないよ。ないんだ」

「お構いなく」

「窓も開けられないなんて、よっぽど重要な話なんだな」

「人の命に関わる問題です」

岩崎哲矢が、まっすぐ視線を向けてくる。

「先日、彰子さんとお会いになったそうですね」

「会いに来てくれと電報が届いた」

「なぜ会ったのですか？」

「なぜ、とは？」

「麻生さんは、被害者ですよね。彰子さんに殺されかけた。いくら頼まれたからといって、わざわざ会いに行きますか？」

そんなことは、いわれなくても考えてみた。考えてみたが、結論は出なかった。自分の行動を説明できる理由を、どうしても見つけられなかった。

「回りくどいことをしないで、用件をいってください」

「失礼しました。では、単刀直入にお聞きします。麻生さんは、須藤彰子被告が死刑になることを望んでいますか?」

岩崎哲矢の目が、鋭い光を放つ。

「いかがですか? 正直なお気持ちをお聞かせください」

「それが、なんの関係が——」

「お願いします。とても大切なことなんです」

貴志は、彼女の顔を思い浮かべる。

「俺は……」

「はい」

「……たしかに殺されかけた。けど、殺されはしなかった。身内のだれかを傷つけられたわけでもない」

「はい」

「罪は償《つぐな》うべきだとは思う。でも、俺自身は、死刑にまでなってほしいとは、思っていない」

岩崎哲矢が、大きくうなずく。

「ありがとうございます。いまの言葉を伺って、勇気が出てきました」

妙に鼻につくいい方だった。

「でもですね、いまのままでは、二審で死刑判決を覆《くつがえ》すことは、容易ではないんです」

「しかし、一件目の事件では、彼女は主犯ではないといってました。それは、どうなってるんです？」

「もちろん、その主張は続けます。でも、いまのところ、それが通る可能性は低いといわざるを得ない」

「弁護士さんは信じているんですか？　彼女の主張を」

「もちろんです」

岩崎哲矢が力を込めた。

「ただ、その主張が通らなかったときのことも、考えておかなくてはなりません。つまり、なんとしても、死刑判決だけは回避させたいんです。それは、麻生さんも同じお気持ちということですよね」

貴志は、なんとなく釈然としなかったが、

「ええ、まあ……」

「先日の面会のとき、麻生さんは、彰子さんのことを『許す』とおっしゃったそうですね」

正確には『恨んでいない』といったはずだが、須藤彰子には『許す』と聞こえたのかもしれない。

「彰子さんは泣いてよろこんでましたよ」

「そうですか……」

貴志の素っ気ない態度が意外だったのか、言葉の接《つ》ぎ穂《ほ》を失ったような顔で沈黙する。

「まだ用件を聞いてませんね。早くいってもらえませんか」

岩崎哲矢が大きく息をついて、

「わかりました。じつは、麻生さんにお願いしたいことというのは……」

わざとらしく間をあける。

「……弁護側の情状証人として、公判で証言していただきたいんです」

「また裁判に？　さっきもいったように、話すことはすべて——」

「違うんです！」

「…………」

「麻生さんご自身が、加害者である須藤彰子を許すと、裁判の場で宣言していただきたいのです。死刑ではなく、生きて償いをしてほしいと、はっきりとおっしゃっていただきたいのです」

貴志は、岩崎哲矢の顔を見つめた。

「そして、できるのなら、こうも付け加えていただきたい。十数年先、被告が出所することがあれば、もう一度いっしょに暮らしたいと」

「！」

「被告が社会復帰する日を、心から待ち望んでいると。更生した彼女をこの目で見届けることこそ、いまの自分の生き甲斐《がい》であると」

貴志の感情が、不気味に蠢きだした。

なんだろう。

この、ぞっとする感覚は。

「もし麻生さんが亡くなってしまっていたら、被告は保険金目的で二人も殺害したことになり、死刑は免れないでしょう。しかし、不幸中の幸いにして、麻生さんは死ななかった。被告が殺害したのは一人。もちろん、人命を奪った罪は甚大ですが、これが衝動的な殺人ならば死刑にはなりません。しかし、たとえ一人でも、保険金殺人となると、死刑になる場合がある。はっきり申し上げて、彰子さんのケースは、死刑でも無期懲役でも、どちらでもおかしくありません。裁判官のわずかな心証の差で、刑が左右されてしまうんです。わずかな差ですが、被告本人にとっては、生きるか死ぬかの大問題です」

貴志は反応できない。

「二人目の被害者である麻生さんが、被告を許し、なおかつ、もう一度ともにやり直したいと、大きな愛情で包んであげたいといえば、裁判官の心証は大きくこちらに傾くでしょう。彰子さんの死刑を回避するには、これしかありません。麻生さんが、彼女の命運を握っているんです」

「それは……彰子が望んだことですか？」

「はっきりとは口にしませんでしたが……」

「……考えさせてください」

「なにを考えるんです？　麻生さんは、彰子さんを死刑にしたくはないのでしょう？」

「だからといって、心にもないことを――」

心にもない。

その瞬間だった。

長いあいだ封印されていた記憶が蘇り、稲妻のように脳裏を奔《はし》った。映像が、音が、匂いが、皮膚の感覚が……。

あの日。

あの夜。

あの時。

異様な気配に目を覚ますと、部屋が炎に包まれていた。煙が充満していた。すべてが燃えていた。咳《せ》き込んだ。息ができなかった。なにがなんだかわからなかった。逃げようとしても逃げ場がなかった。熱かった。苦しかった。死を感じた。間近に感じた。発狂しそうになった。だれかに腕を摑まれた。引っ張られた。『逃げろっ！』。声を聞いた。だれでもよかった。夢中でしがみついた。そして、気がついたら、病院のベッドに寝かされていた……。

貴志は、震える息を吐き出す。

胸の動悸《どうき》が苦しかった。

自分が須藤彰子に抱いている感情は、憎悪でも、恨みでも、ない。

(……恐怖)

自分は、須藤彰子という存在に、恐怖を感じている。ふたたび同じ屋根の下に住むなど、考えるだけで悲鳴をあげたくなる。いままでそれを感じなくて済んでいたのは、須藤彰子がプラスチック板の向こうの世界に隔離されているという大前提があったからだ。

そのプラスチック板が外される。

その手伝いを自分がする。

冗談ではない！

「それでも結構です」

岩崎哲矢の声。

「嘘でも出任せでもいいんです。とにかく、彼女の死刑を回避することが最優先なんです。お願いします」

貴志は、何度も首を横に振る。

「麻生さんっ！」

「……できない」

「なぜです？」

「あんたにはわからないんだ。実際に殺されかけた者の気持ちが……」

「だから、死刑になって、この世から消えてほしいと？」

「…………」

岩崎哲矢が、やや口調を改めて、

「麻生さんは、死刑がどうやって執行されるのか、ご存じですか？」

聞きたくない、と思った。

「死刑が確定すると、外部との連絡はほとんど取れなくなります」

「しかし親族と弁護士なら――」

「それだって、回数、時間とも、わずかなものですよ。なぜだか、わかりますか？　死刑囚には、死の準備をさせなくちゃいけない。そのためには、生きる希望を持たせるような情報を仕入れさせちゃいけないからです。死刑が確定した瞬間から、周りのすべてが『死』という一点に向かって流れはじめるんです」

岩崎哲矢がネクタイを弛めた。

「死刑囚は、ほかの囚人との交流も認められず、ひたすら孤独の中で、処刑の日を待たなくてはならない。刑が確定してから執行されるまで、平均で六年から七年といわれています。もっとも、わずか一年で執行されたケースもあれば、三十年以上執行されなかったケースもあって、一概にはいえませんが」

岩崎哲矢が、じっと貴志を見つめてくる。

「その日……朝の九時ごろです。いつもと違う靴音が聞こえます。死刑囚は音に過敏になってますから、異変はすぐにわかります。あとは祈るしかありません。どうか自分の部屋の前で止まりませんようにと。しかし……」

貴志に向けられた瞳が、熱を帯びてきた。

「……自分のところに止まったら、その日が来たということです。扉が開けられ、刑務官から告げられます。『死刑の執行命令が届いた。出なさい』。そういわれた瞬間、顔面は蒼白になります。腰を抜かす者もあれば、泣きだす者もいます。暴れる者もいます。自力で歩ける者は、ほとんどいません。

刑務官に両脇を抱えられて、舎房を出ます。通ったことのない長い廊下を、引きずるように連行されます。その先にあるのは、表示のない鉄扉《てっぴ》です。入ったところが、小さな部屋になっています。『別れの間』というんだそうです。ここでは、遺書を書いたり、タバコを吸ったり、菓子や果物を食べたりすることができます。しかし、それが終わると……」

貴志は、息苦しくなってきた。

「……立つようにいわれます。立つと同時に、後ろ手錠をはめられ、目隠しをされます。なにも見えなくなった死刑囚は、刑務官に引っ張られるまま、隣の執行室に移ります。足腰の立たない者は、担がれて移動します。中央の踏板の上に立たされ、両脚を縛られます。首にロープがかけられます。ロープは喉のところで、隙間《すきま》ができないように締めつけられます。すべての作業は、わずかな躊躇《ちゅうちょ》もなく、淡々と進められます。ロープがセットされた次の瞬間、合図とともに足下《そっか》の踏板が落ち、身体が穴に吸い込まれていって、バンッ、とロープが張り――」

「もういいよ」

貴志は声を絞り出した。

「すぐに死ぬわけじゃないんですよ。目と舌が飛び出し、口や鼻から血や吐瀉《としゃ》物が流れ落ちても、心臓はまだ停まりません。もちろん意識はないでしょうが、身体はしばらく痙攣しています。呻き声が漏れることもあります。それがなくなって、心臓が完全に停止するまで、だいたい十五分くらいかかるそうです。その間、身体はずっとロープにぶら下がったまま――」

「やめてくれっ！」

貴志は叫んだ。

「彰子さんにそういう死に方をしてほしいと、ほんとうに思いますか？」

「…………」

「かつて麻生さんと暮らしていた女性なんですよ。心から愛しく思った日もあったでしょう。その女性を見殺しにできますか？」

「帰れ」

「麻生さんっ！」

「帰ってくれ、頼むから、帰ってくれ。二度と来ないでくれっ！」

貴志は立ち上がっていた。

「もう一度、考えてください。罪を償うのなら、死刑よりももっといい方法があるはずだ。あなたの行動に、一人の人間の命がかかっているんですっ！」

「知ったことか。絞首刑でもなんでもなればいいっ！　罪を犯したのは俺じゃないっ！」

貴志は、岩崎哲矢を見下ろす。

岩崎哲矢も、貴志を睨み上げてくる。

「彰子さんは、麻生さんならきっと自分を救ってくれると、信じていますよ」

「虫がよすぎる……」

「たしかに麻生さんのおっしゃるとおりです。虫のいい話です。しかし彼女は、心から悔い改めているんです。麻生さんの優しい言葉が、彼女を変えたんです。本人がそういったんです」

「違う、俺は、ただ……」

「彼女の不幸な生い立ちはご存じでしょ。彼女の人生の中で、いまや麻生さんの存在は、かけがえのないほど大きくなっているんです。麻生さんが、彼女の人間性を目醒めさせたんですっ！」

「信じられない……俺には信じられない……そんなふうには見えなかった」

岩崎哲矢が、哀《かな》しい目をした。

「彼女は、不器用なんですよ。自分の素直な気持ちを表現することが、下手なだけなんです」

「嘘だ……嘘だ、嘘だ、嘘だ。また俺を騙してるに決まってる。もうたくさんだっ！」

貴志は叫んで背を向けた。

蒸し暑い静寂。

岩崎哲矢の立ち上がる気配。

「きょうはこれで帰ります。また伺いますから、もう一度よく考えてください」

静かに部屋を出ていった。


無色透明なプラスチック板の向こうに、だだっ広い陰気な部屋が見える。そこに並べられたパイプ椅子に、見覚えのない男女数十人が座っていた。みな瞬きもせず、こちらを見ている。

「残念だが、きょうでお別れだ」

声に振り向くと、ぎょろりと動く大きな目が貴志を威圧した。桜田誠一郎。ファンドマネージャー時代の上司。

なぜ彼がここに？

「君の処刑の執行命令が届いた」

貴志は、自分が刑務官に囲まれていることに気づく。上から輪のあるロープが下りてくる。

(なんだ、これは？　まさか……)

自分の置かれた状況を悟り、がたがたと震えだした。

「ちょっと待ってください。それはなにかの間違いだ。私は被害者なんです。無実ですっ！」

「嘘よっ！」

プラスチック板の向こう。パイプ椅子に座っていた年配の女性が、立ち上がっていた。

「あんたは、わたしを騙して、百六十万円を奪い取ったでしょっ！　あんな屑《くず》みたいな未公開株を売りつけておいて、忘れたとはいわせないわよっ！」

　隣の男性も立ち上がる。

「おれからは二百四十万円。老後の資金に貯めてあった金だ。おかげでおれは、妻と離婚することになった。子供からも見放された。人生めちゃくちゃだ。どうしてくれるっ！」

　中年女性は人差し指を突きつけてくる。

「あたしはあんたを信じて全財産を注ぎ込んだのよっ！　絶対に許さないからっ！　死んで償いなさいっ！」

「おまえは人間の屑だ。社会のゴミだ。生きてる資格はない。さっさとこの世から消えろっ！」

「そうだ。生きてる資格はない。失格だっ！」

　続々と立ち上がり、貴志を糾弾《きゅうだん》する。声と声が重なり合い、うねりとなって貴志に襲いかかる。

「失格だっ！」

「失格だっ！」

「失格だっ！」

「やめてくれ、俺は……」

　刑務官が、貴志を振り返る。

「どう？　まだ文句ある？」

　その顔は、志緒理。

「謝れ。土下座しろ」

　背後から別の刑務官が囁く。

　ミチルの男。

「謝らないと、ほんとうに殺されるわよ」

また別の刑務官。

春日井ミチル。

君まで俺を裁くのか……。

貴志は床に這い蹲った。額を床に擦りつけた。

「許してください。お願いします。どうか、許してくださいっ！」

「どうですか、みなさん。麻生貴志を許しますか？」

この声。岩崎哲矢。

「信じられないっ！」

だれかが叫んだ。

「芝居じみてるっ！」

「また騙すつもりなんだっ！」

「絞首刑でもなんでもなればいいっ！」

「もうたくさんだっ！」

貴志を呪《のろ》う言葉が渦巻く。

「麻生貴志」

厳《おごそ》かな声が聞こえた。

この声。だれだ？

……兄貴？

兄さんか。兄さんなのか……。

どこにいる？

姿を見せてくれ。

俺を助けてくれ。

「立ちなさい」

「……うそだ」

強引に立たされた。

刑務官に両脇を抱えられた。

「いやだ……いやだ……うそだ」

足腰に力が入らない。

自力で立っていられない。

目に布が巻かれた。

なにも見えなくなった。

「いやだ、うそだ、いやだっ！」

両脚が縛られた。

首にロープがかけられた。

ぎゅっと締めつけられる。苦しい。

「助けてくれ……助けてくれ……たす」

足下の板。

感触が消えた。

ひゅっ、と身体が落ちていく。


バンッ。

「…………………」
心臓はまだ動いている。
息もしている。
目も見える。
手も動く。
脚も縛られていない。
遠くでサイレンが鳴っている。
うす暗い部屋。
深く息をつく。
両手で顔を擦る。
汗の匂いがした。
時計。
午後三時十五分。
貴志は、布団から出て、カーテンを開く。
空。
雲が広がっている。
雨は降っていない。

貴志は、小菅駅のホームに降り立つと、目を細めて、彼方《かなた》の巨大な建物を見た。
東京拘置所。
ここを訪れるのは、四度目になる。

一度目は、退院してしばらくしたころ。あのときはまだ、須藤彰子が自分を殺そうとしたことが信じられなかった。火事のときの記憶が失われたままで、死にかけたという実感がなかったせいもあるのだろう。事実を彼女の口から確かめたくて面会に行き、残酷な現実に打ちのめされて帰ってきた。

二度目は、一審判決が出た直後だった。貴志はすでに実家を出て、アパート暮らしをはじめていた。須藤彰子のことをいっさい忘れることにしたはずだったが、死刑判決が下されたと聞いた瞬間、どうしても会いたくなった。面会のとき、『死刑になるあたしを見て自分を慰めている』と指弾された。そういう一面があったかもしれないが、それだけとも思えない。あのときの自分の心境については、いまでもうまく説明できない。

三度目は、須藤彰子から『会いに来て』と電報が届いたときだ。面会室に現れた彼女は、それまでとは別人のように、反省と謝罪の言葉を繰り返した。貴志には、それが不自然に思えて、素直に受けとれなかった。帰り際、もう二度とここに来ることはないだろう、と思った。

しかし、来てしまった。

貴志は、岩崎哲矢からいわれたとおり、情状証人として裁判に出ることを決めていた。『須藤彰子を許し、できるなら、もう一度いっしょにやり直したい』と明言する覚悟だった。しかし自分の決意を、まだ岩崎哲矢には伝えていない。その前に、須藤彰子に会っておきたいと思った。謝罪の気持ちが本物かどうかを確認しようというのではない。尋ねたいことがあるわけでもない。ただ、もう一度顔を見て、言葉を交わしたかったのだ。

四度目ともなれば、面会用のゲートをくぐるときも、それほど緊張しない。迷うことなく受付に行き、面会申込書に記入し、提出する。椅子に座って待っていると、ほどなく番号を呼ばれた。いつもの電光掲示板の自動音声ではなく、受付で呼んでいる。貴志が名乗り出ると、

「申し訳ありませんが、この面会は許可されません」

そういえば、面会は一日一回に制限されていると聞いたことがある。

「ほかの人が面会に来たんですか？」

「いえ、この方への面会は、親族と弁護士に限られておりますので」

「……え、でも、そんなはずはないでしょう。これまでも、私は——」

不吉な直感が、背筋を貫いた。

受付を離れ、出口に向かった。足がもつれ、転びそうになった。建物を出たところで、携帯電話を開く。岩崎哲矢の名刺を見ながら、番号を押す。

『はい、小糸法律事務所です』

女性の声だった。

「麻生貴志といいます。岩崎先生、いらっしゃいますか？」

『どのようなご用件でしょう？』

「岩崎先生が担当されている被告について、大至急、お聞きしたいことがあるんです」

『大至急ですか。ええと……わかりました。しばらくお待ちください』

クラシック音楽が流れてきた。

軽やかな旋律が、貴志の不安を逆撫《さかな》でする。

音楽が途切れた。

『はい、岩崎ですが』

「岩崎さん、麻生です。須藤彰子のことで、お聞きしたいことが——」

『ああ、麻生さんね。で、なにか？』

「いま、拘置所に面会に来てるんですけど、できないっていわれたんです。親族と弁護士しかできないって。これは、いったい——」

『それは、そうですよ。刑が確定したんだから』

「か、確定って……控訴審判決はまだ先じゃないですか」

『知らなかったんですか？』

岩崎哲矢の声が、責めるように響く。

『彼女が控訴を取り下げたんですよっ！』

その意味するところを、貴志はすぐに理解できない。理解したくなかった。

『新聞に小さな記事が出たはずですけどね』

「……新聞は読んでないので」

受話器の向こうから、短い笑い声が漏れ聞こえた。

『とにかくね、彼女が勝手に控訴を取り下げてしまったんです。僕だって、いきなり裁判所から事件終了の通知が来て、面食らったんですから』

「つまり……その……彼女は……」

『だから、死刑が確定したってことです』

脳裏に、須藤彰子の姿。首にロープをかけられたまま、穴の中へ落ちていく。

「死刑を回避するんじゃなかったんですかっ！　なぜ、こんなことにっ！」

『僕のほうが教えてほしいねっ！　あなたが情状証人になることを拒んだと伝えたら、こうなったんだ。僕のせいじゃないよ』

「そんな……なんとかならないんですかっ！」

『いまさらそんなことをいわれても、無理なんだよ。いったん上訴を取り下げたら、二度と上訴できないことになってる。それが法律なんです。残された道は、審理再開の申し立てを――』

貴志の耳には、もうなにも聞こえていない。魂が抜けたように、その場にへたり込んでいた。

5

三百七十五円。

百円玉が三枚。十円玉が七枚。五円玉が一枚。

何回数えても同じ。これが全財産。

給料日まであと四日。ただでさえきついときに、雨のために三日続けて仕事がなかった。

その結果が、三百七十五円。

きょうは雨も上がり、仕事が入った。勤務予定時間は、午後八時から翌朝六時まで。現場の最寄り駅は、東急池上《いけがみ》線の戸越銀座《とごしぎんざ》。吉祥寺からだと、五反田《ごたんだ》で乗り換えることになる。五反田までなら片道二百九十円で済むが、戸越銀座まで行くとなると、さらに百二十円かかる。合計四百十円。いまの貴志には払えない。となれば、五反田から歩くしかない。距離にして一キロメートル以上あるだろうか。それでも手元に残るのは八十五円。缶コーヒーも買えない。帰りの電車賃も出ない。仕事が終わっても、アパートには帰ってこられない。公園かどこかのベンチで時間を潰し、日払い分が銀行口座に振り込まれる午後まで待って、ATMで引き出すしかない。もしそのとき、なんらかの手違いで振り込まれていなければ、万事休す。そのままホームレスになる。

時計を見た。

五反田から歩くとなると、時間に余裕を持っておいたほうがいい。交通誘導員がいなければ、工事をはじめられない。遅刻しようものなら、ロスした時間分について、会社に賠償請求が来る恐れもある。

貴志は、両手をついて、立ち上がった。ふらついた。朝からなにも食べていない。口にしたのは水だけ。あらためて水道水で腹を満たし、部屋を出る。共同トイレで小便をする。無色透明で、匂いもしなかった。

駅に向かう路上、コンビニの前で足が止まった。いま自分が自由にできるお金は、たった八十五円。しかし貴志は、抗《あらが》いがたい引力に吸い寄せられるように、店の中に入った。

弁当のコーナーを見たが、八十五円で買えるものはない。いちばん安いのは、海苔《のり》が巻かれただけのおにぎり。それでも百円の値が付いている。それにしても、黒い海苔が艶々と光り輝いていて、なんとうまそうであることか。貴志は、じっと見つめながら、唾を飲み込む。手が伸びる。摑みそうになったところで、かろうじて踏みとどまった。これを買えば、電車賃が足りなくなる。現場に行けなくなる。仕事を失ってしまう。なにもかもがお終いになる。

貴志は、強引に顔を背け、弁当コーナーを離れた。菓子類ならば買えるかもしれないと探したが、まんじゅう一つが百十円、小さな袋の柿ピーも百五円。八十五円以内で買えるものといえば、子供向けの菓子くらいしかない。貴志は、アンパンマンやポケモンなどのキャラクターがひしめき合う一角にしゃがみ込み、できるだけ腹持ちしそうなものを物色する。小さくて四角いパッケージに目が留まった。チロルチョコ。

「懐かしいな……」

貴志が子供のころは、三つ繋がった三連形で売られていて、それでも十円だった。その後、値上げされたり、いまのような一粒パッケージになったが、とにかくわずかな小遣いでも買えたという印象が強い。駄菓子屋に入ったときは、必ずといっていいほど買っていた。

いまはいくらになっているのか。棚に表示された値段を見ると、消費税込みで一個二十一円。迷わず四個を買った。

駅に歩きながら、さっそく一個目を口に含む。ココア風味豊かなチョコレートが、舌の熱でとろける。甘みと香りが身体に染み込んでくる。嚙むとコーヒーヌガーの苦みが加わり、恐ろしいほどの美味。気力が少しだけ蘇った。

しかしこれで、手元にある現金は、二百九十一円。五反田までの切符を買うと、残りは一円玉一枚となる。

きょうの現場は、中原街道から道を一本住宅街に入ったところにあった。二車線のうちの一車線を完全に閉鎖する片側交互通行。しかも閉鎖区間に、信号機のある交差点が絡んでいる。交通誘導員にとって、もっとも気の重い現場だった。

直線道路であれば、たとえ工事区間が長くとも、基本的には片側ずつ交互に流すだけでいい。ところがこれに交差点が加わると、どうなるか。

ふつうドライバーは、赤信号では止まるが、青信号になれば進めるという感覚でいる。しかし、片側交互通行の交差点では、青信号でも進めないときがある。なぜならば、工事で一車線を閉鎖しているため、交差点を通れる車線が一本しか残されていないからだ。対向車線の車が通っているときは、たとえ目の前の信号が青でも、こちらは止まっていなければならない。そして赤信号になり、もう一度青信号になって、ようやく進める。

要するに、交差点の信号が青でも、進めるのは二回に一回なのだ。ただでさえ赤信号で止められているのに、さらに青信号でも進めないというのは、ドライバーにとって尋常ならざるストレスとなる。結局そのイライラは、交通誘導員にぶつけられる。

この現場に派遣されたのは、貴志を含めて四名。例によって貴志が班長だった。

「よろしくお願いします。では――」

驚いたことに、班員の中に田島裕弥の顔があった。貴志の大学の後輩で、弁護士を目指す正義漢。目黒通りの幅寄せの現場でいっしょになって以来だから、ほぼ半年ぶり。自己紹介するとき、貴志を見てにこりとした。

　ほかの二名は五十代から六十代の男性で、極端に日に焼けていた。相当のベテランらしく、どことなく摺《す》れた雰囲気があると思っていたら、休憩の順番を決める段になってさっそく一悶着《ひともんちゃく》起こした。なぜ休憩の順番が問題になるのかというと、休憩は一回三十分を交替で取るのだが、ローテーションの順番が早いほど、休憩の回数が増える可能性が高いからだ。貴志は班長という立場上、いつも最後に回ることにしているが、ベテランの二人がいろいろと理屈をいって、少しでも早い順番を取ろうとする。田島裕弥も、不正の匂いを嗅《か》ぎ取ったのか、向きになって抵抗している。とにかくこのままでは埒《らち》があかないので、結局貴志が班長の権限を振りかざし、ジャンケンで決めさせた。

「おじさん、また会ったね」

　各自の配置に就くとき、田島裕弥が歩きながら話しかけてきた。

「おじさんはやめろよ。いちおう班長なんだ」

「そうだった」

　おかしそうに笑う。

「田島君、まだこの仕事をしてたんだな。とっくに弁護士になっていると思ってた」

「まだ大学も卒業してないよ」

「ちゃんと勉強してるのか？」

「もちろん」

「弁護士、なれるといいな」

田島裕弥が、ちらと貴志に視線を投げてから、少し沈んだ声でいった。

「楽勝だよ」

午後八時。

いよいよ一車線が完全に閉鎖され、工事がはじまる。誘導員の配置は、両端に一人ずつと、中継が一人。貴志は、二個目のチロルチョコでエネルギーを補給し、バリケードに立った。

中原街道から外れているとはいえ、宵《よい》のうちは交通量が多く、たちまち車が滞りはじめる。貴志は、中継の指示を見ながら、車を止めたり流したりする。しかし、交差点が絡む工事現場の場合、中継の指示だけをあてにしていてはいけない。

とくに、こちら側の車を流しているとき、まだ青信号だからと油断していると大変なことになる。通した車が青信号に間に合わなくて交差点で詰まり、一本しかない車線を塞いでしまうかもしれないからだ。そうなると対向車線の車も通れないし、交差する道路から左折右折してくる車も立ち往生する。大混乱に陥る。

だから車を止めるときは、信号が赤になってからでは遅すぎるのだ。もっと早めに、青信号のうちに止めなければならない。

しかし、これがまたドライバーの神経を逆撫でする。まだ青信号なのになぜ止めるのか、というわけだ。ホーンを鳴らされるのは当たり前。罵声を浴びたり、火の点いたタバコを投げつけられることもある。それでもこちらは、黙って頭を下げるしかない。

一時間半後。

一回目の休憩の順番が回ってきた。適当に座れる場所がないかと周辺を歩いていると、小さな神社を見つけた。石の鳥居をくぐり、拝殿に上る石段に腰を下ろす。シャツの胸ポケットから三個目のチロルチョコを取り、ゆっくりと食べた。

しかし、やはりこれだけでは空腹を埋めるには程遠い。残りのチロルチョコは一個。貴志は、最後の一個を掌にのせ、食い入るように見ていたが、とうとう我慢できず、包装を解いて口に放り込んだ。目をとじて噛みしめる。口の中でとろとろになったチロルチョコを、ごくりと呑み込む。

（……食べてしまった）

微かな罪悪感を覚えた。

財布を出して、中身を見る。

一円玉、一枚。

つまみ出す。

このアルミの硬貨が、最後の財産。

腰を上げて振り返ると、ちょうど目の高さに賽銭箱《さいせん》があった。石段を上がり、拝殿と向かい合う。

少し迷ってから、手にしていた一円玉を賽銭箱に投げ入れた。哀しいほど軽い音をたてて落ちていく。

貴志は柏手《かしわで》を打ち、目をつぶった。

休憩の三十分が過ぎ、現場にもどる。こんどは中継担当。指示を出すだけなので、さっきよりは楽だった。それでも班長として、通行車両が立ち往生したり事故を起こさないよう、常に気を配らなくてはならない。

二回目の休憩を終えたあとは、ふたたび端に立って、車を止めたり流したりする役目を担う。チロルチョコで補ったエネルギーは、とっくに枯渇している。血中にはすでに燃やすものがなく、自らの骨肉を削って使う段階に入っていた。それも身体を支えるのがやっとで、脳にまで行き渡らない。

思考の動きが鈍くなり、視界もゆらゆらと揺れてくる。焦点も合っているのかどうか、わからない。車のヘッドライトの光が、やけに強く感じる。眩しくて目をあけていられない。それでも神経を奮い立たせ、散漫になりそうな注意力を中継の指示や信号に向け、車の流れを操作する。

それまでは心の中で時間をカウントし、たとえ中継の指示がなくとも青信号が終わる前に車を止めるようにしていたが、それもだんだんと怪しくなってくる。

青信号に変わった。

中継担当の田島裕弥が『流せ』と合図を送ってきた。指示の出し方も堂に入っている。

貴志は、誘導灯を進行方向へ開き、車を通す。この時間、通行車両はほとんどタクシーだ。目の前を、同じような車が通り過ぎていく。同じようなエンジン音。同じような車体。同じようなリズム。意識が遠のいていくような……。

鋭い警笛で我に返った。

(しまったっ!)

ぼんやりとしていてカウントするのを忘れていた。田島裕弥が『止めろ』の指示を出したのにも気づかなかった。いますぐ車を止めなければならない。これ以上通すと交差点で詰まってしまう。大混乱になる! 大失態になる! パニックに陥った貴志は、警笛を吹き散らし、誘導灯を頭上で激しく振った。車線を塞ぐように水平に下ろす。しかし車は止まらない。貴志の存在を無視し、スピードを上げて突っ切っていく。早く止めなければ。早く止めなければ。貴志はもう一度警笛を吹き、誘導灯を打ち下ろす。だれも従わない。四台、五台、六台。貴志を嘲笑うように、猛スピードで駆け抜けていく。貴志は呆然と見送る。誘導灯を持つ手をだらりと下げる。それでも車の群れは止まらない。押し寄せてくる。押し寄せてくる。押し寄せてくる。なぜ止まらないのだ? なぜいうことを聞かないのだ? どうして、いつもいつも、いつもいつもいつも、いつもいつもいつも……。

とつぜん貴志は、叫び声をあげながらバリケードを乗り越えた。

道路の真ん中に立ち塞がった。

両手を広げた。

「止まれえええええええーっ!」

ヘッドライトの光の中で、急ブレーキが鳴り響いた。

6

いやあ、このたびは大変でしたねえ。脚は痛みますか？　かなりひどい骨折のようですけど、まあ、命に別状がないのは不幸中の幸いでした。

まだ昨日の今日ですから、頭が混乱されているでしょうが、簡単に事情聴取だけさせてください。なに、すぐ済みます。だいたい事情はわかってますけど、確認の意味でね、どうしてもあなたの話を伺っておく必要があるものですから。

……ええと、つまりですね、交通誘導業務に就いていて、車を止めるように指示されたと。それであなたは、路上を走ってくる車に、止まるように合図を出したと。ちなみに、その合図はどうやって？

……ああ、なるほど。そういわれれば、道路工事でよく見ますな。ふだんはあまり気に留めないんですが、ちゃんとやり方が決まってるんですか。はは あ、なるほど、なるほど。勉強になります。で、あなたは合図を出した。けれども、車のドライバーが指示に従わずに、止まらなかったわけですな。そういうことって多いんですか？　指示を無視されるってこと。……へえ、そうなんですか。まあ、イライラするドライバーの気持ちもわかりますけどねえ。でも、やっぱり無視するのはけしからんですな。

私もね、最近のドライバーのマナーの悪さには、ほんと、呆れてるんです。警察官がこんなことといってちゃいかんのですが、相変わらず飲酒運転も多いし、携帯電話でメールしながら運転してる馬鹿もいますしね。自分の人生をどれだけ危険に晒《さら》しているのか、気づかんのでしょうかねえ、まったく。

……ああ、すみませんね。話が脱線してしまって。上司にもよく叱《しか》られるんですわ。おまえは余計な話が多いって。はは……。

で、あなたの指示を無視して、車が何台も通ってしまったと。そこであなたは、これ以上通したら収拾がつかなくなると思い、強引にでも車を止めなければと道路の真ん中に出て、はねられてしまったと、こういうわけですな。

なるほど、なるほど……。

……それにしてもお仕事熱心ですな。だって、そうでしょう。身の危険を顧みずに、自らの責務を果たそうとされたんですから。ほんとに立派なことだと思いますよ。昔は日本にもそういう人が多かったんですけど、少なくなってきましたからねえ。

最近の奴らを見てご覧なさいよ。仕事ぶりがいい加減で無責任な人間ほど、どういうわけか過分な報酬を求めたがる。とくに若い連中は、みんなそうですよ。楽して大儲けすることしか頭にない。まったく何様だと思ってるんでしょうな。なにもできないひよっこのくせにねえ。それに比べて、あなたの責任感の強さには、ほんとうに頭が下がります。

ただですね。

ええ……これは、いささか申し上げにくいんですけどね。

じつは、道路工事の現場監督から聞いた話は、ちょっと違うんですわ、いま伺った内容と。

いや、つまりですな、あなたは、休憩時間中に、ふらふらと不用意に道路に出て、そこで車にはねられたと、まあ、こういうことなんですわ。

はあ……それは、現場監督のほうが間違いだってことですね。あくまで業務時間に起きた事故で、休憩時間ではなかったと。ということは、現場監督さんが勘違いをされているのかな……。

ええと、また話は変わりますけど、相手の車のことは、なにか憶えてませんか？　ナンバーがわかればいちばんいいんですけど、車種とか、せめて形とか、大きさとか、色とか。ああ、夜だから色は無理かな。ヘッドライトの形だけでもいいんですけど……。

え、まだ聞いてなかったんですか？　逃げたんですよ、相手の車。いったんは止まったらしいんですけどね、すぐに急発進して、逃走してしまったんですわ。轢き逃げです。ひどいもんです。

でも、これって、ちょっと妙な話なんですな。だって、冷静に考えれば、逃げる必要はないでしょう。こういってはなんですけど、必ずしも向こうの過失が大きいわけじゃないんですから。

あなたのいうとおり業務中の事故だったとしてもですよ、本来なら、交通誘導員の指示に従わなくても、法令違反にはならないんですから。それはあなたも、研修のときに散々いわれてるでしょ。警備員は警察官と違って、交通整理をする権限はいっさい持たないとね。格好が似てるから、ついその気になっちゃう気持ちもわかりますけどね。

だからね、むしろ、強引に車を止めようと道路の真ん中に飛び出したあなたのほうに過失があるともいえるわけですよね。

いや、もちろん、健全な交通事情を保つための、やむにやまれぬ行為だったことは理解してますよ。それはもう、じゅうぶんに理解してます。でも、まあ……いや、この話はやめましょう。

ええと、ですからね、相手の車のドライバーは、事故を起こしてパニクって逃走したか、そうでなければ……ここが重要なんですけど、逃走しなけりゃならん理由がほかにあったと思うんです。

たとえば、それこそ飲酒運転していたとかね。ひょっとしたら、指名手配中の犯人だったかもしれませんし、車に覚醒剤《かくせい》とか拳銃を載せてあったかもしれない。我々としては、そのあたりのところにも興味があるわけでして……。まあ蓋を開けたら、不倫中のカップルで、警察沙汰《ざた》になるわけにはいかなかったってだけかもしれませんがね。よくあるんですわ、そういうことも。

で、いかがです？

……はあ、やっぱり憶えてませんか。まあ、仕方ないですわなあ。これだけの事故にあって、正確に憶えてるほうがおかしいですからなあ。

ほかの警備員ですか？　もちろん逃げていく車は見てるんですけど、ナンバーまでは憶えていないそうなんですよ。工事現場の作業員もそうです。

後続車も何台かいたようなんですけどね、みんな見て見ぬふりして、逃げちゃったみたいなんですわ。あなたが倒れてるのに気づいた人もいるはずなんですけど……。煩《わずら》わしいことに巻き込まれたくないと思ったのか、それにしたってねえ、人が死にかけてるかもしれないってのに、よく平気でその脇を通り抜けられるもんだと思いますよ。自分に関係のない人間のことなんか、どうだっていいんですかねえ。嫌な世の中ですよねえ。まあ、警察の人間が嘆いてちゃ世話ないですけどねえ。

ああ、それで思い出した。工事現場の監督さんのことなんですけどね、最初は救急車を呼ぶのを躊躇ってたそうじゃないですか。お仲間の警備員、なんて名前だったかな、若いのが強く抗議して、やっと一一九番してくれたって。

聞くとね、よくあるらしいんですよ。工事現場で怪我しても、救急車を呼んでもらえないことって。救急車を使わずに、事業所の車で知り合いの病院に運んでしまうそうですよ。建設会社さんは、事故が表沙汰《おもてざた》になることを極端に嫌がりますからな。次の仕事が受注できなくなるとか、いろいろ事情はあるようですけど、でもねえ、人の命がかかっているときに、そんなことよくできるなって、正直思いますよ。

だからね、さっきの話、あなたが休憩中に事故にあったって話も、最初からどうも怪しいなあと感じてたんですよ。ほかの警備員の話とも辻褄《つじつま》が合わないしねえ。

と……あらら……。

まいったな。熱くなって、余計なことまでしゃべったようです。すみません。いまの話は聞かなかったことにしてください。また上司に叱られちゃいますから。はは……。

見えますか？

これが、麻生さんの左脚のレントゲン写真です。ここのところが膝ですね。ひどいものでしょう。まあ、医学的には、大腿骨顆上骨折《だいたいこつかじょう》、及び、脛骨《けいこつ》プラトー骨折というのですが、要するに、膝関節の骨が砕かれて、破片が中で散らばっている状態なんです。このタイプの骨折は車にはねられたときによく見られるのですが、今回のケースはかなりの重傷といえるでしょうね。

右脚のほうは打撲だけなので、問題はないと思います。ヘルメットを被っていたおかげで、頭部にも目立った損傷はありません。擦過傷はあちこちにありますが、化膿《かのう》しないかぎり心配することはないでしょう。

……それで、やはり問題は、左脚なんですね。

骨折だけであれば、時間はかかるでしょうが、元どおりになる可能性はあります。もちろん場所が場所だけに、関節が変形したり、動かなくなったり、障害が残ることも多いのですが、プレートとボルトで固定すれば、対処はできます。

ところがですね。

麻生さんの場合、ちょっと厄介なことがありまして……。

膝の後ろを通っている動脈、膝窩《しっか》動脈という血管があるのですが、麻生さんは、骨折の衝撃で、この動脈に損傷を受けているのです。

この膝窩動脈はどういう血管かというと、脚の先端まで血液を運ぶきわめて重要なもので、つまり、この血管が損傷しますとね、膝より先の部分に、きちんと血が流れていかなくなるのです。細胞が生きていくのに必要な栄養や酸素が、行き届かない。そうしますとね、組織がどんどん死んでしまって、つまり、壊死《えし》を起こしてしまうのです。

このままでは、いずれ左脚は、先端から真っ黒に腐ってきます。敗血症のリスクも大きくなります。そうなれば命に関わります。

率直に申し上げて、左脚が回復する見込みは、ほとんどありません。

最後の最後、ぎりぎりまで粘って、左脚の保存的療法を施したとしても、成功率は一割にも満たないでしょう。仮に患肢《かんし》の温存に成功したとしても、かなりの長期間、ベッドから離れられなくなります。そうすると、ほかの健全な部分の筋肉が衰えたり、関節が固まったりしてしまうわけです。その上、せっかく残した左脚も、ほとんど機能しない可能性が高い。むしろ逆に、経済的な負担や社会復帰の妨げになることが予想されます。

そうなることがわかっているのに、保存療法に固執《こしつ》するのは、私は賢明なやり方だとは思いません。それよりも、左脚を速やかに切断して、義足によるリハビリをはじめたほうが、社会復帰も早められるし、麻生さんにとってもはるかに有益だと思います。

わかりますか?

医学的な見地から判断しますと、左脚は可及的速やかに切断すべきです。それ以外の選択肢はないといっても過言ではありません。

……ショックを受ける気持ちはわかります。しかしですね、できるだけ早く処置をしたほうが、予後もよくなるんですがね。

我々も、麻生さんの利益を最優先したいと思っているんですよ。それだけは、理解していただけるとありがたいんですが。

ええと……切断といっても、できるだけ大腿部は長く残しますよ。そのほうが義足にもなじみやすくなりますからね。

それから、これは切断後の話になりますが……以前は断端が癒えるまで柔らかい包帯でくるむという処置をしていたのですが、この方法ですと、リハビリをはじめるまで時間がかかるという欠点があったんです。そこで最近は、いきなりギプス包帯を巻いて、術後一週間もしないうちに仮義足をつけてリハビリをはじめることになっています。このほうが傷の回復もはるかに早いんですよ。

幻肢痛って聞いたことありませんか？　切断して存在しないはずの手足が痛むという症状なんですが、早期に義足をつけてリハビリをはじめると、この幻肢痛もほとんど出ないことがわかっているんです。

義足についても、きちんと使いこなせば、見た目には健常な人と変わらない動きができるようになっているんですよ。この分野の技術も進歩してましてね。

あ、そうだ。義足の見本があったでしょ。あれ、持ってきてよ。

ちょっと待っててくださいね。いま、お見せしますから。きっと、義足のイメージが変わると思いますよ。

……ああ、来た。これ、これ。

どうです。義足というよりも、サイボーグの脚ですよ。ロボコップみたいだっていった患者さんもいますよ。

ここを見てください。この関節。太いシリンダーが付いているでしょう。これはインテリジェント膝継手《ひざつぎて》というんですけど、歩く速度によってシリンダーの動きがマイコン制御される仕組みになっていて、膝の曲がり具合や下腿《かたい》の振り出しの速さをコントロールしてくれるんです。すごいもんでしょう。ターンテーブルを組み入れることであぐらをかくこともできるし、正座だってできちゃうんですから。いまの義足は、患者さんのライフスタイルに合わせて、各部のパーツを選べるようになってるんです。

どうです？

少しは不安が和らぎましたか?

……ああ、でも、このままではね、いずれ、切断することは避けられないんですよ。どうせ切断するのなら、早いほうが——。

あまり時間をかけると、予後にも影響するっていったはずですけど、聞いてなかったんですか? 率直にいいますけど、患肢を残す理由がないんですよ。残しても、なにもいいことがない。治療的にも、経済的にも、デメリットしかない。これは専門家の私がいうんですから、間違いありません。ね、任せてくださいよ、私に。そのほうが麻生さんの利益にもなりますよ。

……だからね、さっきから何回もいっているように、ぐずぐず先延ばしにしても、予後が悪くなるだけなんですよ。どうしてわからないのかなあ……。

先日もね、二十代の女の子がバイクの事故で右脚を切断したんですが、いまはもう気持ちを切り替えて、前向きにリハビリに励んでいますよ。いつまでも、くよくよしてませんよ。

いいですか。よく聞いてください。

切断はけっして敗北的な選択じゃないんです。新しい人生を創っていく、積極的な手段なんです。いい歳をしたあなたが、二十代の女の子に負けてどうするんですか。

ねえ、そうでしょ?

左脚の切断ということで、進めてよろしいですね?

返事をしてください。

いいですね?

あんたも、えらいことしてくれたね。うちはずっと無事故で来てたのに。あんた一人のせいで台無しだよ。バリケードの外に出ちゃいけないって、ちゃんと習ったろ? それでも二級資格者かよ。突進してくる車の前に立ち塞がるなんて、馬鹿なことしてさ。そんな車、通せばいいじゃない。事故を起こすとどんなことになるか考えなかったの？　んっとにもう、受注元にどれだけ迷惑かけたか、わかってんのかよ。工事は遅れるわ、警察に目を付けられるわ、大変なことになってんだよ。おれだって、あちこちに頭下げて回ってきたんだから。

それにさ、せっかく現場監督が休憩時間中の事故にしてくれたのに、わざわざ訂正したんだって？休憩時間中ならあんた一人の責任で済んでいたのにねえ。気を利かせろよ、ほんとに。いまからでも訂正できないの？　やっぱり自分の勘違いでしたって。休憩中の事故でしたって。事故のショックで混乱していたってことにすれば、不自然に思われないって。

な？　そうしろって。

それから、労災申請しようなんて考えるなよ。わかってると思うけど。あんたが自分から事故を起こしたようなもんだからさ。あんたの責任なんだから。これ以上、会社に迷惑かけるようなこと、しないよな。第一、うちは小さい会社だから、労災保険なんか入ってないんだよ。申請しても無駄だからね。

国保あるんだろ？　国民健康保険。ね、治療費は、国保を使えばいいから。

え、なに？

……国保、入ってないの？　ダメじゃないの、ちゃんとしないと。そりゃ、保険料を支払う余裕がないのはわかるけど……。じゃあ、治療費は？

……ぜんぜんないの？

どうすんの、これから？

切断？

ほんとかよ。そりゃあ……。

……でも、片脚じゃあ、この仕事はできないもんな。そうだろ？　うちだって、働けない人間は置いておけないもん。気の毒だけど、辞めてもらうしかないわなあ。

……いや、そんなことといわれてもさ、無理なものは無理だよ。だいたい、今回みたいな事故を起こしたってだけで、クビになっても文句はいえないんだよ。

そうだろ？

あんたもつらいだろうけど、うちもつらいんだから。でも会社が生き残るには、しょうがないんだよ。それが世の中ってもんだ。

な？

わかってくれるよな？

……そうか、わかってくれるか。ありがとう！　あんたなら、きっとそういってくれると思ってたよ。なあ、大人なんだから、お互い。

治療費のことは、なんとかなるよ。ほら、生活保護があるだろ。

うん、そうだよ。受ければいいじゃない、福祉でもなんでも。

……じゃあ、そろそろ行くわ。

あ、そうだ。忘れるところだった。

……ほら、これ。

なにって、会社からの見舞金だよ。今月分の給料と合わせて、二十万円入ってる。ふつうはこんなことしないんだけどさ、あんたはよくやってくれたし、特別だ。なあ。大したもんだよ。

ほんと、よくやった。

だからさ。

これで納得してくれや。

冗談じゃありませんよ！

労災保険は、強制保険です。パートだろうがバイトだろうが、人を雇うときには必ず入らなきゃいけないんです。労災保険に加入していないなんて、嘘ですよ。

仮にほんとうに加入していなくても、給付の申請はできます。保険に入っていない会社が悪いのであって、麻生さんが悪いわけじゃないんですから。労災認定されれば、ちゃんと給付が受けられます。その場合は、労働局から会社に調査が入って、二年分遡《さかのぼ》って保険料を徴収されるだけです。麻生さんにはなんの不利益もありません。

もちろん、故意に事故を起こしたのであれば労災認定はされませんけど、そうじゃないんでしょ？どちらかというと、不注意で事故にあわれたんですよね。まさに労災は、そういう事故に対応するためのものなんですから、利用しなきゃ損ですよ。

……そんな遠慮してる場合ですか？

麻生さんは左脚を切断するんですよ。これから一生、義足を使い続けなくちゃならないんですよ。義足一本、何十万円もするんですよ。それにパーツの耐用年数も限られているから、三年に一度はつくり直していかなきゃいけない。死ぬまでずっとです。そのお金をどうするつもりですか？

労災に認定されれば、治療費の自己負担はなくなります。義足もちゃんと支給されるし、三年ごとに更新もできます。療養中も賃金の八割がもらえるし、片脚切断となれば障害年金も出るんです。

……ちょっと計算してみましょうか。

麻生さんの日当は一万二千円ですよね。

ということは、療養のために働けない期間は、休業補償給付と休業特別給付を合わせて、一日九千六百円が支給されます。

片脚が膝上から切断となると、障害等級の第四級に相当しますから、障害補償年金は……ええと、約百五十三万円ですね。これは毎年、ずっと支給されることになります。これだけじゃないんですよ。年金ですから、さらに障害特別支給金として、二百六十四万円が受けとれます。ね？　どうです？　健康保険よりも、ずっと手厚く補償されてるんですよ。絶対に申請すべきです。生活保護を考えるのは、そのあとのことですよ。

解雇？

……ほんとに、その担当者はひどいですね。人の無知につけ込んで。

解雇なんて、とんでもないです。労災に認定されれば、ちゃんと身分保障されることになっていますから。怪我による休業期間プラス三十日のあいだは解雇されないって、労働基準法という法律に定められているんです。もっとも、いつまでもそんな会社にいるってのも考えものですけど……。

そもそも、治療費に国保を使わせようとすること自体が違法ですよ。ご存じないんですか？　労働災害の治療費で、国保や健保を使うのは違法行為になるんです。使っちゃダメなんです。その担当者も知っているはずですよ。知っていて……。ああ、もう腹が立つ。

とにかく、労災申請はしましょう。認定されれば、経済的な心配はほとんどなくなりますから。申請は簡単ですよ。専用の用紙に必要事項を記入して、提出するだけです。労災保険に加入している会社なら、労災用の用紙が置いてあるはずです。もし会社が申請用紙を渡さないといいだしたり、ほんとに保険に未加入だったりしたら、わたしが労働基準監督署に行って用紙を取ってきます。

……麻生さん、ご自分の人生がかかっているんですよ。利用できるものは利用し、もらえるものはもらっておかないと、あとで泣くのは麻生さんご自身なんですよ。

遠慮している場合じゃありませんよ、ほんとに。

パッチテストというのはですね、いろいろな材質に対する皮膚の感応性を調べるんです。

え、よくわかりませんか？

麻生さんは左脚を切断されるわけですが、その断端には、義足のソケットが長時間接触することになりますよね。このソケットはいろいろな材質でつくられているんですが、ものによっては接触性の皮膚炎を起こすことがあるんですよ。だから前もって、どの材質なら安全なのか調べておいて、麻生さんに最適な義足をつくるデータにするんです。

ちょっとお腹《なか》を出してください。腹部の皮膚は感受性が高いですからね、ここにそれぞれの材質を貼り付けておいて、皮膚が赤くなったりしないか見るんですよ。

あ、それから、麻生さんのリハビリは、僕が担当することになります。

いっしょにがんばりましょうね。


おはようございます。

昨晩はお休みになれましたか？

では、これより手術室に移動します。

第六章　再起

1

壁一面の鏡。

自分の全身と向き合うのは、久しぶりのような気がする。

それにしても歳を取った。いつしか髪の生え際が後退し、顔には皺やシミが目立つ。疎らに伸びた無精髭にも白いものが混じっている。体重はそれほど変わっていないと思うが、肩幅が狭くなり、全体的に萎《しお》れた感じがする。

身体を覆っているのは、水色のTシャツに、膝丈の短パン。丈があるのは右脚分だけで、左脚は付け根から剝き出しになっている。

その左脚。

根元から大腿部にかけて白いギプスソケットに覆われ、その下に金属製の義足が装着されていた。膝関節に当たる膝継手のパーツは、手術前に医師から見せられたマイコン制御の高級品ではなく、もっとシンプルなメカニズムのもの。あくまで訓練用なので、安価なパーツでじゅうぶんということらしい。

貴志は、両手で平行棒を摑んだまま、右脚と左の義足で立っている。両脚の間隔は肩幅の広さ。体重のほとんどを右脚に乗せているため、左の義足は床から浮きそうになっていた。

「次は、平行棒から手を離して、左脚に重心を移していってください」

背後に立った理学療法士・清水浩二の手が、貴志の腰にしっかりと添えられた。

「肩と腰は水平を保つように」

貴志は、義足に体重をかけはじめる。かけた重さがそのまま、ギプスソケットを通して断端に伝わってくる。これまで足の裏で感じていた自分の重さを、切断された脚の断面で感じ取ることになる。

一瞬、あり得ない感覚が脊髄を奔り、思わず平行棒を摑んだ。

「怖いですか?」

清水浩二の声に、黙ってうなずく。

「体重をかけたとき、断端にどういう感覚が伝わってくるかをよく憶えてください。その感覚を通して、義足をコントロールしていくんです」

頭ではわかっているが……。

「もう一度やってみましょう。さあ」

貴志は、平行棒から手を離す。徐々に左へ重心を移していく。切断面に返ってくる感触。ぞっとして鳥肌が立つ。

「がんばってください」

貴志は、歯を食いしばった。左臀部《でんぶ》の筋肉に緊張が走る。固く収縮する。それが腰全体に広がっていく。

「その感じです。いいですよ」

重心。

義足に乗る。

右脚の踵《かかと》がわずかに浮く。

「そのままの姿勢を五秒保持してください」

清水浩二が数を唱える。

「はい、ゆっくりと、元にもどしましょう」

右脚に重心をもどす。左臀部の筋肉が弛緩し、安堵《あんど》の息が漏れた。

「上出来です。こんどは僕は支えませんから、鏡を見て、身体が曲がらないように注意してやってみてください」

貴志は顔を上げ、鏡に映る部屋を眺めた。

三百平米はある理学療法室。白い医務衣を着た十名以上のスタッフのもと、大勢の患者がリハビリに励んでいる。隣の平行棒では、腰にコルセットを巻いた若い男が、一歩一歩確かめるように歩いている。リハビリ用のベッドに横たわった老人は、スタッフに介助されて、膝を曲げたり伸ばしたりしている。その横のベッドの太った中年男性は、仰向けになったまま、両手に持った細いダンベルをゆっくりと上げ下げしている。歩行器を使った訓練をしているのは年配の女性。そして自転車漕《こ》ぎのマシンを使っている白髪の男性。パジャマ姿の人もいれば、赤や青のジャージを着ている人もいる。みな真剣な顔で取り組んでいる。

「さあ、はじめましょう。麻生さん」

清水浩二が笑顔でいった。年齢は三十歳くらい。背は百八十センチ近くあるだろうか。丸顔に天然パーマらしき黒髪。チタンフレームの眼鏡をかけている。着ているものは、ほかのスタッフと同じ白い医務衣。見かけによらず声の響きが柔らかい。

「はい……」

貴志は、重心移動の訓練を再開した。

右脚から義足へ。義足から右脚へ。

最初はぎごちなかったが、何回も繰り返しているうちに、コツを摑んでくる。

「いいですね。じゃあ調子にのって、前後の重心移動もやっちゃいましょうか」

一つ一つは大した運動量ではなかったが、足腰を続けて動かすのはほぼ一週間ぶりなので、徐々に筋肉が張ってきた。

仕上げは義足での片脚立ち。

果たしてこの義足一本で、自分の体重を支えられるのか。不安が顔に出たらしく、清水浩二が、

「きょうやってきたことの延長線上にある動作ですから、きっとできますよ」

貴志は、深呼吸をしてから、平行棒に両手を添える。左の義足にじゅうぶん重心を移したところで、ゆっくりと右脚を浮かせていく。踵が離れる。しかしつま先は、まだ床に触れている。一瞬だけ離れるが、すぐ床にもどってしまう。

「鏡を見てください。身体が曲がらないように気をつけて」

曲げているつもりはないが、どうしてもまっすぐ立ててない。腰が引けてしまうのだ。

「下ろして」

貴志は右脚を床に下ろし、重心をもどした。

(……できない。怖い)

清水浩二が、貴志の前に回って腰を落とし、両手で貴志の骨盤をしっかりと摑んだ。貴志を見上げてくる。

「さあ、もう一度です」

「………」

「きっとできます」

清水浩二が笑顔を見せる。

貴志は、ふたたび深呼吸をして、義足に体重をかけていく。右脚を上げていく。踵が浮く。身体が揺れそうになったが、清水浩二の介助のおかげで体勢は崩れない。安定している。曲がっていない。

踵に続いて、つま先も床を離れた。

右脚が完全に宙に浮いた。

左の断端に返ってくる圧力。

これが自分の重み。

それを支えているのは一本の義足。

そして足腰の筋肉。

ちゃんと支えられる。

「はい、ＯＫ！　下ろしてください」

貴志は、右脚を床にもどし、義足に乗っていた体重を逃がす。心臓の鼓動が速くなっていた。

「傷口は痛みませんか？」

「……少し」

「足腰の筋肉はどうです？」

「筋肉はそれほどでも……でも、少し張った感じはするかな」

「きょうはここまでにしておきましょう。重心移動はかなりスムーズになったので、明日から独立歩行の訓練ができると思いますよ」

清水浩二が、折りたたみ式の車椅子を広げる。貴志は、アームレストに手をつき、身体を支えながら移乗した。

「次回は、独立歩行を少しやったあと、松葉《まつば》杖《づえ》の使い方をマスターします。松葉杖が使えれば院内を自由に移動できますから、気分的にはずいぶん楽になると思いますよ」

清水浩二が、車椅子を押す。周囲の光景が、スピードを得て後ろに流れだす。すれ違うスタッフから、お疲れさまでした、と声がかかる。

「きょうやった重心移動は、病室でベッドの手すりに摑まって練習しても構いませんが、松葉杖なしの独立歩行はまだしないでくださいね」

貴志は、清水浩二を見上げた。

「なぜですか？」

「自己流で独立歩行をはじめると、悪い癖がついてしまうからです。癖がついてしまうと、直すことが難しいんですよ。だから訓練の初期には、とくに気をつけないと」

「………」

「麻生さんのリハビリは、これ以上ないくらい、いいスタートを切れました。やっぱり筋肉が衰えていないから、進歩が早いんです。寝たきりの期間が長い人だと、重心移動をマスターするだけでも、二週間くらいかかっちゃうこともあるんですよ」

車椅子が理学療法室を出る。

「このあと面接があるんでしたね」

リハビリ棟から延びる廊下を渡り、外来診療棟に入った。突き当たりを左に曲がり、すぐ右手に見える部屋の前で止まる。掲げられたプレートには『医療福祉相談室』。

清水浩二がドアをノックすると、

「はーい」

と返事。

ほどなくドアが開き、白衣を着た女性が出迎えてくれた。

「麻生さん、お待ちしてました」

疋田《ひきた》朋子《ともこ》。五十代半ば。顔立ちがはっきりしていて、若いころはけっこうな美人だったのではないか。体型はちょっと太めで、豊満な胸にも迫力がある。初めて会ったときは女医かと思ったが、そうではなく、医療ソーシャルワーカーだという。医療費の支払いに関することから、医療スタッフとのトラブルの解決、退院後の行き先の調整、精神的なケアまで、ありとあらゆる問題に対処するのが仕事だそうだ。

医療福祉相談室は、十帖もないこぢんまりとした部屋だった。中央に六人掛けのテーブル。スチール製の本棚には、福祉関係の専門書もあれば、子供向けの絵本も揃っている。壁には、柔らかな色彩のパステル画。花の写真が美しいカレンダーには、赤と青のボールペンで、びっしりと予定が書き込まれている。部屋に窓はないが、正面奥にドアが一つ。

清水浩二が、テーブルまで車椅子を進めて、ブレーキレバーを引く。

「疋田先生、あとはよろしくお願いします。では麻生さん、また明日」

清水浩二が出ていく。

疋田朋子が、テーブルを回って真向かいに腰を下ろす。

「ご気分はいかがですか?」

「悪くないです」

疋田朋子が、にこりとする。

「こんなに早くベッドから起きあがれるとは思いませんでした」

「迅速な決断がよかったんだと思いますよ。脚が壊死するまで先延ばしにしていたら、関節が固まったり筋肉が衰えたりして、その回復訓練だけでも、かなりの時間が必要だったはずですから」

「それは清水先生からもいわれました」

貴志は、左脚のギプスに目をやる。迅速な決断といっても、実際は貴志の意思で決めたのではなく、担当医師に押し切られたようなものだった。

「理学療法士の清水先生は、厳しいんじゃありませんか？」

「少しだけ」

「でも人気あるんですよ、彼は」

「なんとなく、わかります。それに……」

貴志は、理学療法室での光景を思い出す。広い部屋で立ち働く、白い医務衣のスタッフたち。

「……理学療法士というのも大変な仕事だと思いました。体力を使いそうで」

「そうらしいです。なんたって『白衣の肉体労働者』っていわれてますから」

部屋に控えめな笑い声が響く。

「義足はいかがですか？　なかなか慣れないとは思いますが」

「そうでもないですよ」

疋田朋子が意外そうな顔をする。

「きょうの重心移動もうまくできたし、それほど難しくはないです」

「最初はバランスをとるのも大変だっていいますけど……きっと、麻生さんのバランス感覚が優れているんですね」

「いや、そんなことは……」

貴志は、照れ笑いをした。

疋田朋子が、眩しそうな顔をする。

「麻生さん、表情が明るくなりましたね」

「そうですか」

「入院したてのころは、魂が抜けたような顔してましたよ」

貴志は長いため息を漏らす。

「……でしょうね」

「とつぜんのことにショックを受けられたのでしょうね」

「それに、いろいろなことが重なってしまって……」

疋田朋子が、先を促すようにうなずく。

空気が沈黙する。

貴志は、急に笑顔をつくり、

「もちろん、脚を切断したり、義足になったことにショックは受けましたけど……暗いことばかり考えていても、仕方がないですから。義足になってしまった事実は、事実として受け入れないと」

「たしかに、それはそうです。でも――」

「傷口が化膿しなければ、あと十日でギプスを外して、抜糸するそうです。そのあと、あらためて型を取って、仮義足をつくるといわれました。本義足は一年くらい先になることもあるようですね。断端が成熟するまで待たなくてはいけないとかで」

これは医師から受けた説明そのまま。なにかをしゃべっていないと不安になる。

「義足のことは、もう開き直ってます。じつは、手術前に義足を見せてもらったときも、意外にかっこいいなって思ったんですよ。先生もいってましたけど、ロボコップみたいだって。最初に義足といわれたときは、マネキンの脚のような不気味な物を想像してましたからね」

貴志は笑い声を押し出す。

疋田朋子が、静かな視線を投げてくる。

「いま、いちばん気にかかっていることは、なんですか？」

貴志は少し考えて、

「治療費のことですかね」

「労災保険の給付申請書は、もう出したんですよね」

労災保険については、会社に申請用紙を要求して拒絶されたので、疋田朋子に労働基準監督署まで出向いてもらい、用紙を入手した。申請用紙には、会社に署名・捺印《なついん》してもらう欄もあったが、案の定、これも拒否された。そこで疋田朋子が労働基準監督署の担当者に事情を訴えたところ、

『その会社に在籍していたことが客観的に証明できれば、会社の証明が絶対に必要というわけではない』

との言質《げんち》を取り、貴志の銀行口座への給料の振込記録を提出することで、かろうじて申請は受理されている。

「認定されるといいんですけどね」

「きっと認定されますよ。もし認定されなかったり、支給制限された場合でも、労災保険審査官に不服申し立てをしたり、労働保険審査会に再審査を請求することができますから」

「それでもダメだったら、生活保護ですか」

「事故を起こした車のドライバーが見つかれば、向こうの自動車保険から給付が出る可能性はありますけど、まだ捕まってないんですよね?」

「連絡がないところをみると、たぶん……」

「となると、やはり生活保護しかないと思います。お兄様にこれ以上迷惑をかけたくない、ということであれば」

「兄のところにも、私立大学に通う大学生の子供がいて、経済的な余裕はないはずですから……」

実家の兄には、疋田朋子に連絡先を教えて知らせてもらった。手術の翌日には見舞いに来てくれた。

約二年ぶりの再会だった。切断した左脚を見たときは、さすがにショックを隠しきれない様子だったが、家にもどってくるように、とは、いわなかった。経済的な援助もできないと、はっきりといった。貴志も家の事情はわかっているので、金を無心するつもりはなかった。

『まったく、おまえには……』

別れ際、兄はそういって、ため息をついた。その先の言葉は、聞けなかった。

「どうしたんです？」

疋田朋子の声に、顔を上げる。

「いま、笑ってらしたでしょ」

「笑ってましたか？」

「ええ……ちょっと寂しそうに」

よく見ているな、と思った。

「なにを考えていたんですか？　よろしかったら……」

貴志は、少し言い淀んでから、

「過去の栄光っていうんですか……昔の自分と、いまの自分を比べて……なんというか……その落差に……」

疋田朋子は、黙って耳を傾けている。

「……こう見えても私は、年収二千万を稼いでいた時期もあるんですよ」

自分の口から出た言葉に、顔面が熱くなった。なぜいま、こんなことを話す必要がある？　惨めになるだけなのに。

「へえ、すごいじゃないですか！　どんなお仕事をなさっていたんですか？」

「ファンドマネージャーって、わかりますか？」

「……よくわかりませんけど、大金を扱っていそうですね」

「チーム全体で一千億円を動かしていました。私は、そのチームのリーダーだったんです」

「一千億……大きすぎてピンときませんよ」

疋田朋子が明るく笑う。

「あのころは、一億四千万のマンションを買う予定まであった。それがいまでは……」

目をとじると、理学療法室の鏡に映った自分の姿。首を小さく振って、目をあけた。

「……いや、ダメだな、いつまでも過去にしがみついてちゃ。こんな話やめます。前向きにならなきゃ、ですよね。とにかく、前向きに」

貴志は、懸命に笑みをつくってみせる。

疋田朋子の顔から、明るさが消えていた。目元に不安げな陰が射している。

「あまり、ご無理はなさらないように、してくださいね」

貴志は、頬を強ばらせて笑い、

「大丈夫ですよ、私は！」

「ご自分の素直なお気持ちを、そのまま吐き出してもいいんですよ」

「これが、いまの自分の気持ちなんです。前向きになりたいと思ってるんです、ほんとに……」

沈黙の中で見つめ合う。

疋田朋子が、諦めたように、そっと視線を外した。


医療福祉相談室から病室までは、病棟の看護師に車椅子を押してもらった。途中、トイレに寄って、小便をした。立って小便をするのは、手術後初めてだった。

貴志の病室は、A病棟二階のA２０３。四人部屋。ベッドは、真ん中の広い通路を挟んで、左右に二床ずつ。キャスター付きで、いざとなったら患者をベッドごと運び出せるようになっている。貴志のベッドは、入って左の手前側。

「どうも」

看護師に礼をいって、車椅子からベッドに移る。

「食事の時間になったら、また来ますね」

看護師は、さっさと車椅子を折りたたみ、出ていった。

各ベッドの壁に備え付けられている横型のユニットには、医療用ガスのアウトレットやアームライトが並んでいる。ベッド脇の縦長の収納棚には、娯楽用の液晶テレビや電話も設置してあるが、これを利用するには、自動販売機で売られているプリペイドカードが必要になる。歯ブラシや、食事に使う箸、肌着、タオル、スリッパ、ティッシュ、その他の細々とした日用品も売店で買い揃えなければならないのだが、会社からもらった給料プラス見舞金が手元にあるので助かっていた。

貴志の隣、窓側のベッドには、痩せた老人が目をとじて横たわっている。両目が窪み、皺だらけの皮膚はほとんど茶色。頭は黄色がかった白髪。鼻から顎にかけては、真っ白な短い髭が密生している。八十歳くらいに見えるが、実際はもっと若いかもしれない。両脚が不自由らしいが、リハビリに通っている様子はない。貴志がこの病室に移って三日になるが、雑談どころか、まだ一言も口をきいていなかった。

残りの二つのベッドには、下腿骨折の三十代の男と、脳梗塞の四十歳前後の男が入院していたが、この一両日のあいだに相次いで退院していったので、いまは空いている。

病室の窓越しに見えるのは、病院の中庭と、向かいに建つB病棟。翳りはじめた西陽《にしび》を浴びてオレンジ色に染まっていた。

夕食にはまだ間があったので、買っておいたプリペイドカードを挿入口に差し込み、イヤホンをしてテレビのスイッチを入れた。リモコンでチャンネルを替えながら、ときおり隣の老人を見やる。老人は、死んだように目をとじている。

午後六時。

夕食の時間になったので、看護師に車椅子を押してもらい、デイルームに移動した。入院患者は、可能なかぎりデイルームで食事をとることになっている。

広々としたデイルームは、明るい食堂といった雰囲気で、四人掛けのテーブルが九台、配置されていた。一人で歩ける患者たちが、すでに思い思いの場所で食べている。パジャマ姿の人もいるが、とくに女性は普段着の人が多い。

貴志の席となるテーブルは、車椅子を着けるために椅子を退《ど》かしてあった。そのテーブルに用意されている食事は二人分。

ほどなく、同室の老人が車椅子に乗せられてきて、同じテーブルの向かい側に着いた。目はあいているが、貴志を見ようとはしない。左手には、なぜか、古い型のラジカセを抱えている。看護師が離れていくと、右手にスプーンを持ち、黙々と食べ物を口に運ぶ。料理は、野菜を中心にしたクリーム煮らしい。その間も、ラジカセを離そうとはしない。

メニューは患者の症状によって決められるとのことだが、貴志にはとくに食事制限はない。きょうの貴志の夕食は、牛肉のローストに、ジャガイモと温野菜。プラスチックの食器ではなく、ちゃんとした皿に盛りつけてある。食べてみると、温かくて美味。健常者として一人暮らしをしていたころは、このようにきちんとした食事は、ほとんど口にできなかった。

ふと老人のほうへ目をやると、料理を半分ほど残して、スプーンを置いている。貴志は迷ったが、思い切って、

「ここの病院食、なかなかおいしいですね」

と声をかけた。

反応はない。

認知症なのか、あるいは耳が聞こえないのか。しかし、それなら事前に看護師から説明がありそうなものだ。

食事を終えると、各自の病室にもどったり、デイルームでおしゃべりをしたり、それぞれ好きなように時間を過ごす。老人は、きょうも一言も言葉を発することなく、看護師に車椅子を押されてA203病室に帰っていった。

貴志は、病室にもどるとき、車椅子を押してくれる看護師に、

「同室のあのお爺《じい》さん、耳が聞こえないの？」

と尋ねた。

「八十郎《はちじゅうろう》さん？　そんなことはないはずですよ。ちょっと変わってるのは事実ですけど」

なにがどう変わっているのか、聞き出す前に病室に着いた。

老人のベッドの周囲には、すでにカーテンが閉めてあって、中の様子は見えない。

貴志は、共用の洗面台で歯を磨いたあと、テレビを観て時間を潰した。

消灯は九時。

看護師が、

「お変わりありませんか？」

と確認しながら病室を回り、照明を落としていく。

貴志も、カーテンを引き、横になる。

眠くはなかった。

冴えた目を暗い天井に凝らしながら、きょう一日の出来事を思い返す。

午前の回診のときにドレーンを抜かれた。ようやく解放された気分だった。

午後から初めてのリハビリを経験し、義足での第一歩を踏み出した。思ったよりうまくいった。

そのあとは医療ソーシャルワーカーとの面接。きょうで三回目。定期的な面接を通して、今後の社会復帰に向けてサポートしてくれるという。

『ご自分の素直なお気持ちを、そのまま吐き出してもいいんですよ』

貴志は、ベッドの上で、上半身を起こした。

カーテンに守られた、狭くうす暗い空間。だれの目もない。だれの耳もない。自分の呼吸音だけが、反響している。

左手を、そっと布団の下に忍ばせる。左脚の付け根。指先が硬いギプスソケットに触れる。そこから下に、指を滑らす。ざらざらとした石膏《せっこう》の手触りが返ってくる。大腿をなぞっていた指が、急カーブを描いて落ちる。その先にあるのは、冷たく硬い金属。機械の膝関節。

涙が出てきた。あとからあとから溢れて、止まらない。こぼれ落ちていく。嗚咽が漏れそうになる。手を口に当て、声を押し殺して、貴志は泣いた。

2

歩く、という単純な行為を成立させるためには、左右それぞれの脚が、八つの動作を正確にこなさなくてはならない。

まず、前に踏み出された脚の踵が、地面に落下して着地する。このとき、踵以外の足底は、まだ浮いている。

身体が前方に移動するにしたがって、残りの足底も地面にぴたりと接する。

さらに身体が進むと、踏み出された脚の真上を重心が通る。このとき、全体重をこの一本の脚が支えることになる。

そして踏み切り。足腰の筋肉が推進力を発生させ、踵が地面を離れる。

続いて、つま先が離れる。これで脚は踏み切りを完了し、地面から浮く。

いったん空中に浮いた脚は、重力によって加速しながら、前方への振り出しを開始する。このとき、地面への衝突を避けるため、膝は曲がっていなくてはならない。

加速されてスピードに乗った脚は、身体の真下を振り子のように通り過ぎる。

前に振り出された脚は空中で減速し、制止する。このとき、膝は伸びている。

そしてふたたび地面に落下し、踵が着地する。

この周期を、左右の脚が交互に繰り返すことにより、初めてスムーズな歩行が得られる。健常者であれば、なにも考えずとも、自動的に身体が動いてくれる。しかし、義足という異物を抱え込んだ貴志は、この一連の動作をもう一度、自分の身体に憶え込ませなければならなかった。けっして若くはない身体に。

「ぶん回しになってますよ！　義足を外側に振り回さないように」

清水浩二の声が飛ぶ。

「義足の膝を曲げることを怖がらないで。余計な力を抜いてください。重力にまかせて、身体の真下を通るようにするんです。振り出しがちゃんとできれば、膝は自然に伸びます。中途半端なところで接地するから、膝折れが起きて転ぶんですよ」

すでに断端の傷は癒え、ギプスも外れていた。いま左脚に装着されている義足は、シリコンライナーの上からサーモプラスチック製のソケットを被《かぶ》せ、ベルトで締めつけて装着させるタイプのもの。ただし、これもあくまで訓練用の仮義足である。断端は今後も半年から一年ほどかけて痩せていくので、その変化が終焉《しゅうえん》するまでは本義足の作製に取りかかれない。

「そうです！　いまのはよかったですよ。そう、鏡を見ながら。ね、きれいに歩けてるでしょ！」

しかし一瞬でも気を抜くと、とたんに異常歩行にもどってしまう。それにしても、歩くというそれだけのために、これほど複雑で精密な動きが必要だったとは……。

しかも、このリハビリの目的は、歩けるようになることだけではなく、あくまで日常生活に復帰すること。そのためには、独立歩行に加えて、椅子での立ち座り、床での立ち座り、階段昇降、斜面昇降、障害物の乗り越え、排泄《はいせつ》動作など、まだまだ習得しなければならないことがたくさんある。

「いかがですか？　新しいソケットの具合は？」

声に振り向くと、清水浩二の隣に、小松田寛人《こまつだひろと》が立っていた。あどけなさが残る顔と紺色のスーツ姿に、社会人三年目の初々しさが香っている。

「快調だよ」

貴志は、精一杯の快活を装って答える。実際、ギプスソケットよりも安定している感じがして、装着感も悪くない。

小松田寛人は、義肢装具メーカーの営業担当で、週に二回、この病院に来ている。営業といっても、義肢装具士の国家資格も持っており、注文を取るだけでなく、ソケットの型取りを行ったり、出来上がった製品を患者に合わせたりもしている。

「麻生さん、小松田君に格好いいとこ見せてあげてくださいよ」

貴志はうなずいて、脚を踏み出す。両手を均等に振り、歩幅も左右同じように取り、膝を曲げて、義足にしっかりと体重をかけ——。

「あっ」

体重をかけた拍子に義足の膝関節がガクッと折れ、貴志は勢いよく転んだ。

「大丈夫ですか！」

清水浩二と小松田寛人が駆けつけてくる。

貴志は、上半身を起こし、身体を調べる。妙な痛みや痺れはない。

「……なんとか」

蒼白になっている小松田寛人とは対照的に、清水浩二の顔には余裕の笑み。

「いいですよ。怪我をしない転び方を学ぶのも、大切な訓練です」


ここ二週間で、A203病室にも新たな患者が入院してきた。

空いていた二つのベッドのうち、窓側に入ったのは二十代半ばの男。階段から落ちて足首を骨折したという。すでにプレートとボルトによる固定手術を終え、松葉杖で歩けるようになっていた。会社勤めらしく、同僚や上司が頻繁に見舞いに来る。明るい性格のようで、いつも歯を見せている印象がある。

もう一人は、貴志と同世代の男性。頭頂部の髪がうすく、眼鏡をかけ、一日中気難しそうな顔をしている。一人で歩くことはできるようで、一見したところでは、どこが悪いのかわからない。奥さんらしき女性が毎日来ているが、男は命令口調で一方的に指示するだけ。貴志は、若いほうの男とはときどき言葉を交わすが、こちらの威張った男とは、挨拶以外ほとんど話をすることがない。

話をしないといえば、隣の老人も相変わらずだった。

病室入口の壁に掲げられたネームプレートでは、この老人の名前は『駒沢八十郎』となっている。が、本名ではない。

看護師から聞いた話によると、この老人は元ホームレスで、上野公園から日比谷公園、駒沢公園などを転々としていたらしい。それが、コンクリートの上で尻餅をついたのをきっかけに、足腰が少しずつ動かなくなり、とうとう立てなくなって、救急車で運ばれてきたという。

ところが、病院で聞かれても、出身地や年齢はもちろん、名前もいわない。名前がないのでは治療する際も不便だし、生活保護の申請もできないので、仮の名前として付けられたのが『駒沢八十郎』というわけだ。

ちなみに名付け親は、医療ソーシャルワーカーの疋田朋子。なぜこの名前にしたのかというと『だって八十歳くらいに見えたから』。ふざけているのかと思ったら、名前から本人をイメージしやすいため、ほかの患者と誤認するリスクを減らすことができて、意外に実用的なのだという。

本人がこの仮名をどう思っているのかは、わからない。入口のネームプレートは患者が希望すれば外せることになっているので、それがいまでも掲げてあるということは、案外気に入っているのかもしれない。

これも疋田朋子から聞いたのだが、やむなく仮名を付けられる患者は、少なくないらしい。とくにホームレスのような人は、救急車で担ぎ込まれてきても、名前をいわないことが多いようだ。身元がわかるようなものも、まず身に着けていない。駒沢八十郎の場合も、所持品といえるものは例の古いラジカセだけだった。

そのラジカセだが、よほど大切なものらしく、病室では収納棚のテレビの横に立ててあるが、病室を出るときは肌身離さず持っていく。ただし、使っているところは見たことがなく、動くかどうかも怪しいと、貴志は思っている。なにしろモノラルで、CDプレーヤーも付いていない年代物なのだ。

リハビリを終えた貴志は、松葉杖をついて病室にもどった。理学療法室以外の場所で転倒すると大怪我に繋がりかねないので、移動するときはまだ松葉杖を使っている。ただ、あまり杖に頼りすぎると、回復が遅れるのでよくないらしいのだが。

老人のベッドは空だった。ラジカセも見あたらない。トイレにでも行っているのか。

新入りの若い男の姿もない。彼は、松葉杖で歩けるようになってから、病室にいることのほうが少ない。デイルームや一階の喫煙所、ナースステーションなど、あちこちに顔を出しているらしい。さっきも、廊下で看護師に冗談をいっているところを見かけたばかりだ。

気難しそうな中年男は、きょうも布団を被って寝ている。彼を見舞う人間は、奥さん以外にはいないようだ。その奥さんとも、じつは離婚話が進んでいるらしいと、噂好きの看護師がいっていた。そういう事情を知ったせいか、貴志はこの男を見るたびに、身につまされる思いがする。

貴志はベッドに腰かけ、ソケットのベルトを弛めた。ギプスソケットのときは自分で着脱できなかったのだが、新しい仮義足になって、ようやくそれが可能になっている。

サーモプラスチック製のソケットを外し、断端をぴっちり包んでいたシリコンライナーを脱ぐと、異形の大腿が姿を現した。長さは膝上までしかなく、先端は弾丸のような流線形。外気に触れた瞬間、ひやりとした。シリコンライナーは、たしかに良好な密着感を得られるのだが、汗の量も半端ではない。ライナーの底に汗だまりができるほどだ。小松田寛人の話では、皮膚が慣れてくると汗も出なくなるらしいが。

貴志は、汗にまみれた断端をまず濡《ぬ》れタオルで拭き、そののちに乾いたタオルで押さえる。皮膚のケアをしっかりしておかないと、たちどころに炎症を起こしてしまう。シリコンライナーも裏返して、付着した汗を念入りに拭い取った。

一息ついてテレビを観ていると、老人が車椅子で帰ってきた。例によって、あのラジカセを膝の上に抱えている。ベッドに移るときも手放さないので、看護師も介助しにくそうだった。

看護師が車椅子を折りたたんで出ていくと、老人はいつもの場所にラジカセを立てかけようとする。貴志はテレビのスイッチを切り、イヤホンを外しながら、老人の背中に声をかけた。

「そのラジカセ、いつも持ってますね」

老人の手が止まった。

ゆっくりと、貴志を振り返る。

老人が貴志の言葉に反応したのは、初めてではないか。

貴志は、奇妙な興奮を感じながら、

「大切なんですね、そのラジカセ」

老人が、窪んだ両目を眇める。

「あのな、にいちゃん……」

やや不明瞭《ふめいりよう》で、聞き取りづらい声。

「こいつは、ラジカセじゃねえ」

「……?」

「これはな」

老人の顔に、ぞっとするような笑みが浮かぶ。前歯がなかった。

「爆弾だ」


デイルーム。

きょうの夕食メニューは、白身魚の野菜あんかけ。これに味噌汁とナムル、漬け物が付いている。

老人は、いつも左手に抱えていたラジカセを、きょうはこれ見よがしにテーブルの上に載せていた。

もちろん、本物の爆弾であるはずはない。そんなものを病院に持ち込めるわけがないし、そもそも、ホームレスの老人がどうやって爆弾を入手できるというのか。

だが、想像を逞《たくま》しくすれば、いろいろと可能性を探ることはできる。たとえば、この老人は元過激派のメンバーで、爆弾のエキスパートだったとか……。

（馬鹿馬鹿しい！）

あのラジカセが爆弾などと、冗談に決まっている。でなければ、老人の頭がいかれてるかだ。

それでも、貴志自身が、老人の言葉に興味を惹かれているのも事実だった。もしかしたら心の奥底では、あれが本物の爆弾であればいいと思っているのかもしれない。なぜそんなことを願わなければならないのか、自分でも説明できないが。

老人は、貴志のことなど眼中にない様子で、スープ仕立ての料理を口に運んでいる。貴志は、適当に箸を動かしながら、何気ないふうを装って、

「あの……」

貴志の呼びかけに、老人が顔を上げた。これまで無反応だったことを思えば、大きな変化だ。

「さっきの話、ほんとうなんですか？」

「……ああ？」

老人の口から、キャベツの切れ端が垂れ下がっている。震えるように揺れている。

貴志は声を落として、

「そのラジカセが、爆弾だって」

「嘘じゃねえよ。正真正銘の爆弾だ」

冗談をいっているようには見えない。となると……。

これは、あまり深入りしないほうがいいかもしれない。

「ただの爆弾じゃねえぞ」

「……というと？」

「核爆弾だ」

老人が、垂れ下がっていたキャベツの切れ端を、上唇を伸ばして口の中に引きずり込んだ。もぐも

ぐとやりながら、

「テロリストが落としていった、核爆弾なんだよ。ほら、ここに赤いボタンがあるだろ。これを押したら、東京だけじゃねえ、この世界がまるごと吹っ飛ぶんだ。わかるか？　世界がまるごと吹っ飛ぶんだぞ」

老人が、窪んだ両目で睨んでくる。

「信じてねえな」

「いや……」

「証拠を見せてやる」

老人が、ラジカセの赤いボタンに指を置く。たぶん録音ボタンだろう。

「いま押すんですか？」

「そうだ」

「……いいんですか？」

「証拠が見たいんだろ？」

「爆発するんでしょ？」

「怖いか？」

「……本物なら」

「本物だよ」

「ここにいる人たちも死んじゃいますよ」

「ここだけじゃねえ。世界がまるごと吹っ飛ぶんだよ」

「………」

「悪くねえ話だろ？　な？　みんな死んじまえばいい。こんな世界、なくなればいい。な？」

どういうわけか、貴志の神経が緊張しはじめていた。ガラクタ同然のラジカセのボタンを押すくらいで、なぜこんなに心臓の鼓動が激しくなるのだ？　俺は、呆《ぼ》け老人の戯言《ざれごと》を真に受けているのか。

「いくぞ……いいか？」

貴志は、唾を飲み込んだ。努めて平静に、

「いいですよ」

老人が、にやりとする。

「十、九――」

ご丁寧にカウントダウンをはじめた。

「――八、七、六、五、四――」

貴志の箸は、完全に止まっている。

「――三、二、一……ゼロ」

老人が大げさな身振りで、指に力を込める。

貴志は息を詰める。

しかし老人の指は、赤いボタンを押さない。上にぴたりと添えられたまま、微動もしない。

凍りついたような数秒。

やがて老人が、何事もなかったかのようにボタンから指を離し、スプーンに手を伸ばす。貴志を無視して、食事を再開する。

（なんだ……）

拍子抜けした貴志は、詰めていた息をそっと吐き、箸を動かしかけた。その瞬間。

「どかーんっ！」

老人が大声で叫んだので、貴志は肝を潰して、

「ひえっ」

と、みっともない悲鳴をあげた。

老人がスプーンを放り出し、テーブルを叩いて笑いだす。

「ひゃはははははっはははは、ひひひひひっひひっひひひひひっひひ」

下卑《げび》た笑い声がデイルームに響き渡る。

貴志は、周りの視線を感じて、うつむいた。上目遣いに、老人を睨みつける。

老人は笑い続けている。

大きな口をあけ、腹を抱え、目に涙さえ滲ませて、笑っている。

3

「事故か？」

朝、貴志が義足を装着しようとしていたとき、隣のベッドから声がした。老人が上半身を起こした状態で、貴志の剝き出しの断端に、無遠慮な視線を浴びせていた。

「ええ、まあ……」

貴志は、おざなりに答えて、シリコンライナーを手に取る。ペニスにコンドームを着けるときと同じ要領で、空気が入らないようにぴっちりと被せていく。

「若いのに大変だな」

「若くはないですよ」

「いくつだ？」

「四十八歳……だったかな」

年月の感覚があやふやで、自分の年齢に確信が持てない。

「若いよ。洟垂《はなた》れ小僧だ」

貴志は、軽く愛想を返しながら、義足のソケットを断端にはめ込む。ライナーの先端からピンが突き出ているので、そのピンをソケットの底にある孔《あな》に通し、固定するのだ。ソケットのベルトを締めつけてから、ベッドから立ち、歩いてみる。義足の向きが少しずれている。

「工事現場か?」

「道路工事。でも僕は警備員で、交通誘導をやっていて、それで車に……」

老人が顔を顰めた。

「警備員はやったことねえけど、道路工事は何度もやっているから、大変さはわかるよ。あぶねえよな」

貴志は、ソケットのベルトを弛め、締め直す。向きを調整し、もう一度歩いてみる。さっきよりもよくなった。こんなものでいいだろう。

「おれは、建設現場で腰をやったことがある。足場から落ちたんだ」

貴志は、顔を上げて老人を見た。

「まだ若かったから、治りも早かった。退院して、すぐ仕事にもどった。それが拙《まず》かったんだろうな。この歳になって、この様《ざま》だ」

そういって、自分の両脚をさする。

「リハビリには行かないんですか?」

「行ってもムダ」

「そんなことは――」

「医者からそういわれた。もう一生歩けない。あとは施設に入って、お迎えが来るのを待てとさ。ひひっ」

いくらなんでも、そこまでいわないだろうが、老人にはそう聞こえたのかもしれない。

「この脚をぶった切って、あんたみたいな義足を着けたら、また歩けるかもな」

冗談とも本気ともつかぬ顔でいう。

貴志は、返答に困り、時計に視線を逃した。

「そろそろ朝食の時間ですよ」

タイミングよく、廊下から配膳車の音が聞こえてきた。

同室の若い男が、ベッドから下りて松葉杖を手に取り、

「さあ、メシだメシだ」

と歌うようにいいながら、廊下に出る。

中年男も、仏頂面で部屋を出ていく。しかし、この男がデイルームで食事をしているところを見たことはない。きょうも食器を載せたトレーを手にもどってきて、ベッドのサイドテーブルに置いた。

「おはようございまーす」

看護師が入ってきた。車椅子を押している。

「八十郎さん、朝ご飯に行きますよ」

老人が、介助されて車椅子に移乗し、デイルームに向かう。貴志も松葉杖をついて、老人のあとを追い、同じテーブルに着いた。

きょうの朝食は、大豆と刻み昆布の煮物、ゆで卵、おひたし、味噌汁、そして牛乳。老人の席にも、同じ物が用意されていた。

貴志は、まずゆっくりと牛乳を飲む。

「メシ食う前に、よくそんなもん飲めるな」

老人が呆れたようにいう。

「喉が渇いてたら、食べにくいじゃないですか」

「味噌汁がある」

老人が、味噌汁を一口飲む。舌鼓を打ち、目を瞑って、

「ああ」

と感極まった声を漏らす。

「味噌汁は最後ですよ」

「それがわからねえ」

老人が、おひたしとご飯を口に運ぶ。くちゃくちゃと咀嚼しながら、

「若いころから、ずっと警備員やってたのか？」

「そういうわけじゃ……」

貴志も、ゆで卵の殻を剝きながら答える。

「なにしてた？」

「…………」

「もったいぶらずに、いえよ」

「ファンドマネージャー」

「……はぁ？」

「顧客から資金を集めて、それを株式で運用する仕事です」

老人が、しばらく虚空を睨んでから、

「ああ、株屋か」

貴志は、ゆで卵を齧ってうなずく。株屋というと証券マンを指すことが多く、厳密にはファンドマ

ネージャーとは異なるのだが、それをここで説明してもはじまらない。

「なんで株屋が警備員に？」

「いろいろあって……」

「いろいろじゃわからん」

貴志は、さすがにむっとして、老人を睨んだ。

老人は臆する様子も見せず、

「要するに、会社を辞めたんだろ？　リストラ？」

「そうじゃなくて……」

「自分から辞表を叩きつけた？」

「というか……」

「はっきりしろよ」

貴志は、憤然と鼻息をつく。

「いいじゃないですか、どうだって」

老人が、恨みがましい目で貴志を見つめ、

「けち」

貴志は無視して、食事を続ける。

大豆と刻み昆布の煮物。病院食だけあってうす味。大豆の風味が豊かで、意外にいける。

ふいに、ミチルの顔が脳裏を過ぎった。

彼女の店に一人で行ったとき、最初に食べた料理がこれだった。味は憶えていないが、沁みるようなうまさは印象に残っている。

（ミチル……）

ひどい仕打ちを受けたはずなのに、憎悪を感じていないのが不思議だった。考えてみれば、これまでの人生の中で、ミチルと逢瀬を重ねていたころほど情熱的に過ごした日々はなかったのではないか。生きているという実感に浸れた日々はなかったのではないか。たとえそれが、独りよがりの幻想であったとしても。

（いまごろ、どうしているか）

元気でいるのか。店は続けているのか。あの男と、まだいっしょにいるのか。たまには俺のことを思い出してくれているのか……。

「にいちゃん。いま、女のこと考えてるだろ？」

驚いて老人の顔を見た。

「やっぱりな。目を見りゃわかる。ひひっ」

貴志は、ただでさえ儚い思い出を踏みにじられた気分になり、音をたてて味噌汁を啜る。

「別れた女房か？」

「違います」

なぜか馬鹿正直に答えていた。

「女房いたんだろ？」

「いましたよ」

「じゃあ、女房以外に女が？」

「そういうことになりますね」

老人が、ふええ、と感嘆の声を漏らす。

「やるねえ、にいちゃん。でも、いまは独り身なんだよな。離婚した？」

「ええ……」

「浮気がばれた？」

「まあ、そんなとこです」

「修羅場になって、そのせいで会社も辞めさせられた？」

「違います！」

会社を解雇されたせいで離婚したのだ。

（くそっ）

思い出したくないことまで思い出してしまった。

貴志は、また味噌汁を啜る。

「そう怒るなや」

「怒ってませんよ」

「怒ってるよ。頭から湯気が上がってる。ひひっ」

貴志は、茶碗に残っていたご飯をかき込み、味噌汁で飲み下した。

「お先に」

老人を残して、病室に帰った。


午前の回診が終わったあとは、松葉杖をついて医療福祉相談室に向かった。

ドアをノックすると、疋田朋子がいつもの笑顔で、

「麻生さん、お待ちしてました」

と出迎えてくれる。

この日の面接も、リハビリの進捗状況の報告からはじまった。

「まっすぐ歩くだけなら、松葉杖なしでも、けっこうスムーズに歩けるようになりましたよ」

「がんばってますね。麻生さんはリハビリにも熱心に取り組んでいるって、清水先生もおっしゃってましたよ」

こういう一言が、さらなるやる気を刺激してくれる。おそらく疋田朋子は、それを承知で言葉を発しているのだろう。話しやすい雰囲気をつくるのも巧く、この部屋でならどんなことを話してもいいのだ、と思わせてくれた。

貴志は、その雰囲気に甘えて、大きなため息をついてみせる。

「どうしたんです？」

「八十郎さんには、まいりましたよ」

あの老人も、週に一度は、疋田朋子の面接に通っている。退院後の行き先について相談しているらしい。

「八十郎さんが、どうかしたんですか？」

貴志は、朝食のときの一件を話した。

「ほかの人が周りにいるのに、大声で根掘り葉掘り。極まり悪いったら……」

「でも、八十郎さんが自分から話しかける人って、いままでいませんでしたよ。麻生さん、ずいぶん気に入られてるんですね」

「なんで僕を……」

ふと、左脚を切断しているせいかもしれない、と思った。切断した脚は、時間をかけても元どおりになることはない。永遠に欠損した身体とともに生きていかなくてはならない。だから同情されているのか。だとしたら、いい迷惑だ。ホームレスから憐れみを受ける義理はない。やるせなさに怒りが込み上げてくる。

「まったく、あの爺さんは、いつもラジカセを手放さないですよね。あれ、なんなんですか？　あんながラクタを持ち込んで、規則違反でしょう」

これはもう八つ当たりだな、と自分でも思ったが、怒りの火は抑えられない。

「面接のときも持ってきますよ。とても大切そうに」

「爆弾だっていってましたよ。テロリストが落としていった核爆弾だって。どこにそんな間抜けなテロリストがいますか」

疋田朋子が笑う。

「わたしも聞きました。赤いボタンを押したら、世界をまるごと吹き飛ばせるって」

「呆けてるんですよ」

貴志が吐き捨てると、

「そうは思いませんけど」

やや挑発的な口調が返ってきた。

「あれが本物の爆弾だとでも？」

「そうじゃなくて……」

貴志は、鼻息をついて腕組みをする。

疋田朋子が、少し困った顔をして、

「……あのラジカセは、八十郎さんにとって『ライナスの毛布』じゃないかと思うんです」

「？」

「聞いたことありませんか？」

貴志は首を横に振る。

「『ピーナッツ』ってアメリカの漫画は？」

「それなら知ってます。スヌーピーが出てくるやつですね」

「その漫画の登場人物に、ライナスって男の子がいるんですけど、その子が、お気に入りの毛布を片時も手放さないんです」

「それが『ライナスの毛布』？」

「彼は、その毛布を持っていると安心できるんです。だから、毛布が見あたらなくなると、不安になって泣きだしてしまう。子供って、そういうところがあるじゃないですか」

「……そういえば、僕も小さいころ、寝るときに古着の切れ端を握りしめていた記憶がありますけど」

「英語ではセキュリティ・ブランケットっていうそうです。まあ、いってみれば、親の代用品ですね」

「親の……？」

「赤ん坊は、親に抱っこされていると、よく眠りますよね。なぜだと思います？」

「……安心できるから」

「そうです。自分は守られていると確信できるからです。でも大きくなると、赤ん坊のときのように、いつも抱っこしてもらえるわけじゃない。だから、親の気配を感じさせるなにか、それが『ライナスの毛布』になるわけですけど、それに触れることで、抱っこされていたころの感覚を呼び覚ますんです。そうすれば、親に守られているような気分になって、安心できる」

なんとなく理解できる。

「八十郎さんにとってあのラジカセは、親の代わりではないにしても、なにかしら安心感を与えてくれる物になってるんじゃないでしょうか」

貴志は、芷田朋子の言葉を反芻《はんすう》した。

しかし、最後のところだけは、しっくりこない。

「僕は、ちょっと違うような気がします」

疋田朋子が、おもしろがるような表情になって、

「伺いましょう」

貴志は、一つ咳払《せきばら》いをして、

「八十郎さんは、あのラジカセを爆弾だっていってるんですよ。安心どころか、不安を与えてるじゃないですか」

疋田朋子が、うなずく。

「たとえば……そうだな……」

貴志は、考えを巡らす。『ライナスの毛布』のような具体例が、どこかにないだろうか。漫画、小説、映画……。

「そうだ。黒澤明の『用心棒』という映画、ご存じですか？」

「タイトルだけは……」

「幕末の宿場町を舞台にした時代劇なんですけど、その映画に、ピストルを持った卯之助《うのすけ》というヤクザが出てくるんです。たしか、仲代達矢が演じてました。江戸時代のことですから、ピストルを持っているのは卯之助だけです。周りの人間も、ピストルを持っているというだけで、卯之助に一目置くんです。卯之助は卯之助で、ことあるごとにこのピストルを見せびらかしたり、威嚇《いかく》射撃をしたりします。最後は、三船敏郎の演じる侍に斬《き》られてしまうんですけど、地面に倒れて死んでいくとき、三船敏郎の侍に最後の頼みごとを一つするんです。ピストルを自分の手に握らせてほしいと。それがないと、裸になったみたいで、冥土《めいど》までの旅ができないといって」

疋田朋子が、考えるような顔をしてから、

「つまり、八十郎さんのラジカセは、『ライナスの毛布』ではなく、『卯之助のピストル』だと？」

「卯之助は、自分の無力さに気づいていたんです。でもそれを隠すために、ピストルという絶対的な力を手に入れ、執着した。だから、そのピストルが手元にないと、無力な姿が晒されたように感じてしまう。結局、八十郎さんもそうでしょ？　卯之助と同じように、自分の力を誇示することによって自分を認めさせようとしているわけですよ」

「でも、『卯之助のピストル』はほんとうに人を殺せますけど、八十郎さんの爆弾は爆発しません。あくまで本人の創り出した虚構ですよね。そういう意味では、『ライナスの毛布』に通じるんじゃありません？　あれも所詮は、ただの毛布なんですから」

貴志は言葉に詰まる。

「たしかに八十郎さんも、自分が無力な存在だということは痛感してると思います。もっと若ければ、未来に夢や希望を持てるけれども、八十郎さんの年齢になれば、それも難しい。だからといって、夢も希望もない現実をそのまま受け入れることは、とてもつらいんじゃないでしょうか」

「それはそうでしょうけど……」

「自分はいつでも爆弾を爆発させられる、それだけの力を持っている。そういう突飛な幻想に縋《すが》ることで、残酷な現実となんとか渡り合おうとしている。かろうじて、いまを生きようとしている。けっして、自分の力を誇示して、自分を認めさせようとしているわけじゃないと思いますよ。それに……」

疋田朋子が、ふっと息を抜いて、

「……多かれ少なかれ、みんな、そういう部分ってあるんじゃないでしょうか」

真剣な眼差しを、貴志に向けてくる。

「たしかに、『卯之助のピストル』のような力を手にすれば、一時的にせよ、自分の拠《よ》り所にできるし、自分が大きな存在になったような気分にもなれます。でも、卯之助がそうだったように、いつかはそれが幻想だと思い知らされ、自分自身の無力さに打ちのめされるわけですよね」

貴志は、強烈な既視感に囚《とら》われていた。この感覚。どこかで味わったことがある。どこかで……。

「しかも、その『卯之助のピストル』ですら、だれもが手に入れられるわけじゃない。『ライナスの毛布』のような、薬にも毒にもならない幻想を握り続けるしかない人も、大勢いるんです。だからといって、そうやって懸命に生きている人たちを責めることは、だれにもできないんじゃありませんか？」

感情が異様に波立ってきた。貴志は狼狽えた。自分の中で、なにかが起こっている。いったい、どうしたというのか……。

「だから、麻生さん……」

疋田朋子の目が一瞬、潤んだような気がした。

「……許してあげてください」

その言葉を聞いた瞬間、決壊した。胸が熱くなり、涙が溢れてきた。なぜだ？　理由がわからない。しかし、止められない。

疋田朋子が、不思議そうに貴志を見る。

「麻生さん……どうされました？」

貴志は堪えきれなくなり、両手で顔を覆った。


病室にもどると、老人の姿がなかった。またトイレかと思ったが、なかなか帰ってこない。週二回の入浴だろうか。

若い男もいない。こっちはリハビリに行っているのか。

中年男は、布団を被り、相変わらず殻に閉じこもっている。この男も、自分の無力さを噛みしめているのかもしれない。

貴志は、病室の窓辺に立って、中庭を見下ろした。雲が出ているせいで、日射しはない。木の葉の揺れ方を見ると、ほどよい風が吹いているようだ。散策している入院患者も何人か。看護師に車椅子を押してもらっている人もいる。よく見ると、膝にラジカセ。

あの老人、駒沢八十郎だった。

やけに小さく見える。看護師がなにか話しかけているようだが、老人は表情の乏しい顔を前に向けているだけ。返事をしている様子はない。

老人が、顔を上げた。こちらを見たような気がした。

貴志は、軽く手を振る。

しかし老人は、無反応のまま、顔をもどした。

4

老人が、遠くを見るように、目を細めた。優しさと、寂しさと、哀愁が混じり合ったような眼差し。ミチルのことを考えていたとき、自分もこういう目をしていたのだろうか。

「いるんですね。忘れられない女性」

老人の顔に、照れが過ぎる。

「ああ、いるさ」

昼下がりのデイルーム。

ほかの患者たちは、とうに昼食を食べ終え、それぞれの病室に帰っていた。残っているのは、貴志と老人だけ。食器はすでに返却し、お茶を注いだ湯飲みと、あの古いラジカセだけが、テーブルに載っている。

「話してくださいよ」

「昔の話だ」

「いいじゃないですか。僕だって話したんだから」

老人が、黙り込む。話すことを拒否しているのではなく、遠い記憶を整理しているように、貴志には思えた。

「……その女と出会ったのは、おれが二十歳そこそこのときだった」

老人が、落ち着いた声で、ゆっくりと話しはじめた。


おれが生まれ育ったのは、山奥の田舎でな。時代も時代だったから、村全体が貧しかったよ。長男以外の男は、中学を出たらすぐに故郷を離れて、街で就職するのが当たり前だった。だから、おれもそうした。昔からホームレスだったわけじゃねえ。ちゃんと会社勤めしてたころもあったんだ。

鞄を作る会社だったよ。おれは、そこの工場に入った。工場といったって、いまみてえになんでも機械がやってくれるわけじゃねえ。革職人が一つ一つ、手仕事で作ってた。もちろん、新入りがすぐに作れるわけはねえから、最初は見習いだ。先輩のやり方を見て、真似て、失敗しながら、覚えていったさ。

仕事はおもしろかったよ。やりがいもあった。先輩は厳しかったけどな。初めて自分で鞄を完成させたときは、そりゃあうれしかったさ。ようやく一人前になれた気分でさ。後輩もできて、少しずつ自信も付いてきたころに、その女に会っちまった。

工場長の奥さんだった。
二十六、七じゃなかったかな。工場長は五十に手が届いてたはずだから、ずいぶんと若い嫁さんもらったもんだよな。育ちもよさそうで、上品で、着物のよく似合う人だったよ。工場長の家で新年会があって、そのときに初めて会ったんだが、おれは一目見るなりぽうっとなっちまってさ、挨拶もろくにできなかった。女優の香川京子って知ってるか？　彼女にちょっと似てたな。とにかく、いい女だった。

その奥さんが、工場に来たことがあってさ。なんの用だったのか忘れたけど、まあ、旦那に忘れ物でも届けに来たか、そんなんじゃねえかな。で、あろうことか、おれが彼女を車で家まで送ることになっちまったのさ。工場長の車を使ってさ。いつもは工場長専用の運転手がいるんだけど、ちょうど子供が怪我をしたとかで、休んでたんだよな。そこで、運転できるおれの出番になったわけだ。

もちろん、うれしかったけど、おっかなくもあったな。なぜって、おれはそんないい女と口をきいたことがなかったからさ。せいぜいが飲み屋の女だ。だいたい住む世界が違うだろ。

その日の彼女は、赤い洋服を着てた。ワンピースっていうのかな。白い帽子を被って、いい匂いがして。こっちはハンドル握りながら、くらくらしそうだった。

運転してるとさ、ときどきバックミラーで後ろを見るだろ。そうするとさ、彼女もこっちを見てるんだよ。じいっとさ。で、こっちは、あわてて前を見る。少ししてから、またバックミラーを見ると、やっぱり彼女がおれを見てる。でも、なにも話しかけてこない。気になって仕方がないけど、こっちから話しかけるのも失礼だと思ったから、黙ってたよ。そのくらいの礼儀は弁《わきま》えてるつもりだった。

おれは緊張しっぱなしで、なんとか工場長の家まで辿《たど》り着いたさ。高台にある大きな家だったよ。庭に芝が植えてあったな。

で、おれが帰ろうとしたら、彼女がいうのさ。主人に届けてほしいものがあるから、部屋まで取りに来てくれって。それなら工場に来るときに持ってくりゃいいのにって思ったけど、大きな荷物かもしれないし、まあ、いわれるまま家に上がり込んだ。案内された部屋は、どうやら、夫婦の部屋だったんだな。大きなベッドが置いてあった。そうしたらさ……。

彼女、いきなり背を向けて、服を脱ぎはじめた。そりゃ驚いたさ。でも、なんとなく、こうなるんじゃないかとは思ってた。期待してたところもある。気がついたら、彼女、真っ裸になってた。おれはその後ろ姿に見とれながら、天女みてえだと思ったよ。それから、彼女、ゆっくりと振り返った。自分を見せつけるように手を広げてさ、微笑んでるわけだ。

痺れたね。動けなかった。声も出ねえ。

彼女、そんなおれを見て、うれしそうに笑ったね。近づいてきて、おれの服を脱がしてくれた。おれは、なすがままってやつさ。それで裸にされて、引っ張られるようにして、ベッドに倒れ込んで、それで、まあ、要するに……やったわけだ。無我夢中でな。

あのあと、どうやって工場に帰ったのか。その日、どうやって過ごしたのか。工場長にどんな顔で挨拶したのか。なにも憶えてねえ。夢を見てたんじゃないかって思ったもんさ。

その日から、おれの頭は、彼女のことしか考えられなくなった。まさに、寝ても覚めてもってやつだ。仕事にも身が入らなくなって、先輩にもどやされた。

ある日、とうとう我慢できなくなって、仕事を休んで、工場長の家に行った。

彼女は出てきてくれた。最初はびっくりしてたけど、部屋に入れてくれたよ。

おれは、自分の気持ちをそのまま伝えた。途中で自分でもなにいってるのかわかんなくなったけど、とにかく、あんたのことが死ぬほど好きだって、会いたかったってさ。そうしたら、彼女、涙を流してさ……。

おれたちは、ベッドに入って、抱き合ったよ。汗みずくになって、狂ったみたいに抱き合った。ただの男と女になってさ。何回も何回も、それこそ数えきれないくらい、意識が朦朧《もうろう》となるくらい、やりまくった。

次の日、工場に出たら、いきなり工場長からぶん殴られた。ばれたんだ。

そりゃそうだろう。自分の女房が、自分んちのベッドで、何時間も男と寝乱れていたんだ。どっかに跡が残るものさ。匂いも残ってたろうしな。どんな鈍い奴でも気づくって。

おれは工場をクビになった。せっかく身に付けた技術もパーだ。

だが、もうおれにとっちゃ、仕事なんかどうでもよかった。これでいつでも彼女に会える。そう思ってよろこんだくらいさ。

おれは、工場長の家に行った。呼び鈴を鳴らしても、彼女は出てこなかった。でもおれは、家の前を一日中見張って、彼女が出てくるのを待った。出てきたら、いっしょに逃げてくれっていうつもりだった。おれにはもう彼女しか見えていなかった。彼女といっしょなら死んでもいいと思ってた。いや、彼女を殺して自分も死ぬつもりだったのかもしれねえな。そのくらい、やりかねなかった。

でも、彼女は、出てこなかった。

出てくるわけがねえやな。

旦那に殴られて、瀕死《ひんし》の重傷を負って、入院してたんだ。歯が何本も折れて、顔も紫色に腫《は》れ上がって、とても見られたもんじゃないってことだった。

おれは、彼女が入院してる病院まで行ったけど、結局、会わずに帰ってきた。

それから、すぐにその街から逃げて、それっきりだ。だから、その後、彼女がどうなったのか、おれは知らねえんだ。


「五十年も昔の話さ。生きてるとしても、しわくちゃの婆《ばあ》さんだわな」

老人が寂しげに笑う。

貴志は、ほんとですか、とは聞かなかった。ふつうに考えれば、現実にはありそうもない話だが、ありそうもないことが起こるのも、また現実というものだろう。それに、老人の話が事実にしろ、空想の産物にしろ、いまとなっては大した違いはないような気もする。

「それからおれは、東京に出てきた。生きてくために、いろいろやったよ。ちんぴらの真似事して、危ない橋を渡ったこともある」

「ヤクザになったんですか？」

「そんな度胸があったら、とっくに若死にしてる。真似事だけだよ、真似事だけ……」

しかしその一瞬、老人の目の奥に、鋭い光がきらめいたように見えた。彼が暴力団の元組長だったといわれても、いまなら信じるかもしれない。

「僕も、詐欺まがいのことに手を染めたことはありますよ」

「なんの？」

「未公開株の販売です。上場する目処《めど》も立たない株を、必ず上場する、そうしたら値上がりして大儲けできるって売りつけるんです。……一年も持たなかったですけどね。会社自体が消えてしまって」

「にいちゃん、意外にワルだったんだな」

「いまから考えると、ひどいことをしてたと思います。でも、そのときは、自分の営業成績を上げることしか頭になかった。悪いことをしているという感覚が麻痺《まひ》してたんです」

「人間なんて、そんなもんだ」

老人が茶を啜る。

「で、そのあとは？」

「女のヒモになりました」

「こんどはヒモかい？　色男だねえ」

老人が呆れた笑いを漏らす。しかし、

「その女に、焼き殺されそうになりました。保険金目当てで」

といいうと、ぎょっとした様子で、

「……冗談だろう?」

「ほんとうです。当時は、週刊誌や新聞でも、大きく扱われましたよ」

「その女、どうした?」

「逮捕されました」

「いま刑務所か?」

正確には拘置所なのだが、それをいうと死刑囚になっていることまで話さなくてはならないので、あえて、

「そうです」

と答えた。

「恐ろしい女もいたもんだな」

恐ろしい女。

須藤彰子。

死刑確定から執行までの期間は、平均で六年から七年と聞いたことがある。とすれば、須藤彰子はまだ生きている。審理再開の申し立てもしているはずだが、受理された様子はない。受理されれば、岩崎弁護士から連絡が入ることになっている。

(……彰子)

元気でいるだろうか。いま、なにを考え、毎日を生きているのだろう……。

「にいちゃん」

老人が、探るような視線を向けていた。

「いまでも、その女のこと、思ってるのか?」

貴志は、ゆっくり首を横に振る。

「もう女は懲り懲りです」

「懲り懲りか、こりゃいいや」

老人が笑いだした。

貴志も声をあげて笑った。

壁の時計に目をやる。そろそろリハビリの時間だ。理学療法室に行かなくてはならない。だがその前に、もう一つだけ、老人に聞いておきたいことがあった。

「前から聞こうと思ってたんですけど」

「ああ?」

「この名前、気に入ってるんですか? 駒沢八十郎って」

「悪くねえだろ」

「八十歳に見えるから八十郎だって聞いたんですけど、いいんですか、そんな理由で」

「いいじゃねえか。強い侍みてえだし。……ま、ほんとは、まだ七十郎《しちじゅうろう》だけどな。ひひっ」

老人が冗談をいったのだと気づき、貴志はまた笑ってみせる。

「名前なんてどうでもいいのよ。野良犬がいちいち自分の名前を気にしてもしょうがねえやな」

「あなたは野良犬じゃない。ちゃんとした名前があるはずだ」

老人が口を噤み、硬い視線を放ってくる。

「八十郎なんて、ふざけた仮名のことじゃないですよ」

老人が、そっと鼻息をつき、窓の外に目をやる。ガラスの向こうに見えるのは、病院の駐車場。色も形も大きさもさまざまな車が並んでいる。

「ほんとうの名前は、なんというんですか？」

静かに問いかけた。

老人は答えない。

黙っている。

表情のない顔のまま、黙っている。

貴志も言葉を継がない。

老人の答を待つ。

じっと待つ。

長い沈黙になる。

息苦しいほど長くなる。

五分、十分……。

永遠に続くのではないか。

そう思ったころ。

「……みつお」

「え……？」

「こうの……みつお」

老人が、苦しげに絞り出した。テーブルの上に、指で文字を綴る。

河野光男。

彼の辿ってきた七十余年の歳月が、明確な輪郭をともなって眼前に現れたような気がした。

5

カレンダーの写真には、秋田の郷土料理・きりたんぽ鍋に使われるたんぽを逆さにしたような穂が、いくつも写っている。説明書きによれば、この植物は蒲《がま》という名で、因幡《いなば》の白ウサギが傷を癒すときにこの穂を使ったので有名だとか。

「いかがでしょうか、麻生さん？」

疋田朋子の声に、我に返った。

彼女は、いつものように穏やかな表情で、貴志を見守っている。しかし貴志は、胸の中に鉛を抱えているようだった。

「でも僕には、まだ身に付けなきゃいけないことがたくさんあります。もっとしっかりと訓練をしないと、とてもじゃないけど……」

「もちろん、そうです。いますぐ、ということではありません。でも担当医の話では、あと一カ月もすれば退院できる状態になるということでしたよね。そろそろ退院後の生活についても、考えておいたほうがいいと思いますよ」

貴志は反論できない。

「焦る必要はありませんが、大まかな方向だけでも、ごいっしょに考えませんか」

たしかに、義足を着けた状態での歩行や立ち座り、階段の昇降など、日常生活に必要な動作はほぼできるようにはなった。しかし、それはあくまで、病院という特殊な空間内での話だ。常に目を配ってくれるスタッフが周りにいて、たとえ転倒してもすぐに駆けつけてくれるという安心感がある。退院して一般社会に出れば、そういうわけにはいかない。

「不安ですか？」

「ええ、まあ……」

「麻生さんの不安は、なにが原因だと思いますか？」

貴志は、自分が感じたことを話した。すなわち、いくら訓練を積んだといっても病院の中でのことであり、実際に社会に出て一人暮らしをするとなると自信を持てない。

「……なるほど。実践的な訓練がまだできていない、ということですね」

貴志はうなずく。

「ならば、実践的な訓練をしましょう」

「……？」

「病院の外に出て、実際にバスに乗ったり、電車に乗ったり、スーパーに買い物に行ったり、そういう日常的なことを体験してみるんです」

「できるんですか？」

「もちろんです。一時的な外泊という形になると思いますが」

疋田朋子がいっしょに来てくれるわけではないのか。貴志は、ひどく落胆している自分に気づく。

「外泊となると、どこに泊まるかという問題がありますが……一人暮らしではやはり心配なので、どうでしょう、外泊といってもせいぜい二日か三日です。お兄様のところにお願いしてみては――」

「それはできません」

貴志は即座にいった。

「兄には、これ以上、迷惑をかけたくない」

「しかしですね――」

「できません」

疋田朋子が、口元を引き締める。

「……そういうことであれば、仕方がありませんね」

疋田朋子が、ノートを広げ、ボールペンを手に取る。貴志に視線を定めて、

「いまの部屋は、アパートの二階でしたね？」

「はい……」

「アパートの階段は、義足でも上り下りできそうですか？」

鉄製の階段はかなりの急勾配《こうばい》で、健常者にとっても危なっかしい代物だった。貴志がそのことを告げると、疋田朋子がノートに書き付ける。

「浴室はいかがですか？」

「部屋にはありません。銭湯を使ってました」

義足を着けたままでは、入浴はできない。入浴用に耐水性を高めた義足もあるようだが、労災ではそこまで支給してもらえないとのこと。退院後も銭湯を使うのであれば、脱衣場で義足を着脱することになる。それはいいとしても、片脚の状態で広い浴場を移動したり浴槽に出入りするのは危険をともなうし、なにより人の視線が煩わしい。

「トイレも共同です」

疋田朋子が、ボールペンを置いた。考え込むように黙ったあと、断固とした眼差しを貴志に据えて、

「一階でバス・トイレ付きの部屋を探して、そちらに引っ越したほうがいいかもしれませんね」

「……わざわざ引っ越しを」

転居のために費やさなければならないエネルギーを考えると、ため息が漏れる。

「お兄様に手伝っていただくか、それがどうしてもできないのであれば、業者にやってもらって」

「でも、お金が……」

「労災の障害特別支給金があるじゃないですか」

そうだった。労災の認定が下りたことを失念していた。障害特別支給金は二百六十四万円。引っ越し代にはじゅうぶんすぎる。

「こういうときのための特別支給金ですから、有意義に使いましょう。もちろん、バス・トイレ付きとなると、多少は家賃が高くなりますけど、背に腹は代えられませんよ」

「……そうですね」

「では、転居するという方向で、考えていきましょうか」

貴志はうなずく。

「転居先の条件は、一階であること、バス・トイレ付きであること、の二つですね。できれば、浴室やトイレに手すりが付いているところがいいんですけど、なかなかそこまで条件が揃っている物件はないでしょうから」

「…………」

「次に、アパートの場所なんですけど……」

疋田朋子が、言葉を探すように目を動かした。

「……今後の麻生さんの生活を考える上で、いちばん大切なのは、安定した経済的基盤を確保することだと思うんです」

「ええ……」

「幸い、労災の認定は下りましたから、当面の生活費はなんとかなるにしても、これからもずっと障害年金だけでやりくりしていくのは、やはり難しいと思います」

労災保険からは、障害特別支給金に加え、障害補償年金として毎年百五十三万三千六百円が支給されることになる。年金だけで生活費を賄おうとすると、一カ月当たり十三万円弱。

「つまり……就職しろ、ということですか」

「麻生さんご自身は、どのようにお考えですか？　今後の生活について」

「いや、僕はまだ、なにも……」

「これまで勤めてらした会社を続けたいとお考えですか？」

「あの会社は、辞めるつもりです。この脚では、警備員は無理です。もともと準社員という扱いだし……」

「では、なんらかの方法で、収入の道を探らなければなりませんね」

貴志は、うなずくしかない。

「麻生さんは、投資会社で活躍してらしたのでしょう？　ならば、その知識と経験を活かさない手はないと思うんです」

「ダメですよ」

「なぜですか？」

「昔のことです。忘れてしまいました」

「そんなことはないんじゃありませんか。頭の中で眠っているだけで、ちょっと刺激を与えれば、すぐに思い出しますよ」

「この歳になってしまっては、採用の見込みはありません。そんなに甘い業界じゃない。実際に身を置いていたから、よくわかるんです」

疋田朋子が、諦めきれない顔をしている。

「それに……僕の知識など、大したもんじゃない。素人同然、いや、それ以下です」

事実、解雇されたあとに自ら株式投資に手を出して、大損害を被《こうむ》っている。自分の実力はその程度のものだったのだ。これでプロのファンドマネージャーを名乗っていたのだから笑わせる。

「謙遜《けんそん》なさることは――」

「謙遜じゃないんです」

疋田朋子が、一つ息をついて、表情を切り替えた。

「お兄様に就職先を世話していただくことは？」

「無理です」

「迷惑をかけたくないと？」

「そうではなく、兄にもそんな余裕はないはずです。それがわかってるから……」

「ならば、ハローワークで就職先を探すことになりますが――」

「ハローワークは前も通ったことがあります。でも、僕にできそうな仕事は、警備員か営業くらいでした。もう警備員はできないし、営業の仕事も……」

たしかに未公開株販売の会社では、そこそこの成績を残すことができた。ノウハウも身に付いている。しかし営業職は、見知らぬ人間を相手にするだけに、精神的な消耗も並たいていではない。いまの自分がそれに耐えられるとは思えない。

「では、どうするおつもりですか？」

本音をいえば、このままずっと、リハビリを続けながら入院していたい。自分を気遣ってくれる人たちに囲まれて過ごしたい。しかし、それがひどく幼稚な願望であるという自覚も、貴志にはあった。

「麻生さんには、できることがいろいろあるはずです。できそうな仕事が警備員と営業だけなんて、そんなことありませんよ」

「いや、僕にはできませんよ」

「最初から諦めてどうするんですか。ご自分の人生がかかっているんですよ。まだまだ先は長いんですよ。このまま年老いて死ぬまで、障害年金だけで細々と暮らしていくつもりですか？　それで麻生さんらしい人生が歩めるんですか？」

　貴志は、疋田朋子に対して初めて、憎悪に近い感情を抱いた。

「どうしろっていうんですか？」

「職を探すんです。いまある知識が役に立たないというのであれば、新しい知識や技術を学ぶんです」

「この歳になって……」

「まだまだお若いですよ。麻生さんの人生は、これからじゃないですか」

　貴志は、首を横に振り続ける。

　障害年金だけで細々と暮らしていく。それのどこが悪い？

　自分らしい人生？　そんなもの糞食らえだ！

　人生はこれから？　嘘を吐《つ》け！

「身体障害者用の職業訓練校があるのをご存じですか？」

「……」

「情報システム関係から、経理、医療事務、機械製図……いろいろな科が用意されているのですが、どのコースもだいたい一年から二年で学べるようになってます。この学校に通って、新たに技術を身に付けて、障害者枠で就職するという手もあります」

「障害者枠……」

「企業や官公庁では、雇用しなければならない障害者の割合が、法律で決められているんです。それが障害者枠です。たとえば、労働者数五十六名以上の民間企業なら一・八パーセント、職員数四十八名以上の公共団体なら二・一パーセント、というふうに」

　貴志はすでに身体障害者手帳を申請し、四級の認定を受けている。自分の顔写真入りの手帳を手にしたとき、ほんとうに障害者になったのだと実感させられたが、就職まで別メニューになっているとは思わなかった。

「もちろん、手帳を持っていれば障害者枠に応募できますから、必ずしも職業訓練校に行く必要はありません。ですが、訓練校では新しい技術を学べるし、就職支援も得られるので、検討する価値はあると思いますよ」

「………」

「学校は小平《こだいら》市にありますから、もし入学を考えるのであれば、新しいアパートも通学に便利な場所にしたほうが――」

「いまはそんなことまで考えられないよっ！」

空気が凍りつく。

疋田朋子が、テーブルに肘をついて両手の指を組み合わせ、そこに額を付ける。

重苦しい沈黙。

疋田朋子は、俺の扱いに手を焼いているのだ。俺は、彼女を困らせているのだ。貴志は、居たたまれなくなってくる。

「……急ぎすぎたかもしれませんね」

疋田朋子が、ぼそりといった。

顔を上げる。

「外泊やアパートの問題はとりあえず置いて……実践的な訓練を兼ねて、障害者職業センターに行ってみませんか？」

また新しい名称が出てきたが、脳細胞がこれ以上の情報処理を拒絶していて、考えることができない。

「そこで適性検査を受ければ、職業能力を評価してもらえます。そうやってご自分になにができるのかを知り、職を探すのに役立てるんです」

要するに、テストを受けろといっているのか。

「センターまでは、わたしが同行します。電車やバスを乗り継いでいけば、いい訓練になると思いますよ」

彼女がいっしょに来てくれるのか。

「それなら……」

「行きますか?」

「……はい」

疋田朋子の顔に、控えめな笑みが浮かんだ。


貴志は、医療福祉相談室を出て、廊下を歩いた。松葉杖は使わない。病院内の廊下には手すりが設置されているが、これに摑まることもない。杖や手すりに頼る癖が付くと、異常歩行の原因になるからだ。

理学療法室では、かなりスムーズに歩けているつもりでも、鏡を見ると不細工な歩行しかできていなくて、がっかりすることが多い。清水浩二によれば、義足の性能の問題もあるという。とくに膝関節をマイコン制御のパーツにすれば、それだけでかなりの改善が期待できるらしい。このパーツは高価なので、採用するとしても本義足から、ということになる。

銀行のATMの前を通り、待合ホールを抜けたところに、喫茶室がある。ガラスの向こうで憩《いこ》っているのは、見舞客や外来患者と思しき人々。入院患者は、病院食以外の物を口にしないよう指導されているケースが多いので、喫茶室に来ることは少ないようだ。

喫茶室を横目に過ぎ、エレベーターホールに出る。エレベーターは全部で五基。ストレッチャーに乗せた患者を運べるよう奥行きのあるタイプが三基。通常のタイプが二基。

貴志は、エレベーターには乗らず、その脇の階段に向かった。直前で立ち止まって脚を揃え、まず右脚を一段上に踏み上げる。右脚を伸ばしながら左の義足を引き上げ、同じ段で揃える。これを繰り返して、一段ずつ上っていく。転びそうになったらすぐ摑まれるよう、手すりに右手を軽く添えておく。

途中の踊り場まで到達したところで、脚を止めた。手すりに両手を乗せ、いま上ってきたばかりの階段を見下ろす。

(退院か……)

本来ならよろこぶべきなのに、ため息しか出てこない。

当面の生活費は、障害特別支給金で賄える。新しいアパートへ引っ越せる。じゅうぶんではないとはいえ、障害年金も支給される。訓練校へ行けば新しい技術も身に付けられる。就労への道も開けている。ある意味、恵まれている、といってもいいかもしれない。義足を使っての日常生活も、要は慣れの問題だ。深刻になるほどのものではない。ため息をつかなくてはならないような困難は、どこにもないはず。しかし……。

貴志は物憂げに、二階へと続く階段を見上げる。

(まだ歩かなきゃならんのか……)

左脚を切断することを告げられたとき、心のどこかに、これで歩かなくて済む、生きることからリタイアできる、という気持ちがあったのではないか。俺はほんとうは、もう歩きたくなかったのではないか。

だから躊躇なく、車の前に飛び出せたのだ。

すべてをお終いにしたかったのだ。

それなのに、俺は生き延びてしまった。義足という異物を着けて、また歩かなくてはならなくなった。

しかし、どうしてそこまでして歩かなければならないのか。歩くことに、それほど価値があるのか。日常生活ができるようになったところで、あの味気ない日々にもどるだけではないか。

そこになにか意味はあるのか？

価値はあるのか？

そもそも、生きていくって、そんなにいいことか？

俺は、生きてきたばかりに、若さを失い、職を失い、家族を失い、友人を失い、財産を失い、そして左脚まで失った。これからも失い続けていくだけの人生が待っている。

そんな人生を生きて、なんになる？

義足を使いこなせるようになって、なんになる？

（……無意味だ）

貴志は、ふたたび階下に目をやる。踊り場の端に、両脚を揃えて立つ。目をとじて一歩踏み出せば、身体は転がり落ちていく。もしかしたら、すべてを終わらせることができるかもしれない……。

しかし貴志は、その一歩を踏み出すための気力すら失っている。


A203病室は、がらんとしていた。足首を骨折した若い男はすでに退院し、気難しそうな中年男もほかの病棟に移っていた。まだ新しい患者は入っていない。

駒沢八十郎こと河野光男のベッドも、空だった。シーツも敷かれていない。

河野光男が退院したのは二日前。行き先は老人保健施設。特別養護老人ホームに入所するまで、そこで待機することになるという。

貴志は、ベッドに腰かけ、収納棚に手を伸ばし、古ぼけたモノラルのラジカセを掴む。

『にいちゃん、これ、あんたにやるよ。おれには、もういらねえ』

河野光男が、別れ際、ラジカセを貴志に手渡しながら、そういった。

『これは本物の核爆弾だ。嘘じゃねえ。こいつを持ってれば、いつでもこの世界を吹っ飛ばせるぞ。ひひっ』

貴志は、ラジカセを胸に抱きしめる。

少しだけ気力が蘇ってくるような気がする。

終章　夜明け

声が聞こえている。平板な言葉の羅列。一つとして留《とど》まることなく、耳の中をすり抜けていく。テレビが点けっぱなしになっていた。電気ストーブも赤々と灯っている。

両手をついて、上半身を起こす。

パイプベッドの軋む音。サイドチェストの目覚まし時計。午後三時半。テレビを観ているうちに眠ってしまったらしい。

フローリングの部屋は約六帖。南に向いた窓にはレースのカーテン。白く輝いている。その右隣には安っぽい玄関のドア。開ければ外界に通じる。

壁に立てかけてあった松葉杖を取り、右脚一本で立ち上がる。松葉杖を操りながら仕切り戸を開けて、狭いダイニングキッチンに移動する。空気が冷たくなる。すぐ左手のドアを開け、トイレに入る。スウェットパンツとトランクスを下ろして、慎重に便座に座り、小用を足す。ぶる、と身体が震えた。トイレを出たあと、居間にもどる。電気ストーブの前に佇む。ヒーター管の熱で暑くなってきたので、ストーブから離れてベッドに寝転がった。松葉杖は床に置く。

テレビはまだしゃべっている。顔も名前も知らないタレントが、どこかの田舎町を歩いている。通りがかりの女性たちに、だれかれ構わず声をかけている。大げさな歓声が滑っていく。

ぼんやりと天井を見上げる。

なにも考えない。

なにも感じない。

思考が消えていく。

テレビの音声。

『お名前は、なんていうんですか?』

名前。俺の名前は……。

(…………)

無意識に答えようとしたが、空白しか見えない。

冷たい戦慄《せんりつ》が奔った。

起きあがる。

「俺は……俺の名前は……」

心臓が激しく拍動する。

なぜ思い出せない?

名前だ。

いつも使っている名前だ。

両手を開いて見る。掌の皺。見慣れたもの。自分の手。しかし名前がわからない。

部屋を見まわす。なにかを探す。自分の名前が記されているもの。

サイドチェストの上。

身体障害者手帳。

手に取る。

ここには顔写真とともに名前が印字してあったはず。もしそれを見ても思い出せなかったら……。

強ばった手で開く。

名前。

〈麻生貴志〉

慣れ親しんだ字面《じづら》。

ほっと息をつく。

（そうだ。俺は麻生貴志……）

写真の顔にも見覚えがある。

当たり前だ。自分の顔なのだから。

笑いを漏らし、身体障害者手帳をサイドチェストにもどす。

（……どうかしてる）

自分の名前を忘れるなんて。

「麻生貴志、麻生貴志」

何度も呟いてみる。

そうだ。間違いない。俺は麻生貴志だ。

胸の動悸が、収まってくる。

窓の外。スクーターの音が近づいてきて、前を通り過ぎる。遠ざかり、聞こえなくなった。

貴志は、松葉杖を使って窓辺に立ち、カーテンの隙間から外をのぞく。

よく晴れている。

そういえば、きょうはまだノルマを果たしていない。医療ソーシャルワーカーの疋田朋子と約束したのだ。

『一日一回、最低一時間は外出してください。部屋に引きこもってばかりいたら、できることもできなくなってしまいますよ』

仕方がない。

「行くか」

貴志は、両手で頬を叩いた。ベッドに腰かけ、スウェットパンツを脱ぐ。これは部屋着用で、左脚の膝から下の部分が切り取ってある。脱いだパンツを放ってから、サイドチェストに置いてあったシリコンライナーを裏返し、左大腿の先端部に当てる。皮膚に密着するように、少しずつライナーを被せていく。床に転がっていた義足を拾い上げるとき、ふと自問してみた。

なぜ俺には左脚がないのだ？

「交通誘導の仕事をしていて、車にはねられたからだ」

大丈夫だ。憶えている。

いま使っている義足は、ソケットがカップ型のもの。これでもまだ本義足ではないが、断端の形もだいぶ安定してきているので、そろそろ本義足の型取りをすることになっている。本義足では、膝継手にマイコン制御のパーツを使う予定なので、いまよりも歩行がスムーズになるはずだった。

断端をカップに挿入するときは、ライナーの先端から突き出ているピンを、カップ底の孔に通さなければならない。これには少々コツがいるのだが、貴志は入院中に装着訓練を受けており、いまでは一発で孔に入れられるようになっていた。ピンが奥まで入ると、かっちりと固定されて装着完了。

立ち上がろうとしたとき、うすら寒い不安を感じた。

（……ほんとうに、そうだろうか？）

交通誘導中に車の前に飛び出して事故にあい、そのときの負傷がもとで左脚を切断した。しかしそれは、現実のことなのだろうか。さっきまで見ていた夢の中の話ではないのか……。

（馬鹿なことを……）

立ち上がってみた。義足に体重をかけ、装着具合を確かめる。窓辺まで歩く。ターンして元の位置までもどる。

良好。

壁に吊してあったチノパンを取って、ベッドに腰を下ろす。義足側から脚を通し、続いて右脚を入れる。ふたたび立ってみる。ズボンを穿くと、一見しただけでは義足とは判別できない。ただし、風を受けると異様に細くなって、見る人を驚かせてしまう。

押入から濃緑色のデイパックを手にする。ファスナーを開け、中からタオルに巻かれた物体を取り出す。タオルを外すと、そこに現れたのは古いラジカセ。

なぜこのラジカセを持っているのか？

「病室でいっしょだった老人、河野光男からもらったからだ」

そうだ。けっして自分でゴミ置き場から拾ってきたものではない。

「その証拠に、赤いボタンを押したら世界が吹っ飛ぶ」

貴志は鼻を鳴らす。ラジカセをタオルにくるみ、デイパックにもどした。

セーターの上から紺色のブルゾンを羽織り、デイパックを背負う。財布と身体障害者手帳をチノパンのポケットに入れ、ニットの帽子を被る。

玄関には小さい椅子が置いてある。貴志は、この椅子に座って靴を履いた。

身体が緊張してくる。

ドアノブを握り、開ける。

外界の空気。

光。

眩しい。

脚が強ばる。

貴志は、デイパックを背負いなおす。ラジカセの重みから、力が伝わってくるような気がする。守られているような気がする。

「よし」

部屋を出る。

ドアを閉め、施錠する。

思い切り空気を吸い込む。

吐く。

そのままアパートの敷地を出て、アスファルトの道路を歩く。右脚。義足。右脚。義足。交互に踏み出す。

町中《まちなか》を歩くことにもだいぶ慣れてきたが、健常者のように、というわけにはいかない。義足の動きを常に頭に描きながら、一歩一歩進んでいる。そのぶん周囲への注意がおろそかになり、車に気づくのが遅れたりする。だから、できるだけ歩道の整備された道を歩くようにしている。

病院へは、二週間に一回、断端と義足の適合具合をチェックするために通っている。理学療法室でリハビリすることは、いまではほとんどない。日常動作はできるようになっているので、あとは実生活の中で慣れていくしかないのだ。病院に行ったときには必ず、疋田朋子の面接を受けている。

『次回の面接までに、決めておいてください。いいですね？』

いま住んでいるアパートは、以前のアパートから数百メートルしか離れていない。転居することになったとき、病院に近い場所も検討したが、結局、吉祥寺で探すことになった。せっかくこの街にも慣れてきていたし、また新しい環境に放り込まれるのも煩わしかったからだ。小平市の職業訓練校に通うにしても、吉祥寺からであれば、乗り換えの時間を含めて三十分で最寄り駅に着く。

身体障害者用職業訓練校の入学選考は、来年の一月中旬にあり、下旬には合否が発表されるとのこと。合格すれば、四月から晴れて入学となる。選考の応募締め切りは十二月中旬。あと二週間もない。

しかし貴志は、訓練校に行くかどうか、まだ決めかねていた。いろいろと考えているのだが、どうしても踏ん切りがつかない。その気になれない、といったほうがいいだろうか。

いまのままではいけない、とは思っている。労災保険の給付があるので当面の生活費には困らないとはいえ、障害年金だけではいずれ経済的に行き詰まる。だからその前に、定期的な収入が得られるようにしておかなくてはならない。

『今後の麻生さんの人生を築いていくためなんですよ』

それはわかっている。

わかりすぎるくらい、わかっているのだ。

それでいて、気持ちが付いてこない。もういいじゃないかと思ってしまう。どうせ大した人生じゃない。このままだらだらと生きて、カネが底を突いてどうしようもなくなったら自殺すればいい。

その一方で、疋田朋子の面接をキャンセルする気もない。病院に行けば医療福祉相談室に顔を出すし、疋田朋子とも言葉を交わす。正直にいえば、彼女と話をするのが楽しみでさえある。もっとも、最近は話をすることより、叱られることのほうが多くなっているが。

それでも面接を受け続けているということは、心のどこかで彼女の叱咤を求めているのだろうか。未来への希望を失っていないのだろうか。

『麻生さんは年収二千万も稼いでいた人なんでしょ。それってすごいことですよ。それだけの力があるのに、人生を諦めるのは早すぎます。もったいないですよ』

貴志は足を止めた。

また、うすら寒い不安が這い上がってきた。

(俺は、ほんとうに、二千万円も稼いでいたのか？　自分で勝手にそう思い込んでいるだけではないのか？　空想の産物に過ぎないのでは……）

当時のことを思い出そうとしても、大雑把《おおざっぱ》なイメージが残っているだけで、細かい部分は忘れてしまっている。それは現実にあったことではなく、夢の中で見た光景だといわれれば、そうかもしれないと思ってしまう。もし自分の人生に、ファンドマネージャーとして活躍した期間が実在しなかったとしたら……。

目を上げると、ＪＲ吉祥寺駅前のロータリーが見える。


ＪＲに乗るのは久しぶりだった。病院に行くときは、いつも京王線を使っている。吉祥寺から東京まで三百八十円。十六時一分発の中央線快速は、それほど混《こ》んではいないが、座席が空いているほどではなかった。仕方なく貴志は、吊り革に摑まった。

動きだした電車は、高架を一直線に走っていく。下に広がっているのは住宅街。エアコンの室外機と衛星放送用のパラボラアンテナがやたらと目に付く。新しい家もあればいまにも崩れ落ちそうな家もある。青い屋根もあれば赤い屋根もある。一戸建てもあればアパートもある。鉄筋コンクリートもあれば木造もある。あらゆる建物が地上を埋め尽くしていて、そのすべてに人間が住んでいるというのは信じがたいほどだった。

ほどなく西荻窪に到着し、乗客が増えた。

貴志の隣の吊り革に、制服姿の高校生が立った。鞄から参考書らしき本を取り出し、熱心に読みはじめる。

その向こうには、髪を赤く染めて派手なサングラスをかけ、紫色のコートを身に纏った中年女性。手にエコバッグを提げていた。

乗降口付近には、男性ファッション誌から抜け出たような若い三人組。声高にしゃべっていた。みな体格がよく、表情に自信が溢れている。

奇抜な化粧をした十代の女の子は、気怠げな視線を漂わせている。とつぜん陽気な歌が響いたと思ったら、女の子が携帯電話を開いて一瞥し、すぐに閉じた。

座席に座っているスーツ姿の男性は、分厚い資料に目を落としている。資料の所々に、赤いアンダーラインが引かれている。左手の薬指にしている指輪が、鏡のように光っていた。

電車は、跨線橋《こせんきょう》や架線柱を数限りなく通過しながら、延々と直進を続けていく。荻窪、阿佐ヶ谷、高円寺。駅に停まるたびに、乗客が入れ替わる。中野を出て東中野を過ぎるあたりから、緩やかに右へカーブしはじめた。沿線のあちこちに見られた緑も、ほとんどなくなった。高架下には低くて細いビルが密集していて、恐ろしいほど隙間がない。目を上げると、都心の高層ビル群が間近に迫っている。

新宿、四ッ谷、御茶ノ水、神田を経て東京に着いたのは、十六時三十分ちょうど。

終点・東京のアナウンスが流れ、ドアが開くと、乗客が一斉に下車する。貴志は、混雑が収まるのを待って、いちばん最後に降り口に近づく。ホームと少し段差があった。貴志は、義足を先に下ろし、すぐに右脚も下ろして揃える。降り立ったとたん、後ろにバランスを崩しそうになったが、右脚で踏ん張ってなんとか堪えた。

ホームからエスカレーターで下り、改札口に向かう。どこもかしこも人で溢れかえっている。自分はほんとうに、こんなところを平気で歩いていたのだろうか。

雑踏に翻弄されながらも、丸の内北口の改札を抜けて、円形のホールを進む。ちょうど真ん中まで来たところで、ベージュ色のコートを着た男性とぶつかりそうになった。貴志はよろめいて声を漏らしたが、男性は振り向きもせず離れていった。

駅舎を出ると、目の前はタクシー乗り場。白や緑、黒、オレンジ、さまざまな色の車体が並んでいる。広大なアスファルトの広場の向こうには、幾何学的な顔を持つビルが、巨人の群れのように立ちはだかっている。陽はすでに落ち、空がくすみはじめている。

この光景。

空気。

音。

五感の記憶が呼び覚まされる。

交差点の信号が、青に変わった。信号待ちをしていた人々が動きだす。貴志も横断歩道を渡りはじめるが、義足のせいで速く歩くことはできない。せいぜい歩幅を大きくする程度。慣れない歩き方をしたせいで、膝継手の曲がるタイミングがずれて、またバランスを崩しそうになる。もたもたしているうちに、次々と追い越されていく。行き交う人々は、だれも貴志に注意を向けない。貴志は、転ぶまいと必死になって、横断歩道を渡りきった。

ほっと一息ついてから、また歩道を進む。高いビルに挟まれているので、谷底にいるような気分になる。路上に黒塗りのメルセデス。ビルの地下駐車場の出入り口付近には、交通誘導の警備員が立っている。場所柄か、ヘルメットに防寒ジャンパーに軍手ではなく、警帽にフロックコートに白い手袋という出《い》で立ちだった。通り過ぎるとき、

「ごくろうさまです」

と声をかけたが、警備員はなにもいわなかった。

夕闇が濃くなってきた。ときおり、ビジネスマンらしき男性や、キャリアウーマン風の女性とすれ違う。貴志は、そのたびに相手の顔をちらと見るが、貴志と目を合わせる者はいなかった。

日比谷通りに出て、通り沿いをしばらく歩くと、見覚えのあるビルが聳えていた。建ち並ぶビルの中でも、ひときわ重厚なその建物。ほとんどのフロアに灯りが点っている。見上げていると、切ない

感慨が満ちてくる。

(たしかに俺は、ここで働いていた……)

運用総額一千億円のチームを率いていた。年収二千万円を稼ぎ出していた。エアコンの効いた室内でコーヒーを啜りながら、世界を見下ろしていた。自分が勝利者だと信じて疑わなかった。

ビルから人が出てくる。

貴志は、あわてて背を向け、ビルの前を離れた。

「……ええ、いまから出ますから、六時には着くと思います」

背後に男の声。携帯電話をかけながら歩いている。こちらに近づいてくる。

貴志は、自分の携帯電話を開くふりをして、立ち止まった。男が通り過ぎるとき、顔を横目でのぞき見た。知った顔ではなかった。かなり若い。まだ三十歳くらいではないか。その精悍《せいかん》な横顔には、仕事に没頭している男ならではの充実感が漲《みなぎ》っている。

男が右手を大きく挙げて、日比谷通りを走ってきたタクシーを止める。男を乗せたタクシーは、あっという間に遠ざかり、ほかの車にまぎれて見えなくなった。

日比谷通りをまたタクシーが一台、近づいてくる。空車のサインが出ている。

貴志は、反射的に手を挙げた。

タクシーが止まり、ドアが開く。

貴志は、腰を座席に乗せてから、手で義足を引き上げるようにして乗り込んだ。

「恵比寿」

運転手が、無言で車を発進させる。運転手の氏名を見たが、井上陽水ではなかった。

(……俺はなにをしようとしているのだ?)

いまさら恵比寿に行っても、帰るべき家はないのに。無意味なのに。

（それとも……）

当時の自分の行動を辿りなおすことで、過去を愛おしむつもりなのか。古き良き時代を嚙みしめようとでもいうのか。この自分にそんな懐古趣味があったとは……。

通りを走る車は、ほとんどヘッドライトを灯している。

西の空は残照を浴び、赤々と色づいている。

（あのころ……）

タクシーで帰宅するときは、恵比寿駅で降りて、自宅マンションまで歩いていた。タクシーを使っていることを、志緒理に知られたくなかったからだ。

（なぜ俺は……）

志緒理は、化粧をして待っていてくれた。食卓には、いつもワインが用意してあった。家の中は、モデルルームのように整っていた。完璧だった。

俺は、どんな気持ちで家路についていたのだろう。妻の顔を見ることが楽しみだっただろうか。家庭生活に安らぎを感じていただろうか。自宅は心から落ち着ける場所だっただろうか。

（……俺は、あの家を、好きではなかった）

だからこそ、あの夜……。

「運転手さん。急用を思い出した。東京駅にもどって」

「え、東京駅？」

運転手が、面倒くさそうにいった。

タクシーは、強引に車線変更し、交差点を左折する。

（……あの夜、こうしてミチルのあとを追ったのだ）

しかし、その代償は、あまりにも高くついた。

後悔していない、といえば嘘になる。

だが、束の間とはいえ、ミチルと共有した時間は、自分の人生の中でかけがえのないものとなった。あの瞬間、たしかに俺は、彼女といっしょにいるためならすべてを捨ててもいいと思った。生きていることにあれほどよろこびを感じたことはなかった。ミチルという存在そのものが俺の命だった。

もう二度と、あの感覚を味わうことはできないだろう。生きていることによろこびを感じることもないだろう。そんな人生に意味があるのだろうか。この先、生きていてよかったと思えることがあるのだろうか。

（ミチル……）

貴志は、東京駅前のターミナルでタクシーを降りた。そのまま駅舎に入る。券売機で高崎までの特急乗車券を買い、上越新幹線のホームに急いだ。

二十番線。

十七時三十二分発『Ｍａｘとき三三七号』。すでに入線していた。二階建ての八両編成。

発車まであと十分少々。

貴志は、いちばん近いドアから乗車し、すべての車両内を隈《くま》なく歩く。狭くて急な階段には難儀したが、一階も二階も見て回った。あのときも、こうしてミチルの姿を探し求めた。そして、最後の車両で見つけたのだ。

発車のベルが鳴り響いた。

列車が動きだす。

貴志は、空いていた席に座る。

隣にミチルはいない。

デイパックを背中から下ろし、膝に置く。

車窓。

夜の闇が、天空を覆いつつある。

貴志は、背中をシートにあずけ、目をとじた。

（よく会社を抜け出しては、この新幹線でミチルに会いに行っていた……）

もうすぐミチルに会える。二人きりの時間を過ごせる。思う存分抱き合える。そう思うだけで、胸がいっぱいになった。仕事をサボることの罪悪感など、微塵《みじん》もなかった。

瞼の裏にミチルの顔が浮かぶ。笑顔。声。肌。匂い。そして、二人で繰り広げた痴態の数々……。

強烈な衝動に突き上げられた。

（ミチル、もう一度、君を抱きしめたい！）

そして、生きることのよろこびを、全身で感じたい。感じさせてほしい。

でなければ、俺は、もう……。

車両の自動ドアが開く気配がして、貴志は目をあけた。細身の女性が入ってきた。ボルドーカラーのダブルブレストコートを着ている。

（ミチル！）

声をあげそうになった。しかし、よく見ると別人。ミチルとは似ても似つかない。その女性は、貴志の横を通り過ぎていく。香水の匂いが鼻を掠めた。


十八時三十二分。

『Ｍａｘとき三三七号』は高崎に到着した。

ホームに降りた貴志は、コンコースの通路を進み、直通エレベーターでホテルメトロポリタンのロビーに上がった。

エレベーターを出ると、正面にフロントが見えた。向かって右手の広々としたロビーに、ソファとテーブルがずらりと並んでいる。いちばん手前のソファでは、頭の禿《は》げたスーツ姿の男性が新聞を広げていた。

ミチルと最初に待ち合わせをした日、あのソファに彼女は座っていた。貴志を見つけるなり、笑顔を輝かせ、駆け寄ってきた。

『いますぐ、したい』

貴志の直截《ちょくせつ》な要求に、ミチルは熱い眼差しで応えてくれた。

『わたしも』

その瞬間、貴志は幸福の絶頂にあった。

(しかし……)

そのときすでに、あいつが物陰からカメラで狙っていた。女に手もなく騙される、俺の無様な姿を。ミチルの愛しい仕種も、言葉も、表情も、すべては偽りだったのだ。俺を思いどおりに操るための道具に過ぎなかったのだ。俺はそうとも知らず……。

(……ミチル……どうして君は……)

貴志は、奥歯を噛みしめ、拳を震わせた。

裏切りへの怒りが、憎しみが、熱く生々しく蘇ってくる。

俺は、君といっしょなら、死んでもいいとさえ思っていた。だからこそ君の前では、自分自身をさらけ出した。みっともない部分も、恥ずかしい部分も、隠したりしなかった。ほんとうの俺を見てほしかったからだ。地位も財産も関係なく、生身の俺を愛してほしかったからだ。俺は、君も同じ気持ちだと信じていた。俺たちは完全に心を許し合っているはずだった。しかし君は……。

『ミチルが、あんたのセックスのこと、なんていってたか教えてやろうか？　下手なくせにしつこい。

スケベな中年オヤジそのものだってさ』

……そんな俺の姿を、陰で嘲笑っていた。俺の真剣な気持ちを知りながら、そこに唾を吐きかけ、踏みにじっていた。あの若い男と二人で。そのことを知った俺がどれほど絶望したか、君にわかるか？　わかるのか？

『恨んでるでしょうね』

『ああ……殺したいくらいね』

『殺してくれるの？』

貴志は、目の眩むような衝撃を覚えた。

はっきりと見えた気がした。

きょう、なぜ、自分がここに来たのか。

自分がなにを求めているのか。

なにをしなければならないのか。

「お客さま、ご宿泊でございますか？」

ぎくりと振り返ると、ホテルマンが立っていた。笑顔だが、目が警戒している。

貴志は、無言でホテルマンを見返す。

ホテルマンが、笑顔のまま、一歩後じさって身構えた。

貴志は、ホテルマンに背を向け、ロビーを出た。


街は夜だった。

駅前ロータリーの欅が、イルミネーションの光で青く象《かたど》られていた。植え込みの前では、ギターを手にした若者が三人、歌を口ずさみながら座り込んでいた。歩道にも、汽車などの趣向を凝らしたさまざまなイルミネーションが並び、一帯に幻想的な気配を漂わせている。それらはまるで、見る者を異世界へ誘《いざな》っているようだった。

貴志は、記憶を頼りに、歩を進めていく。通りは商店街らしく、婦人服やアクセサリーを扱う店のほか、美容院や酒屋、カメラやメガネの専門店も揃っている。歩道に人影は疎ら。所々にバイクや自転車が放置してある。片側一車線の車道を、車がゆっくりと走ってくる。街路樹にもイルミネーションが施され、一定のリズムで点滅している。路上駐車してある車に、点滅する光が映っている。

五年前、投資会社を解雇され、志緒理と離婚したあと、一度だけこの道を通った。蒸し暑い夏の夜だった。イルミネーションもなかった。あのとき、なにを思ってこの道を歩いたのか。なんのためにミチルの店に行ったのか……。

いくつか交差点を過ぎたとき、左手に大きな光の塊が現れた。青く光り輝くクリスマスツリー。若いカップルが写真を撮っている。どこからかクリスマスソングが聞こえてくる。貴志は、次の交差点を右に曲がり、堀沿いの道に入る。街路樹のイルミネーションは途切れ、うらぶれた歓楽街がはじまっていた。クリスマスソングも聞こえない。スナックやパブ、キャバクラなどの電光看板やネオンサインが、夜の闇に埋もれるように灯っている。その寂しげな空間に足を踏み入れた瞬間、五年前の記憶が鮮明になった。

そうだ、あのときも俺は……。

（……ミチルを殺して、自分も死ぬつもりだったのだ）

貴志をミチルの元へと駆り立てたのは、限りなく愛情に近い憎悪だった。この世でもっとも激烈な憎悪だった。その熱量は貴志の心を焼き尽くした。ミチルといっしょに死ぬことしか考えられなくなった。

しかし、思いは叶わなかった。店内にミチルと二人きりになり、ミチルに手を伸ばしたとき……。

（……あいつが現れた）

俺は殴られ、蹴られ、心を潰された。土下座させられた。もう二度と姿を見せないと約束させられた。こんど来たら殺すと脅された。ミチルの目の前で。

（だが、いまの俺には……）

貴志は、背中の重みを意識し、デイパックを背負いなおす。

前方に低い雑居ビルが見えてきた。あの二階にミチルの店がある。

貴志は、足を止め、目を眇める。

今夜、ここで、すべてに決着をつける。自分に残された最後の衝動を解き放ち、なにもかもを終わらせる。ミチルとともに、この世界から消え去る。あの店が、俺たちの終着点。思えば、こうなることが最初から決まっていたような気もする。

これが俺の人生。

失敗といわれようと、惨めと思われようと、構わない。本気で愛し、本気で憎んだ女をこの手で殺し、その場で自らも命を絶つ。上出来ではないか。男としてこれ以上の最期があるか。

貴志は、高揚する心を抑えきれず、足を踏み出した。もうほかの結末は見えない。見る必要もない。ただひたすら終着点に向かって突き進むのみ。一歩近づくごとに、時間が輝きを増してゆく。揺るぎない確信が、充足が、生きているという実感が、よろこびが、陶酔が、全身を痺れさせていく。

待っていろ、ミチル。君の人生も終わらせてやる。この世界から解放してやる。君もそれを待っていたはずだ。望んでいたはずだ。

（そうだろ、ミチル？）

呼吸を整えながら、雑居ビルの前に立つ。狭い階段。一段一段、義足を引き上げながら、上る。上るたびに、足音が響く。少しずつ、近づいてくる。終着点。

階段を上りきった。

正面に見覚えのあるドア。

ミチルの店。

電光看板は出ていない。

灯りも点っていない。

人の気配もない。

そして。

ドアに〈テナント募集〉の札がかかっていた。


どれほど時間が経ったのか、わからない。

気がつくと、貴志はドアにもたれ、冷たいコンクリートに座り込んでいた。右膝を立て、義足を前に投げ出している。背中から下ろしたデイパックは、両手で抱えている。ミチルに浴びせるはずだった巨大な熱量は、まだ行き場を求めて体内を彷徨《さまよ》っていた。

目の前には、地上への階段。下りた場所には、アスファルトの路地。ときおり、数人で連れだったサラリーマンや、腕を絡ませたカップルが行き過ぎる。派手に着飾った若い女性は、これから出勤だろうか。

ただ、それらの光景には、妙に現実感がない。テレビ画面でも眺めているような感覚。触れようと手を伸ばしても、平板な感触しか返ってこない。

また女性が一人、視界を横切る。

その横顔に目を奪われた。

（あれは、まさか……）

ドアに寄りかかりながら、立ち上がる。デイパックを背負う。階段を下りる。一段一段。危うく踏み外しそうになる。路地に出る。

うらぶれた歓楽街。さっきの女性を探す。

いた。

「志緒理っ！」

後ろ姿に声をかけた。

しかし志緒理は、そのまま離れていく。

貴志は追いかけた。義足を乱暴に振り回し、大股で歩いた。

「おい、志緒理、俺のこと――」

義足の膝継手がガクッと折れて、貴志は横倒しになった。左肘を地面に打ちつけた。痛みを堪えながら志緒理の姿を目で追うと、路上で立ち止まっている。振り返った。

「志緒理……」

志緒理の顔に、蔑むような表情が浮かぶ。無言のまま前に向き直り、ネオンサインの浮遊する暗闇に消えていった。

雑踏のざわめきが、耳になだれ込んできた。いつのまにか路地には、大勢の人々が行き交っていた。倒れている貴志には目もくれない。まるで貴志が存在しないかのように、通り過ぎていく。

貴志は、両手を地面について腰を上げ、義足の膝継手を伸ばしながら、立ち上がった。

（人違いだろうか……）

考えてみれば、志緒理がこんなところにいるはずがない。しかし、あの顔はたしかに……。

貴志は、頭を振った。あたりを見まわす。周りの人の顔が、よく見えない。ことごとく陰になって、黒く塗り潰されている。

スーツ姿の男性が一人、前から近づいてきた。白髪が豊かで、痩身ながら貫禄がある。その顔が灯りに照らされる。

「榊原さん！」

榊原静夫は、貴志には気づかない。そのまま通り過ぎようとする。貴志は、不器用な歩き方で近づき、前を塞ぐようにして立つ。榊原静夫が、驚いた顔で足を止めた。

「奇遇ですね、榊原さん！」

怪訝《けげん》な目を向けてくる。

「失礼だが……」

「私ですよ。麻生貴志です。ほら、三京インベストメントでお世話になった」

榊原静夫が眉を険しくした。

「……憶えてませんか。未公開株の販売で、いろいろと営業テクニックを教えてくれたじゃないですか」

「人違いだよ。私はあなたなんか知らない」

貴志は、得体の知れない恐怖を感じた。

一瞬の沈黙のあと、笑い声をあげる。

「そんなはずはない。榊原さんでしょ？　新橋でいっしょに鴨料理を食べたじゃないですか！」

「失礼」

榊原静夫が、はねつけるようにいって、貴志の横をすり抜け、足早に離れていく。

「待ってくださいよ、榊原さん！」

貴志は追いかけようと足を踏み出したが、また膝折れを起こして倒れ、尻を強く打った。

（くそっ！）

貴志は、腹立ちまぎれに義足を叩く。硬い感触に跳ね返された。

立ち上がって榊原静夫の姿を探す。

いない。どこにもいない。

貴志を取り囲んでいるのは、顔のない人々の群れ、群れ、群れ……。

女の嬌声《きょうせい》が耳に届いた。

この声。

息を呑んで振り返った。

カップルが歩いてくる。男はサラリーマン風。やはり顔が陰になっていて表情が見えない。その男と腕を組んで歩いている女性は……。

「……彰子」

貴志は、何度も目を擦り、凝らした。

それまで笑みを浮かべていた須藤彰子が、表情を硬くして立ち止まった。

「彰子……おまえ、どうして、こんなところに？　いつ出てきたんだ？」

「なによ、あんた？」

「俺だよ！　貴志だ。町田でいっしょに暮らしてたじゃないか！」

須藤彰子が、あわてた様子で横の男を見上げる。

「嘘よ。あたし、こんな男、知らないもん。見たこともないもん」

「俺を殺して、保険金を騙し取ろうとしたじゃないか！」

須藤彰子の顔が真っ赤になった。

「いつ拘置所から出てきたんだ？　無罪になったのか？」

「なにいってんの、こいつ。バッカじゃないの！　ねえ、行こ」

須藤彰子が男の腕を取り、来た道をもどろうとする。

「彰子、待てよ」

「おい……」

男に胸ぐらを摑まれた。

顔はまだ黒く塗り潰されている。

「いいかげんにしろよ」

力任せに押された。貴志は、バランスを崩して、呆気なく倒れた。呻きながら上半身を起こすと、空気が微妙に変化していた。須藤彰子と男の目が、貴志の左脚に注がれていた。チノパンの裾が捲れて、義足が見えている。男が舌打ちをした。

「気分悪いな」

「もう行きましょ」

須藤彰子が男の袖を引く。男が両手をポケットに突っ込み、離れていく。須藤彰子が、おぞましいものを見るような目で貴志を突き放してから、男のあとを小走りに付いていく。貴志は、地面に座り込んだまま二人の後ろ姿を目で追ったが、人混みにまぎれてすぐに見失った。

貴志は呆然と立ち上がり、チノパンに付いた埃《ほこり》を手で払った。

しかし足を踏み出すことができない。その場に立ちつくす。

(どうなってるんだ……?)

周囲。

見知らぬ街。

顔のない人々。

(俺は、だれだ?)

麻生貴志だ。

では麻生貴志とは何者だ?

なぜだれもここにいる?

なぜだれも俺のことを憶えていない?

俺はどこから来た?

どこに行こうとしている?

貴志は頭を抱えた。

気が狂いそうだった。

(助けてくれ……だれか助けてくれ!)

背中に気配を感じた。

それがだれなのか、貴志にはわかった。

振り向く。

すっきりとした黒のジャケットに白いインナー。シンプルなアクセサリーが、耳や胸元を飾っている。端整な顔立ちは、あのころのまま。泣きそうな顔で、貴志を見ている。

身じろぎもせず、見つめ合う。

全身に温かなものが満ちていく。

「……麻生くん」

「俺のこと、憶えてくれているのか?」

ミチルがうなずく。

泣けてきた。

もはやミチルへの憎悪はない。

愛情もない。

ただ縋りたかった。

縋るものが欲しかった。

ミチルは微笑んでいる。受け入れてくれている。

貴志は両手を伸ばし、ミチルを抱きよせた。ミチルが身を委ねてくる。その身体を力のかぎり抱きしめる。

「ミチル……ミチル……俺はもうダメだ、お終いだ……頼む……いっしょに死んでくれ」

「困るんだよ、麻生さん」

冷酷な男の声がして、ミチルから引き剝がされた。

「ミチルッ！」

貴志の前に、男が立ちはだかった。

白いジャケットに派手な柄の開襟シャツ。女のような細い顔に、真っ赤な唇。茶色に染めた長髪。

一重の鋭い目。

あいつだった。

「約束したはずだよ。二度と姿を見せないってさ」

声が出なかった。貴志の身体は、この男から受けた暴力を忘れていない。

男の視線が、貴志の全身を舐《な》める。

「どうしたの、その身なり。その顔。ファンドマネージャーやってたころからすると、ずいぶん落ちぶれたもんだよねえ。ええ？　惨めだよ、麻生さん。で、生きる気力もなくして、自棄《やけ》になって女を道連れに死のうって？」

貴志は黙ってうつむく。屈辱に押し潰されそうになる。

「最低だよ、あんた。死ぬなら一人で勝手に死にな。だれも止めねえから。あんたみたいな人間はさ、この世にいなくてもぜんぜん構わないわけよ。いてもいなくても同じなの。どうせ生きてても大した人生じゃないんだろ？　ろくでもない毎日が待ってるだけだろ？　じゃあ死んだほうがマシじゃん。ねえ？　あぁあ、こんな人生になるくらいなら、生まれてこなけりゃよかったよねえ。ほら、死ねよ。死にたいんだろ？　さっさと死ね。死ねって」

貴志は金切り声をあげた。両腕をめちゃくちゃに振り回し、男に殴りかかった。

男が軽く横に避けた。

貴志は地面に転がった。

「へえ、まだそんな元気が残ってたんだ」

男の靴の先端が、鋭く腹に食い込んだ。

貴志は呻き声を漏らして、のたうち回った。

「自分で死ねないのなら、おれが死なせてやろうか」

腰を蹴られた。熱い電流が脊髄から脳天を貫いた。

「それとも、また土下座して謝るか？」

貴志は、朦朧とした意識で、ミチルの姿を探す。

ミチル。平然と立っていた。貴志の醜態を眺めている。

「……ミチル」

貴志は、ミチルを求めて手を伸ばす。

助けてくれ。俺を助けてくれ。

ミチルがにこりと笑い、舌を出した。

脇腹に蹴りが入り、貴志はひっくり返った。

「あんたの味方はだれもいないの。まだわかんないの？」

胃から液体が込み上げてきた。路上に吐き散らした。涙が滲んで、視界がぼやけた。

「あんたは人間の屑だよ。屑は屑らしく、隅っこで小さくなってりゃよかったんだよ。それを生意気に、女と無理心中って？　そういうのをね、身のほど知らずっていうの」

左脚を蹴り上げられた。その衝撃で義足が外れ、チノパンから飛び出した。路面を転がって電柱にぶつかった。

貴志は悲鳴をあげ、義足に向かって這った。必死に這った。あれがないと立てない。歩けない。俺にはあれが必要なのだ。歩くために必要なのだ。生きていくために——。

「あんたはもう歩かなくていいんだよっ！」

また脇腹を蹴られた。内臓をかき回すような衝撃に、身体を折った。肋骨が肺に食い込み、腸が口から溢れそうだった。

「そろそろお終いにしよっか」

男が、真上から貴志を見下ろしていた。

感情のない、冷たい目。

殺される。

貴志は、尻をついたまま、後じさる。後じさる。男が迫ってくる。迫ってくる。後じさる。後じさる。背中が壁に当たった。デイパックの感触。

（！）

貴志は、もどかしくデイパックを下ろし、ファスナーを開け、中の物を掴み出す。タオルをはぎ取り、ラジカセを男に突き出した。

男が口元を歪める。

「なんの真似?」

「……吹っ飛ばしてやる」

「はぁ?」

「おまえも、ミチルも、みんな……吹っ飛ばしてやる」

「んなこと、できるわけないじゃん」

男が笑った。

貴志は、ラジカセを胸元に引き寄せた。赤いボタン。親指を添える。押し込んだ。


がちゃ。


静寂。

なにも起こらない。

もう一度、押した。また押した。何度も押した。

何度も、何度も、何度も、何度も。がちゃ、がちゃ、がちゃ、がちゃ……。

ラジカセ。

沈黙を守っている。

涙が溢れてきた。

「なにやってんだ、おめえ?」

男の嘲笑が弾ける。

「どこにでも馬鹿はいるもんだな」

貴志は目を見ひらいた。掌を思い切り広げた。突き上げた。

「どかぁーんっ！」

喉が破れるほど叫んだ。

「どかぁーんっ！」

血が迸《ほとばし》るまで叫んだ。

「どかぁーんっ！」

男の哄笑《こうしょう》がさらに響き渡る。

「どかぁーんっ！」

笑いながらミチルの肩を抱く。

「どかぁーんっ！」

ミチルが目を瞑って男に寄りかかる。

「どかぁーんっ！」

二人の姿が闇に熔けていく。

「どかぁーんっ！」

消えていく、消えていく……。

「どかぁーんっ！」

貴志はひたすら、二人の消えた闇に向かって、叫び続ける。


どっかぁあーんっ！

目をあけた。

焦点が合ってくる。

暗いアスファルトが見える。

貴志は路上にうずくまっていた。

顔を上げ、辺りを見まわす。

寂れた歓楽街。

電光看板やネオンサインの灯は、消えている。通りに人影もない。ひっそりとしている。

東の空が明るくなりつつある。

義足。

左脚に装着されていた。

しっかりと装着されていた。

俺はまだ歩ける。歩くことができるのだ。

ただそれだけのことが、涙の出るほどうれしい。

貴志は、ゆっくりと、立ち上がる。冷えきった身体が、ばきばきと音をたてる。

背後に雑居ビルの階段。見上げると、二階のドアに〈テナント募集〉の札。ぼんやりと、その文字を読む。ミチルも、あの男も、もうここにはいない。

ラジカセ。

足元に落ちていた。

膝を折り曲げてしゃがみ、ラジカセの取っ手を摑む。腰を上げ、目の高さまで持ち上げる。赤いボタン。押し込まれたままになっている。

カラスの鳴き声。遠くから聞こえてきた。

天を仰ぐ。

星が瞬いている。

澄んだ空気を全身で吸い込み、ゆっくりと吐き出す。新鮮な酸素を得た一つ一つの細胞が、長い眠りから覚めていく。軋みをあげて、動きだす。

貴志は、大きく弧を描きながらラジカセを振り下ろし、一瞬の静止のあと、腕をしならせて上空に放り投げた。

手を離れたラジカセは、ゆっくりと回転しながら、上昇していく。やがて力を失い、重力に囚われて猛烈なスピードで落下し、アスファルトに激突して砕け散った。

路地からカラスが飛び立った。黒い翼を羽ばたかせ、夜明けの空に舞い上がっていく。鳴き声が降ってくる。

貴志は、その声を頭上に聞きながら、ラジカセの残骸《ざんがい》に背を向け、歩きだす。

駅を目指し、一歩一歩、地面の感触を踏みしめる。

新しい一日がはじまる。

参考文献

『ワーキング・プア　アメリカの下層社会』　デイヴィッド・K・シプラー　訳・森岡孝二・川人博・肥田美佐子　岩波書店
『ワーキングプア　いくら働いても報われない時代が来る』　門倉貴史　宝島新書
『今日、ホームレスになった　13のサラリーマン転落人生』　増田明利　新風舎
『ホームレスさんこんにちは』　松島トモ子　めるくまーる
『霊園はワンダーランド　ホームレスと過ごした一年間の記録』　小笠原和彦　現代書館
『ホームレス大図鑑』　村田らむ　竹書房
『ザ・ファンドマネジャー　その仕事と投資哲学』　依田孝昭　日経BP社
『1000億円を動かす！　ファンドマネージャー塾　資産運用のプロの世界がこれ1冊でわかる』　杉山明　こう書房
『ピーター・リンチの株式投資の法則　全米NO．1ファンド・マネジャーの投資哲学』　ピーター・リンチ　監訳・酒巻英雄　ダイヤモンド社
『〈業界の最新常識〉よくわかる証券業界』　山崎元・鈴木雅光　日本実業出版社
『トコトンやさしい株の本』　深川嘉洋　日刊工業新聞社
『スリッパの法則　プロの投資家が明かす「伸びる会社・ダメな会社」の見分け方』　藤野英人　PHP文庫
『外資のアセットマネジメント』　依田孝昭・伊藤公一　日経BP社
『証券詐欺師　ウォール街を震撼させた男』　ゲーリー・ワイス　訳・青木純子　集英社
『投資苑　心理・戦略・資金管理』　アレキサンダー・エルダー　訳・福井強　パンローリング

『投資銀行　日本に大変化が起こる』　岩崎日出俊　ＰＨＰ研究所
『Ｑ＆Ａ証券トラブル１１０番』　編・日本弁護士連合会消費者問題対策委員会　民事法研究会
『投資信託にだまされるな！　本当に正しい投信の使い方』　竹川美奈子　ダイヤモンド社
『コツさえわかればすぐ使える　粉飾決算の見分け方【増補版】』　都井清史　（社）金融財政事情研究会
『マンションはこうして選びなさい　マンションの販売価格はこうやって比較しなさい』　編・ダイヤモンド社　ダイヤモンド社
『失敗しないマンション選び　プロが教えるチェックポイント』　長嶋修　日本実業出版社
『必勝　セレブ婚ガイド』　青山そのこ　彩図社
『セレブ婚倶楽部　私たち、乗ります！　玉の輿』　川上あきこ　ソフトバンク クリエイティブ
『モナコ流　美しく優雅な暮らし方』　モネ・ブレッシング　幻冬舎
『TO THE BAR　日本のBAR74選』　成田一徹　朝日文庫
『はじめてのＢＡＲオープンＢＯＯＫ』　バウンド　技術評論社
『不倫の恋で苦しむ男たち』　亀山早苗　新潮文庫
『不倫の恋で苦しむ女たち』　亀山早苗　ＷＡＶＥ出版
『夫の不倫で苦しむ妻たち』　亀山早苗　ＷＡＶＥ出版
『不倫の恋の決断』　亀山早苗　ＷＡＶＥ出版
『離婚のすすめ方と手続きのすべて』　鈴木清明　すばる舎
『うまく別れるための離婚マニュアル』　石原豊昭・有吉春代・内海徹　自由国民社
『大離婚』　監・清水ちなみ　扶桑社
『潜入！　未公開株マーケット』　三橋淳人　洋泉社

『電話営業力　お客様の心をつかんで売上を3倍にする！』　北原千園実　アスペクト
『トップセールスマンになる！　アポ取りの達人』　津田秀晴　ぱる出版
『これでアポイントメントがどんどん取れる　大成功！生命保険のアプローチ』　福地恵士　近代セールス社
『新・完全ヒモマニュアル』　鍵英之　ＫＫベストブック
『夜路のガードマン　日雇い日払い棒ふり物語』　青木卓　技術と人間
『交通誘導警備業務の手引（初級）・（上級）』　（社）全国警備業協会
『熱傷治療ハンドブック　プレホスピタルケアからリハビリテーションまで』　田中秀治　総合医学社
『黒い看護婦　福岡四人組保険金連続殺人』　森功　新潮社
『吉祥寺スタイル　楽しい街の50の秘密』　三浦展＋渡和由研究室　文藝春秋
『元刑務官が明かす東京拘置所のすべて　取り調べ、衣食住、死刑囚の処遇…知られざる拘置所の暮らし』　坂本敏夫　日本文芸社
『元刑務官が明かす死刑のすべて』　坂本敏夫　文春文庫
『死刑囚最後の1時間』　別冊宝島１４１９　宝島社
『死刑はこうして執行される』　村野薫　講談社文庫
『死刑の理由』　井上薫　新潮文庫
『実践刑事弁護　国選弁護編　三平弁護士奮闘記【新版】』　編・東京弁護士会刑事弁護委員会　現代人文社
『切断と義肢』　澤村誠志　医歯薬出版
『骨折の治療とリハビリテーション　ゴールへの至適アプローチ』　編・Stanley Hoppenfeld/

Vasantha L. Murthy　監訳・江藤文夫・中村利孝・赤居正美・肱岡昭彦　南江堂
『Q&Aフローチャートによる下肢切断の理学療法　第3版』編著・細田多穂　医歯薬出版
『整形外科退院指導マニュアル　患者さんのQOLを高めるかかわり』編著・藤田君支　メディカ出版
『ナースに役立つ整形外科疾患のリハビリテーション』編・河村廣幸　メディカ出版
『Q&A　交通事故診療ハンドブック（改訂版）医療機関のためのガイドラインと患者対応のノウハウ』監修・羽成守　編集・日本臨床整形外科学会　ぎょうせい
『理学療法士まるごとガイド　資格のとり方・しごとのすべて』監修・日本理学療法士協会　ミネルヴァ書房
『義肢装具士まるごとガイド　資格のとり方・しごとのすべて』監修・日本義肢装具士協会　ミネルヴァ書房
『新しいリハビリテーション　人間「復権」への挑戦』大川弥生　講談社現代新書
『転んでもタダでは起きない！　膝蓋骨骨折リハビリ日記』佐藤睦郎　新風舎
『オレのリハビリ日記』久保谷陽一郎　日本文学館
『労災保険の実務　加入手続き 保険料申告から給付請求まで』編・厚生労働省労働基準局労災補償部補償課　日本法令
『なくせ！　労災隠し』毎日新聞大阪本社労災隠し取材班　アットワークス
『図説　よくわかる障害者自立支援法』坂本洋一　中央法規出版
『Ｈｏｗ ｔｏ 生活保護〔２００７年度版〕暮らしに困ったときの生活保護のすすめ』編・東京ソーシャルワーク　現代書館
『医療ソーシャルワーク実践50例　典型的実践事例によるわかり易い医療福祉』大本和子・田中千

枝子・大谷昭・笹岡眞弓　川島書店
『病院で困った時、何でも相談してください。医療ソーシャルワーカーというお仕事』菊地かほる　作品社
『私はあなたを見捨てない　ソーシャルワーカーのひとりごと』宮内佳代子　角川書店
『ニッポン貧困最前線　ケースワーカーと呼ばれる人々』久田恵　文藝春秋

本書は書き下ろしです。原稿枚数927枚（400字詰め）。
本作はあくまでフィクションであり、実在する個人、団体とは一切関係ありません。

〈著者紹介〉
山田宗樹　1965年愛知県生まれ。98年「直線の死角」で第18回横溝正史賞を受賞。2003年に発表した「嫌われ松子の一生」が大ベストセラーになり映画化され大きな話題を呼ぶ。他著に『黒い春』『天使の代理人』（ともに幻冬舎文庫）、『聖者は海に還る』『続・嫌われ松子の一生　ゴールデンタイム』（小社刊）、『ランチブッフェ』などがある。

GENTOSHA

ジバク
2008年2月25日　第1刷発行

著　者　山田宗樹
発行者　見城 徹

発行所　株式会社 幻冬舎
〒151-0051 東京都渋谷区千駄ヶ谷4-9-7

電話:03(5411)6211(編集)
03(5411)6222(営業)
振替:00120-8-767643
印刷・製本所:図書印刷株式会社

検印廃止

Printed in Japan
ISBN978-4-344-01463-3 C0093
幻冬舎ホームページアドレス　http://www.gentosha.co.jp/

この本に関するご意見・ご感想をメールでお寄せいただく場合は、
comment@gentosha.co.jpまで。